Machli Pott und die Zepse

AF280849

Ich widme Machli Pott und die Zepse all denjenigen, die schon einmal geglaubt haben, sie befänden sich eingeschlossen in einer Welt voller absonderlicher, verquerer Wunderlichkeiten und der Ausgang am Ende eines unglaublichen Labyrinthes sei zugemauert: Irrtum Leute!

Heiderose Kesselring

Machli Pott und die Zepse

Bibliografische Information der Deutschen Nationalbibliothek
Die Deutsche Nationalbibliothek verzeichnet diese Publikation in der Deutschen Nationalbibliografie; detaillierte bibliografische Daten sind im Internet über http://dnb.d-nb.de abrufbar.

© 2012 **Heiderose Kesselring**
Satz, Umschlaggestaltung, Herstellung und Verlag:
Books on Demand GmbH, Norderstedt
ISBN 978-3-8448-2008-9

Danksagung

Ich bedanke mich bei Ursula Heintz, die den Text vorab schon gelesen und kritisch gewürdigt hat. Ebenso geht mein Dank an meine Schwester Sabine, die unverdrossen und geduldig meine Ausreißer am PC wieder einfing und bändigte. Kleine Kerle mit eigensinnigem Leben, die verschwanden, sobald ich sie aus den Augen ließ.....
Vielen Dank auch an Machli Pott selbst! Als ich ihn besser kennen lernte erfuhr ich:
Jeder kann zum Meister werden!

1.

Machli Pott ächzt vor Schmerzen. Dichte schwarze Locken kleben feucht an seiner schweißnassen Stirn. Angstgeweitete blaue Augen, die tief in ihren Höhlen liegen und graue Schatten werfen, verfolgen das grausige Schauspiel. Eine starke feste Hand, deren Knöchel gelblich durch die Haut schimmern, hält seinen linken Arm wie mit einer Schraubzwinge umklammert. Sein Atem quillt stoßweise aus dem gequälten Brustkorb, der sich unter dem schweren Druck der Angst rhythmisch hebt und senkt.

„Ich bin verdächtig".

Zitternd schaben sich die Worte von seiner trockenen Zunge. Es ist nicht das erste Mal, dass er Zeuge eines solchen Martyriums wird. Zeuge zu sein, ist schlimm genug. Beteiligt zu sein, noch schlimmer. Zeuge, Beteiligter und Opfer zu sein, sprengt das wahre Ausmaß seiner tatsächlichen Vorstellungskraft. Übersteigt die Anzahl der Wörter, die ihm zur Verfügung stehen. Das glänzende Instrument schimmert. Gefahr flackert wie unter einem Brennglas.

„Ich bin schuld".

Machli windet sich wimmernd, während sein Körper im Schraubstock gefangen bleibt. Seine Augen, im Tunnelblick auf das Instrument fixiert, nehmen den Rest seines Zimmers nicht mehr wahr. Nicht das zerknäulte Bettzeug, das hinter seinen krummen Rücken gestopft ist. Nicht die kalten Essensreste auf dem Schreibtisch, der niemals aufgeräumt ist. Neben dem Teller, den er einmal wöchentlich abwäscht, hockt wortlos und tot sein Monitor, dessen Scheibe gezackt zertrümmert ist. Schwarz und staubig die leere Augenhöhle. Die Tastatur, herabhängend vom Schreibtisch, baumelt nicht mehr. Jetzt verschwendet er keinen Gedanken daran. Auch nicht daran, wer ihm den Schaden ersetzen könnte. Wie er seine Hausaufgaben erledigen soll, ohne Gelächter und Spott zu ernten. Machli sieht nicht die

Schuhe, deren Sohlen sich immer weiter lösen unter dem achtlos in die Ecke gefeuerten Ranzen, der ihm täglich nutzloser und schwerer vorkommt. Nicht die ins Regal gequetschten Bücher und DVD s, die zerrupften Kinokarten, nicht den schmutzigen Klamottenberg unter dem Bett mit den schwarzbraunen Sockensohlen, die in diesem Leben ganz bestimmt nicht mehr sauber werden. Machli hält den Atem an. Gleich ist es soweit. Das Instrument blitzt, zeigt höhnisch die Zähne. Die feste Hand um seinen linken Arm lockert sich. Sicher, dass er nicht flüchtet. Dass er standhält. Aushält. Achtsam greift sie nach dem Instrument. Vorsicht jetzt, das wird gefährlich. Jemand kichert spöttisch. Machli achtet nicht darauf. Konzentriert sich mit angstvoller Erwartung auf die scharfe Rasierklinge, deren blitzende Schneide sich unaufhaltsam mit direktem Ziel auf die weiche Haut seines Armes senkt. Mit grausamer Präzision schneidet sie. Ritzt Pore um Pore auf, bis eine lange tiefe Spalte entsteht. Machli atmet stoßweise. Ein pfeifender Laut stößt aus seiner Kehle. Tiefer! Die Stimme in ihm befiehlt. Gnadenlos, kompromisslos. Die Töne aus seiner Kehle werden mit jeder Sekunde höher. Endlich. Vollendete, ja vollkommene, karmesinrote üppige Blutstropfen quellen hervor. Verbinden sich wie Waggons an einer Eisenbahn zu einem schmalen Blutstrom. Zu einem Rinnsal des Lebens, das von ihm fortstrebt. Schmerz ist der Preis, mit dem reines Leben aus seinem verdorbenen Körper in die Freiheit entlassen wird. Die strafende Hand legt das Instrument zurück. Machli bebt am ganzen Körper. Legt sich für einen Moment, nur ganz kurz, mit dem Oberkörper in das zerknäulte Bettzeug. Hebt den Arm und beobachtet, wie das blutige Rinnsal am Arm herunter läuft. Scheinbar zurück zu ihm. Zurückschlüpfen will in seine Quelle. Nichts da! In erschöpfter Pflicht schafft er sich mit zuckenden Beinen aus dem Bett, vor den staubigen Spiegel seines Kleiderschrankes. Seinen Spiegel der Schmach und Scham. Seinen Spiegel, der komischerweise nicht von dem alten Dampfkochtopf getroffen wurde, der kürzlich ihm nach in sein Zimmer geschleudert ward und den Monitor umbrachte. Da steht er nun und betrachtet mit undefinierbarer Zufriedenheit, wie ein kostbarer Tropfen nach dem anderen auf den schmutzigen Fußboden klatscht. Das leise Klatschen kann er hören. Der Teppichboden ist lange schon entfernt. Musste weggenommen werden, weil Machli die vielen ungeziefrigen kleinen Viecher nicht alle töten konnte. Er schaffte es nicht mehr. Sie waren geschickter und schneller als er.

Recht geschieht es ihm.

Mit schiefem Grinsen blickt er an seinem Spiegelbild herab. Eine Witzfigur.

Es fällt ihm ja selbst schwer, sich durch seine Weitsichtbrille in beide Augen gleichzeitig zu gucken. Obwohl sie von intensivem Opalblau sind. Er müsste schon Artist sein, einer von der unbekannten Fakultät. Ein Auge schaut scheinbar in eine Ecke des Spiegels, das andere auf seine dünnen Beine. Diese ungeliebten Beine, die noch nicht einmal einen Medizinball zum Kicken treffen. Die einem das Laufen schwer machen, weil sie zucken, die Füße nach innen drehen, die Knie hoch in die Luft ziehen und einen vor aller Leute Augen auf die Straße klatschen lassen, wenn sich nur eine Ameise die Vorfahrt erzwingt. Diese furchtbaren Beine, die seinen Willen ums Verrecken nicht akzeptieren wollen. Die ihn in ungeahnt peinliche Situationen bringen.

Vor den Klassenkameraden. Vor den Mädchen.

Machli steht mit gebeugtem Rücken und lacht heiser.

Klatsch. Ein Tropfen fällt leise.

Warum zischt er nicht?

Wenn das nur alles wäre für einen Dreizehnjährigen. Wenn das nur alles alles wäre.....

Wie ein alter Mann steht er da.

Jetzt schon verbraucht? Nicht nützlicher als ein verschmutzter Lappen? Er fragt sich, was noch alles kommen soll. Ob nicht tatsächlich die Chancen seines Lebens schon am Ende angekommen sind. Wenn er sich alles so betrachtet.....

Manchmal zweifelt er schon sehr an sich. Vor allen Dingen, wenn er sich mit den anderen Jungs seines Alters vergleicht. Skeptisch gleitet sein Blick über das gebeugte Spiegelbild, die unschlüssigen Schultern, die Beine, die überhaupt nicht können, was sie sollen. Als er über den Sprung im Glas hinweg schauen will, verfängt er sich in seinen wachen blauen Augen. Die, wenngleich sie an manchen Tagen mehr schielen als sonst, eine wache, wilde und klare Kraft ausstrahlen. Eine unbeugsame Energie, von der er sich fragt, ob sie als ihn einzig erkennbare wirkliche Fähigkeit in seinem Leben trägt.

Einer von fünfzigtausend Lebendgeborenen.

Einer von fünfzigtausend Bewerbern um ein Stipendium, einen tollen Job, eine Wahnsinnssumme Geld? Einer von fünfzigtausend Lebendgeborenen erkrankt so wie er. Leider. Schade, Bedauerlich. Unwiderruflich.

Nicht gerade ein Geschenk, über das man sich freut.

Keine Auszeichnung, bei deren Verleihung das Publikum begeistert applaudiert. Keine Verbeugung vor Machli.

Gerade neulich las er eine Reportage über einen Wissenschaftler mit wahrhaft verkorkster Figur. Einen, der trotzdem jemand ist, Persönlichkeit ausstrahlt, weltweite Anerkennung erfährt. Für so etwas fühlt sich Machli zu jung. In vierzig Jahren vielleicht. Jetzt wäre er zufrieden, skaten zu können, Fußball zu spielen, vielleicht sogar zu tanzen. Selbstsicher mit seinen Muskeln anzugeben. Mädchen unverbindlich anzuflirten und zu sehen, wie sie sich kichernd aber nicht abweisend umdrehen. Allein diese Krankheit reicht schon für tausend Mann.

Einen, den es derart erwischt hat, müsste das Leben doch auf andere Art belohnen. Die Schöpfung muss sich in seinem Fall mit all dem anderen Scheiß auch noch vertan haben. Sein Blick scheint sich im zerbrochenen Glas abzustützen. Auszuruhen. Hinter ihm klebt schräg ein zynisches Plakat.

A Taxi, please.

Die Karikatur eines alten Autos mit vier Reifen, die alle in verschiedene Richtungen auf ausgebeulten Felgen abstehen, Scheinwerfer und Kühlergrill versuchen, verblichenen Charme eines Zwanzigerjahrereklamauks wiederzugeben. Sich anbietend und doch offensichtlich unfähig zu jeglicher Leistung klebt das Fahrzeug mit drallem Hüftschwung vor einem typischen britischen Geschäftsmann mit durchgedrücktem Kreuz und Aktentasche.

A Taxi, please. Manchmal heult er über dieses teuflische Wortspiel. Schwere Augenlider senken sich auf Halbmast.

Plötzlich erschrickt er in der Tiefe seines Herzens.

Kneift die Augen zusammen, um besser zu sehen. Rührt sich nicht und hält den Atem an. Hinter ihm steht eine hohe, reglose Gestalt in einem bodenlangen Kapuzengewand, das wie die Außenhaut eines Chamäleons mit dem Hintergrund verschmilzt. Sämtliche Merkmale eines Wesens, vor allen Dingen das Gesicht mit Augen und Mund, die es erlauben würden zu erkennen, zu identifizieren und Absichten herauszulesen, sind im schwarzen Schatten der Kapuze verborgen. Und doch sind seine Umrisse klar zu erkennen. Machli starrt. Ganz sicher ist das ein Mann. Er ist sich sicher, dass die Türe abgeschlossen ist. Von außen also kann niemand hereingelangt sein.

Sein Gehirn powert alle Energie in scharfe Sehkraft. Machli kann weder Blicke noch Atemzüge erkennen. Von der Statur her muss es sich um einen Mann handeln. Einen, der aufrecht und schweigend mit verschränkten Armen, die muskulösen Hände in den langen Ärmeln verborgen, kraftvoll und sicher stehen kann.

Außer Stille geht nichts von ihm aus.

Reglosigkeit und Leere sind seine Merkmale. Machli denkt an den Sarg seines Großvaters, erinnert sich an das dubiose Gefühl, für das er kaum Worte fand. Nichts in seinem Inneren, mit dem er es verknüpfen könnte. Zu Lebzeiten strahlte er Wärme aus, fuchtelte mit den Händen bei jedem Wort, steckte andere mit seiner Nervosität an oder auch mit seiner Fröhlichkeit, die an manchen Tagen aus jeder Pore troff. Musste oft kein Wort verlieren, weil schon durch seine Ausstrahlung deutlich wurde, was Sache war. Mit seinem Tod, mit dem Verlust der Lebenswärme, erlosch diese Ausstrahlung. Auf unfassbare Weise wandelte sich der vertraute Körper in eine stille, eisige Hülle. Eine Hülle, von der nichts mehr ausging. Nur ein Nichts. Obwohl Machli suchte.

Er schickt seine Seele hinter das Gewand und empfängt nichts. Machli ist sicher, jetzt dreht er durch. Kackt ab mit den Nerven. Hat das Gefühl, er müsste nur mit festem Blick weiter in den Spiegel dringen, um der stummen Gestalt näher zu kommen. Unschlüssig, ob er sich fürchten soll oder nicht. Sein Fluchtreflex ist außer Kraft gesetzt.

"Hey". Mit rauer festgeklebter Zunge fordert er das Phantom zu einer Reaktion auf. Irgendeiner. Viel schlimmer kann es nicht kommen. Machli holt tief Luft, dreht sich unvermutet mit einem Sprung auf den Absätzen um. Vor seinen entsetzten Augen zieht sich die Erscheinung in diesem Augenblick ohne die Körperhaltung auch nur ein bisschen zu verändern lautlos in die Wand zurück. Von draußen hört er kreischendes Gelächter. Diese Oktaven kennt er. Eine harzige Männerstimme fordert Tabak zum Drehen. Im Fernsehen läuft eine Talkshow. Anschließend der tägliche Gerichtstermin für andere Leute. Die da draußen bemerken den Spuk offensichtlich nicht.

Sind beschäftigt mit dem was sie immerzu tun, kriegen so viel mit, wie sonst auch. Machlis Herz pocht, rast schneller als er jemals denken konnte. Zaghaft versucht er, die verschlossene Tür mit der Klinke zu öffnen. Sie ist wirklich zu. Mit weit gespreizten Fingern fährt er mit den Händen im Abstand von zehn Zentimetern über die Wand. Seine Handinnenflächen kribbeln. Kribbeln so stark, dass er sie flugs aneinander reiben muss. Beim nächsten Versuch setzt er sie unmittelbar auf der kalten Tapete auf. Sucht nach Unebenheiten, einer versteckten Tür. Erst jetzt fällt ihm auf: Die Gestalt trug keine Schuhe!

2.

Foggy Annexe macht seinem Namen alle Ehre. Besonders jetzt im Herbst, wo das herrlich bunte Laub zu großen Teilen schon abgefallen ist, um auf den Gassen rutschige Schlieren zu bilden. Das kleine Städtchen am Rande Nordenglands gluckt mit niedrigen Backsteinhäusern unterhalb der steilen Küstenfelsen am Meer. Wie jeden Tag zieht mindestens dreimal dichter, weißer Nebel durch seine engen Gässchen. Morgens früh wogen und wabern die teils undurchdringlichen Fetzen, abends und in der Nacht. Manch einer versucht, die kalte Zuckerwatte mit einer Handbewegung beiseite zu wischen.

Im kleinen Hafenbecken ankern über Tag die Fischerboote, die auch heute noch als so genannte Brotboote nachts die essbaren Tiere des Meeres aus den dunklen Tiefen heben. Brotboote deshalb, weil sie vielen Familien den Lebensunterhalt sichern. Noch. Die Fischer beliefern die beiden Buden, die Bewohnern und wenigen Touristen fish & chips verkaufen. Fettige Tüten in Abfallbehältern legen davon Zeugnis ab. Vielmals am Tage zerknüllen schmatzend abgeleckte Finger die papierene Umhüllung, die vor wenigen Augenblicken noch das kostbare heiße Gut barg. Zwischen die Fischerboote quetscht sich breit die Foggy Mary, das einzige Touristenschiff, mit dem nicht nur Ausflugsfahrten zu Inseln und anderen Städten unternommen werden. Weißlackiert, mit grüner Reling, den typischen Rettungsringen und weißen Bänken auf dem Oberdeck präsentiert sie sich fast schon herrschaftlich inmitten der strapazierten Fangflotte, die gerade so in Schuss gehalten wird. Postsäcke, Pakete und Nahrungsmittel, manchmal auch Maschinen werden mit ihr über das Wasser geschippert, um an Land sofort den Besitzer zu wechseln. Man munkelt, der wahre Eigner sei Rüzgar Amerspoth, der hauptsächlich als Pedell im Schulgebäude arbeitet und von dem man sich hinter vorgehaltener Hand fragt, wo denn einer wie er so viel Geld herhabe. Amerspoth sieht aus wie einer, dem man noch Geld dazu geben müsse. Gewaschen ist er immer. Nie hat jemand ungünstige Gerüche aus den Falten seiner Kleidungsstücke heraus wahrgenommen. Auch sein langes, strähniges Haar ist nie fettig, stets ordentlich zu einem Zopf gebunden. Rüzgar Amerspoth weicht den Menschen aus, sein Blick trifft sich so gut wie nie mit den Augen anderer. Nur wenn es im Gespräch sein muss. Kein Mensch weiß, wie alt er ist. Da ihn die Schule noch beschäftigt, hat er wohl das Rentenalter noch nicht erreicht.

Rüzgar Amerspoth schlurft mit den Füßen, murmelt mitunter vor sich hin, während seine Beine tückisch zucken. Manchmal lacht er laut. An ihn denkt Machli gerade. Auf dem Weg zur Schule schlappt er mit offenen Sportschuhen und wehenden Schnürsenkeln durch die dicke Suppe, die um seine Beine schwappt, die niemals von selbst weicht und darauf besteht, von seinen Beinen bei jedem Schritt weich durchtrennt zu werden.

Sein Blick schweift gerade von der kleinen Anhöhe aus über das vertraute Hafenbecken bis hin zum Leuchtturm, dessen Lichtkegel unermüdlich über das Meer kugelt. Hartes Möwengekreisch, aus der Ferne gedämpft durch den Nebel, plagt seine Ohren. Vielleicht könnte er über Amerspoth an einen gebrauchten Monitor kommen. Er weiß, der Pedell hortet in seinen Kammern das ein oder andere, was noch nützlich sein könnte. Ausrangiert, aber nicht weggeworfen. Wieder kreischt so ein weißes Federvieh, flattert auffordernd über seinen Kopf. Unwillig dreht Machli sich zur Seite. „Hau ab!" Streng fährt er das aufdringliche Tier an. Hohe, kreischende Töne sind ihm ein Gräuel. Mit der rechten Hand schleift er achtlos seinen Ranzen hinter sich her. Schultert ihn zwischendurch, setzt ihn wieder ab. So gut wie nie trägt er ihn korrekt auf dem Rücken. Immer kommt er sich einge-halftert und gefangen vor mit diesem schweren Ding. Eingeschränkt in seiner Bewegungsfähigkeit, die doch ohnehin spärlich ist. Lustlos zuckt er durch die Gassen. Sein Referat von gestern ist nicht fertig. Mit welchem Argument soll er sich rechtfertigen? Wem soll er berichten, was gestern Nachmittag in seinem Zimmer abging? Mit dem Nebel schwappt eine Woge von Trauer und Resignation durch seinen schmalen Brustkorb. Na ja, erst einmal den Monitor organisieren.

Mit den Gedanken an den wunderlichen Amerspoth gebunden überlegt er sich, wie er ihn ansprechen soll. Hatte Machli Angst vor ihm? Nicht direkt. Das Verhältnis zwischen den Schülern und dem Pedell ist hauptsächlich von gegenseitigem Abstand geprägt. Manche lachen hinter seinem Rücken. Nennen ihn Penner, Verrückter Alter oder solche Dinge. Keiner würde ihm das ins Gesicht sagen. Das nicht. Aber Angst? Nein, Angst könnte man das nicht nennen. Die Verständigung mit ihm ist schwierig. Manche fahren vor seinen geknurrten unwilligen Antworten zurück, vor seinem scharfen direkten Blick aus Augen, deren Farbe niemand so recht bestimmen kann. Augen, die einem unangenehm tief, schamlos fast, ins Innere blicken. Amerspoth ist eigentlich keiner. Ein Niemand. Einer, der Aufgaben erfüllen und funktionieren soll. Sonst nichts. Einer, den niemand kennt, über dessen Leben man nichts weiß. Nichts wissen will. Einer, der nicht sein soll. In Foggy Annexe fahren Mopeds, Fahrräder, Autos. Wenige Autos. Der kleine Transporter mit der würzigen Milch unzähliger Schafe, die das Land kurz halten und sich dabei rund fressen, rumpelt die Anhöhe zur Käserei hoch.

Machli sieht ihm nach. „Du Sau". Mit schrägem Blick murmelt er hinter dem Fahrzeug her, wischt sich eilig mit der Hand übers Hosenbein. Ist doch dieser Käsewicht mit einem seiner alten Reifen ausgerechnet durch die einzige Pfütze in dieser Gasse gefahren und hat die letzte saubere, fadenscheinige Jeans des Jungen mit schlammigem Wasser bedeckt. Machli seufzt mit leiser Stimme. An Tagen wie heute und gestern verlässt ihn der Mut fast völlig.

Käsewicht. Machli sinniert, wie dieser Mensch, der nach allem anderen als nach einem Zwerg aussieht, zu diesem Namen gekommen sein mag. Kurz schaut er dem im Nebel versinkenden Motorengeräusch nach. Vor kurzem erst hat er zugesehen, wie sich dieser Zweimeter-

15

mann mit dem runden Kindergesicht, der eine erhebliche Körpermasse in seinem blauen Arbeitsanzug durchs Leben transportiert, schwer atmend ins Führerhäuschen seines Fahrzeuges gequetscht und mit seiner massigen, wurstfingrigen Hand die Fahrertür zugeschlagen hat. Was ist das? Der Junge lauscht aufmerksam.

Auch das noch. Eine Hupe wie ein Posthorn dröhnt durch die Gassen. Eins, zwei, drei. In regelmäßigen Abständen immer das gleiche Signal. Eine Marotte des Rektors mit seinem klapprigen Austin. Hupt sich allmorgendlich den Weg frei und redet sich dabei ein, wichtig wie eine Kirchenglocke die Schüler zum Unterricht zu rufen.

Eins, zwei, drei.

Machli hört schon den Motor dumpf durch die Nebelschwaden brummen. Außer Machli ist niemand unterwegs. Noch niemand. Zwei Häuser weiter wohnt Horatio Lithe. Einer, den Machli selbst als sein Gegenstück bezeichnet. Als jemanden, den er gerne in seinem Spiegel sehen möchte. Horatio sieht zur kichernden Begeisterung der Mädchen fast aus wie Harry Potter. Wie der Typ, der den Zauberlehrling im Kino verkörpert. Gerader, offener Blick, ebenmäßiges Gesicht und, was in Machlis Spiegel wünschenswert wäre, ein sportlicher, harmonischer Körperbau. Ein Körper, dem alle Dinge fraglos möglich sind. Ein belebtes Skelett mit Muskeln und Nerven, dem das Hirn vorbehaltlos und vertrauensvoll die unmöglichsten Dinge zumuten kann.

Machli und Horatio teilen sich eine Bank ohne jedoch Freunde zu sein. Immerhin akzeptieren sie auf freundliche Weise wechselseitig ihr Dasein und legen sich keine Steine in den Weg.

Eins, zwei, drei.

Mattes Scheinwerferlicht quillt unter Machlis Füßen hervor. Zeitgleich mit dem dritten Hupton tritt Horatio mit ordentlich gekämmtem dunklen Haar zur Haustür heraus."Hey" . Er grinst Machli kumpelhaft an, bückt sich schelmisch unter die Fensterbank und verwuschelt seine Haare. Sie wissen beide, was das heißt. Wer lässt sich schon noch mit

Dreizehn von Mammi die Haare kämmen? Der dunkelgrüne verbeulte Austin des Rektors schiebt sich dumpf brummend an ihnen vorbei. Seine spiegelnde Glatze schimmert durch beschlagene Wagenfenster. „Der lernt es auch nicht, nicht wahr?" „Dass die meisten von uns die Abkürzungen nehmen?" Horatio grinst. "Besser wenig Publikum als gar keines". Peter Servilius, ihr Rektor. Er zumindest findet sich schön und wichtig. Wo er nur kann, nutzt er vorhandene Möglichkeiten, sich darzustellen. Servilius der Gebildete. Derjenige, der alle Zielgruppen in der richtigen Mundart erreichen kann. Derjenige, der andere wortreich und elegant, mit eindrucksvollem Fließtext der offene Hintertürchen enthält, so herabsetzt, dass ihnen entweder sofort oder erst im Nachhinein die Spucke wegbleibt. Peter, der jugendliche Frauenheld. Peter, den man niemals mit einer Frau an seiner Seite sah. Zumindest mit keiner jungen, hübschen mit langen Beinen oder so. Peter Servilius, der lonesome player, der sich auch ins Lehrerkollegium nicht integrieren kann. Der alles andere als ein Teamplayer ist. Durch die diesige Nebelwand tauchen die maroden Mauern des viktorianischen Schulgebäudes auf. Deckel von Mülltonnen klappern, kleine pelzige Füße springen hastig davon. Rote Bremslichter des schrottreifen Austin leuchten auf. Servilius ist angekommen. Schon steigt seine Silhouette wendig aus dem tiefliegenden Gefährt. Breitschultrig stapft er mit unter den Arm geklemmter Aktentasche die breiten steinernen Stufen hoch. Wie ein Adonis sieht er aus. Doch nur von hinten.

Horatio und Machli kennen ihn gut von vorne. Unter der Schülerschaft existiert ein beliebtes Ratespiel, mit dem sich vor allem diejenigen, die Servilius als Klassenlehrer haben, in manchen Pausen verlustieren und hämisch ihre Sprachkompetenz fördern. Wie sie es nennen. Beliebte Fragen, deren Spektrum sich übrigens je nach Einfallsreichtum der Schüler erweitern lässt, lauten so:

Warum hat Servilius so dünne Beine?

Damit seine Schultern nicht so schmal aussehen.

Wohin sind die Kissen im Aufenthaltsraum entschwunden?

Damit hat Servilius die Schultern seines Jacketts ausgestopft.

Warum hat Servilius so einen ungesund dicken Bauch?

Weil er keinen Arsch in der Hose hat.

Warum lässt Servilius beim Kahlrasieren seines Schädels öfter kleine eisgraue Haarinseln stehen?

Als Nachweis dafür, dass er noch Haare hat.

Weshalb cremt sich Servilius morgens die Glatze mit Babycreme ein?

Weil er die Falten in seinem Gesicht nicht mehr wegkriegt.

Derzeit arbeitet die Schülerschaft an der Ausarbeitung von Fragestellungen, die sich mit der besonderen Form seines Bartes beschäftigen. Über den schlaffen Lippen trotzt ein gestutzter weißer, über die Mundwinkel herabhängender Schnurrbart, dessen Enden so eingerollt sind, dass sie sich mit dem senkrecht über das fliehende Kinn verlaufenden Bartstrich verbrüdern können. Obwohl jeder weiß, dass er abends im Pub literweise Ale in sich hineinschüttet, mimt er morgens in der Pause den gesunden Obstesser, der ohne seine Vitamine die Krise kriegt. Sind die Ausarbeitungen über seine äußere Erscheinung abgeschlossen, werden sie sich mit seinen Wesenszügen auseinander setzen.

Die derzeit spitzfindigste Frage lautet:

Weshalb ist Servilius überhaupt so kahl?

Weil wir kein gutes Haar an ihm lassen.

Die Jungs kichern. Wenn man ihn so sieht, denkt man natürlich unwillkürlich an dieses Ratespiel. Machli dreht sich mehrmals unauffällig um. Er könnte schwören, schwere große Füße auf wattigem Untergrund hinter sich herlaufen zu hören. Schritte langer Beine, die sich annähern oder auch ein Stück zurückfallen. Demnächst, so denkt er, entwickelt er noch einen zusätzlichen Tick, weil er sich permanent umdrehen muss. Mit scharfem Blick mustert er die in weißen Nebel eingehüllte Umgebung hinter sich. Müdes Licht schimmert durch Küchenfenster. Nebelwolken wallen hinter ihm her, verschlucken alles, was mehr als zwei Fuß weit weg ist. Beste Tarnung für einen, der nicht gesehen werden will.

„Hör zu, Horatio". Machli stapft mühsam die steinernen Stufen hoch, den schweren Ranzen im Halbdunkel lässig über die rechte Schulter geworfen. „Ich muss..." Er keucht, die dicke Nebelluft macht ihm zu schaffen. „Ich muss noch eben rasch zum Pedell, etwas fragen. Mein Monitor ist kaputt. So konnte ich mein Referat für heute nicht schreiben. Du verstehst?" "Dein Referat bei Servilius heute? Ach du Kacke. Mann, du hättest mich doch anrufen können. Ich hätte dir was durchgegeben oder du hättest doch auch schnell deinen Text bei mir schreiben können!". Horatio ist entsetzt. Wer Servilius, Hausaufgaben nicht erledigt, beleidigt ihn persönlich. „Komm, gib mir deinen Ranzen, ich nehme ihn mit, damit wenigstens etwas von dir pünktlich in der Bank sitzt".

Oh, Machli ist überrascht. Horatio schenkt ihm ein offenes Lächeln. Machli, der alles Schöne dankbar aber kritisch annimmt, nickt kurz, stapft in Richtung Nebengebäude. Langgezogen und geduckt lauert es unter einem Wellblechdach. Weil der Wind es mit jeder Windstärke höher hebt und immer mehr aus seinen Verankerungen reißt, hat es seine besten Zeiten schon hinter sich. Die meisten der grauen Holzfensterläden sind von innen geschlossen. Einzig in Amerspoths spärlich eingerichtetem Büro brennt eine nackte Glühbirne, die schmucklos von der Decke baumelt. Die Fensterläden sind geöffnet. Andere schreiben ein vernünftiges Schild, oder lassen eines drucken und hängen es an ihre Tür. Zum Beispiel: Rüzgar Amerspoth, Hauptamtlicher Hausmeister, zuständig für alle Dinge, Sprechzeiten von bis, telefonisch zu erreichen unter, Notfalltelefonnummer und so weiter. Bei Peter Servilius liest der Gast sämtliche Universitätsabschlüsse und Dienstgrade. Nur das Geburtsdatum fehlt. Nicht so hier. Schlichtheit in reinster Form scheint hier Philosophie zu sein.

Pedell. Bitte klingeln.

Bevor Servilius ihn niedermacht hat sich Machli zu einer halboffenen Form der Wahrheit entschlossen. Amerspoth ist auf seine Art so abseitig; dass es schon fast egal ist, was er über ihn denkt. Von innen heraus vernimmt er zu seinem Erstaunen das Rennen flinker Füße und lustiges Gelächter. Kratzen, Schaben, Trippeln. Ja, lustig. Anders als das hämische, hysterische Gekreisch, das in seinen Ohren so ungeliebt vertraut klingt. Schweren Herzens betätigt er die altertümliche Klingel. Unten zieht man am Ende einer modrigen Leine, oben läutet sage und schreibe ein Glöckchen. Kein ganz kleines. Eher eine Kreuzung aus einer kleinen Kirchturmglocke und einem winzigen Christmasglöckchen. Also reelle Handarbeit. So ein Ding aus Erz mit moosiger Patina, auf der runde, kalte Tautropfen zitternd das bisschen Tagessonne erwarten. Im Inneren des Nebengebäudes pflanzt sich der helle Klang durch alle Zimmer fort. Das lustige Miteinander verstummt.

Schlagartig. Machli wundert sich, spitzt die Ohren. Komisch, denkt er, der Alte arbeitet doch immer alleine. Vielleicht hat er das Radio eingeschaltet oder guckt heimlich DVD's in der Dienstzeit. "Na ja, mir soll's egal sein". Rüzgar Amerspoth nähert sich der Tür. Den Zopf wie immer streng nach hinten gebunden, ein gelöstes Lächeln auf dem faltigen Gesicht. Seine eigenartigen Augen leuchten. Etwas wie verschmitzte Zärtlichkeit strahlt aus ihnen hervor. Ausgewaschenes Blond glänzt mit breiten silbrigen Strähnen, die sich wie Lametta in das dichte Haar einflechten. Den Rücken leicht gebeugt, schlurft er zur Türe. Unter dem grauen Arbeitskittel, den er sommers wie winters unverdrossen trägt, schlagen weite Cordhosenbeine über ausgetretenen Schlappen.

Machli spürt seine Finger in der klammen Kälte feucht werden. Eben noch hatte er sich Worte zurechtgelegt und schon verkommen sie zu einem zähen Brei auf seiner trockenen Zunge.

Mit einem entschiedenen Ruck reißt der Pedell die Holztüre auf. Sie erinnert eher an eine ausrangierte Küchentür, als an die Tür eines öffentlichen Gebäudes. Die schmale Glasscheibe vibriert. Machli umklammert mit klebrigen Fingern den Talisman in der Hosentasche. Seine steinerne Kröte. Ein Geschenk seines Großvaters. Aus Onyx. Aus dem Augenwinkel sieht er etwas Kleines, Rasches über den Fußboden huschen.

3.

Irritiert wandert sein Blick von unten nach oben. Landet in Amerspoths undefinierbaren Augen, die unruhig hin und her wandern, bis sie ihn aufmerksam fixieren. „Ja?" Eine knurrende Frage. Ein starrer Blick aus faltigen Augenwinkeln nagelt seinen mageren Körper buchstäblich in der Luft fest. Machli hat das Gefühl, sich nicht mehr rühren zu können. „Guten Morgen, ähem, Sir". Machli stottert. Hinter ihm ruft die Schulglocke zum Unterricht. „Ähem, Sir..." Wieder eine huschende Bewegung. Machli versucht, sich von diesem starren Blick zu lösen, um den Alten herumzuschauen. Ein kaum wahrnehmbarer Blitz zuckt in dessen Pupillen. Kaum merklich schiebt er sein rechtes Bein zur Seite, verstellt die Aussicht. Kann es sein, dass der Alte Katzen hat? Tiere sind doch im Schulgebäude verboten. Es wäre kein Wunder, wenn dieser seltsame Mensch Heimlichkeiten hat. Wohl formuliert gleitet dieser Gedanke wie ein unruhiger Zitteraal durch Machlis Gehirnwindungen. Amerspoth zieht fast spöttisch eine seiner buschigen Augenbrauen hoch. „Nun?" Diese abwartende Frage verdient eine Antwort. Schon aus Höflichkeit. Machli dreht die steinerne Kröte hin und her. So eine blöde Situation. Wäre er doch bloß nicht hierher gegangen. Die Schulglocke drängelt. Wenn er zu spät zum Unterricht kommt, kriegt er von Servilius gleich eine auf's Dach. Und das zu Recht. Machli seufzt. Zurzeit verschwören sich alle Umstände gegen ihn. Wahnvorstellungen, Verfolgung, PC unbrauchbar, Referat unschuldig vergeigt, eine hässlich winkende Strafarbeit, sinnloses Gestammel vor einem alten Kauz. Zum Mäuse melken. Der Alte zieht geräuschvoll eine Portion Schleim den Hals hoch, rotzt mit langen gelben Zähnen knapp an dem Jungen vorbei zur offenen Türe hinaus. Dickflüssig und eklig klatscht die Masse unmittelbar neben Machlis Sportschuhe. Ein Würgen reizt seine Kehle. Am liebsten würde er weglaufen. Rennen. Wenn es nicht so lächerlich aussähe. „Was nun?"

Die Frage klingt unüberhörbar spöttisch. „Willst du hier Wurzeln schlagen? Kannst du nicht sprechen?" Der Pedell kneift die Augen zusammen. Mit einem Mal geht ein Grinsen über sein Gesicht. „Komm rein Junge, sonst vertrödelst du nur deine Zeit".

Unter der nackten kahlen Glühbirne steht ein ebenso schmuckloser Holztisch mit zwei alten Stühlen. Einen schiebt der Pedell mit einer schnellen Bewegung fast unter den Hintern des Jungen. „Setz dich". Ein knapper Befehl, dem Machli sofort folgt. „Haben Sie Katzen?" Unsicher nimmt er Kontakt auf.

„Falsche Frage. Tiere sind hier verboten. Bist du vorbeigekommen, um mit mir über Zoologie zu reden?" Knurrend lässt er sich auf den zweiten Stuhl plumpsen, faltet runzelige, abgearbeitete Hände mit schwarzen Fingernägeln zu einem Dach zusammen. Lehnt sich zurück, schweigt. „Also, Sir, ich habe ein Problem mit meinem Computer. Genauer gesagt mit meinem Momomo...mit meinem Monitor." Der Junge ringt um Worte. „Nun, ich dachte, ich habe mein Referat nicht gemacht, nicht machen können, weil der Monitor kaputt ist. Demzufolge ist der ganze PC unbrauchbar. Jemand, ich kann ihnen, Sir, nicht sagen, wer das war, hat meinen Bildschirm zerstört."

Plötzlich strömen die Worte nur so aus ihm heraus. Unter dem stillen Blick des Mannes löst sich der Korken aus seinem Hals. Und seinem Kopf. Tränen stehlen sich aus seinen Augenwinkeln. Entschlossen kramt er seinen Talisman aus der Hosentasche und legt ihn vor sich auf den Tisch. Amerspoth sagt kein Wort.

Der Junge fixiert zuerst die Kröte, anschließend die seltsame Gestalt ihm gegenüber. Die Schulglocke läutet eben das letzte Mal. „Wissen Sie, Sir, es ist sowieso zu spät".

In diesem Moment beginnt der Unterricht. Englische Literatur.

"Sicher bin ich wieder der einzige, der seinen Job nicht erledigt hat. Nur handschriftlich. Das wird mir Servilius, Verzeihung, Rektor Servilius, ganz bestimmt um die Ohren hauen, weil es seinen Ansprüchen nicht genügt. Ich bin kein schlechter Schüler, ganz bestimmt nicht. Ich will es auch nicht sein. Faul bin ich auch nicht. Nur..." Machli sucht nach Worten. Sein Oberkörper sackt zusammen. „Ich..." sagt er leise, fast unhörbar, „ich habe so viel am Bein, das glaubt mir niemand. Das hätte locker auch für Drei gereicht. Wenn ich keine Arbeitsmittel habe, verliere ich den Anschluss, vielleicht schmeißen sie mich hier raus. Aber ich habe so viel zu erledigen..."

Verzweiflung nistet sich in seiner Stimme ein. Amerspoth räuspert sich. „Du meinst also, beim alten Pedell findest du etwas. Denkst, wir haben hier vielleicht geheime Vorräte oder ausrangierte Geräte, von denen du eines borgen könntest?" Machli nickt erleichtert. „Glaubst du, das ist an einer Schule üblich? Wo wir kaum ausreichend Geld für Lehrmittel haben?" „Nein Sir". Machli senkt den schwarz ge-lockten Kopf, atmet tief aus. Dunkle Ringe bilden sich unter seinen Augen. Unsichtbare Füße scharren hinter ihm. Große Füße. Der Alte scheint kurz den Kopf zu heben. „Ist etwas, Sir?" Machli erhebt sich mit einem müden Rest von Würde, will gehen. Zu spät ist zu spät. „Warte Junge".

Rüzgar Amerspoth erhebt sich ebenfalls. „Du siehst aus, als könnte man wegen einem wie dir einmal die Regeln ändern. Hinten in der Kammer habe ich tatsächlich Monitore. Ausrangiert vom Lehrkörper persönlich. Nur noch nicht verschrottet. Aber ich sage dir, diese Dinger funktionieren noch". Seine Arbeitshände ziehen eine vorher unsicht-bare Schublade auf, fingern ein speckiges Blatt Papier und einen fast aufgebrauchten Metzgereibleistift heraus. Beides legt er vor sich hin. Machli erkennt sofort, dieser Mensch redet besser als er schreibt. Der Alte hebt den Kopf, zieht die Augenbrauen fragend hoch. „Vertrauen gegen Vertrauen?" Hoffnung keimt in seinem mageren Gegenüber auf. Machli nickt. „Nun denn Bursche, dann schreibe mir deinen Namen und die Adresse auf, ich werde dir deinen Monitor liefern lassen". Spricht's und schiebt dem Jungen das Schreibzeug über den Tisch.

4.

Lächerlich hin oder her. Was soll's.

Machli nimmt die Beine in die Hand und spurtet los. Keiner ist auf dem Schulhof, der ihn albern beschimpfen könnte. Dünne Beine schlenkern im Rennen nach links und nach rechts. Spitze Knie zwingen die nach innen gedrehten Füße bei jedem Schritt ziemlich in die Höhe. Machli rudert schwitzend mit den Armen. Die Rennerei strengt ganz schön an. Jetzt noch prustend die Treppenstufen zum Schulgebäude hoch. Vorbei an den Portraits der alten Rektoren, die, jeder für sich, ein Stück Tradition und Schulgeschichte repräsentieren. Abgeklärte Blicke scheinen seinen Weg zu verfolgen. Auch mürrische, ab und zu ein tadelnder. An manchen Tagen, wenn er Zeit hat, grüßt er die Riege der alten Herrn. Heute nicht. In seinem Hirn ziehen sie beleidigt die Mundwinkel nach unten. „Die Jugend von heute! Also so etwas, ungezogen sind sie. Ja unkultiviert, wertneutral sozusagen. Haben keinen Respekt mehr vor dem Alter!". Der porträtierte Rektorentrupp scheint sich säuerlich wispernd zu beschweren. „Shut up!"

Machlis Geheimbefehl erlaubt ihm unmittelbare Ignoranz. Abgrenzung gegen das unaufhörliche Flüstern. Er verlangsamt den Gang, streckt sich, schwenkt die Arme, lässt den Oberkörper herunterhängen, atmet langsam tief ein und aus. Versucht es zumindest. „Schaut ihn euch an!". Die Stimmen wispern.

„Was für ein Benehmen! Unsäglich! Wie er sich gehen lässt! Mein Gott, was für eine Körperhaltung in der Öffentlichkeit. Also zu unserer Zeit..." Das Klassenzimmer kommt näher. Machli legt die feuchte Hand auf die eherne Klinke, drückt sie sachte herab. „Shut up!" Unhörbar fast wispert er zurück. Will sich leise in den Klassenraum schieben. Im selben Moment, seine unglückliche Gestalt drückt sich gerade in den Türrahmen, fallen im Treppenhaus zeitgleich, fast aufgrund einer schäbigen Verabredung, die Portraits der honorigen Würdenträger von den Wänden. Klirren zersprungenen Glases schneidet in seine Gehörgänge wie Kettengerassel. Alle Gesichter wenden sich ihm zu. Im Klassenraum herrscht absolute Stille. Man könnte eine Stecknadel fallen hören. So laut, als ob ein Gletscher kalbt. Mädchen und Jungs sitzen ordentlich, mit eisigen Mienen an ihren Pulten. Überraschte Augen mustern ihn. Manch mitleidiger Blick streift ihn aus gut trainierter Gesichtsmuskulatur. Allgemeine Höflichkeit gebietet es nicht, in der Öffentlichkeit seinen Gefühlen freien Lauf zu lassen. Selbstbeherrschung ist angesagt. Aufgeschlagene Bücher liegen mit ruhiger Selbstgewissheit auf den Pulten.

Englische Literatur, die heutige Stunde seines Untergangs. Einzig Pete Sacker prustet los. Pete ist größer und kräftiger, verfügt in den Pausen über ein schlagkräftiges Mundwerk, plagt sich mit einem ewig glänzenden Pfannkuchengesicht, das sich immer wieder selbst mit leuchtenden Furunkeln verunstaltet. Nachdem er in den Pausen seine oft besserwisserischen oder gar höhnischen Kommentare unter die Leute gebracht hat, findet man ihn häufig in der Toilette vor dem Spiegel, wo er ärgerlich versucht, diese Dinger auszudrücken. Menschen die versuchen, seinem Verstand das Gegenteil begreiflich zu machen, nämlich dass seine knubbeligen Fettfinger das Problem nicht nur erhalten sondern auch noch vergrößern, droht er Prügel an. Spätestens dann ziehen sie sich zurück. Nicht nur wegen der angedrohten Maßnahmen. Angeblich wäscht er sich nicht immer die Hände. Blaßgelbes Haar hängt trübe von seiner glänzenden Stirn in die Augen. Es ist nicht immer einfach, das Leben im Klassenraum oder auf dem Schulhof gleichzeitig mit ihm auszuhalten. Schon gar nicht, wenn man von frisch gerollten Popelkügelchen getroffen wird. „Wie sieht denn der aus?!?"

Pete beobachtet die Situation nicht ohne Entzücken. Endlich einer, der ihm heute den Rang abläuft. Servilius schießt unter zusammengezogenen weißen Brauen einen strafenden Blick in seine Richtung. Maßregelungen sind seine Angelegenheit. Aus weinrotem Jackett, breitschultrig ausgestopft, quillt sein gewaltiger Bauch, der unanständig über den Hosenbund hängt. Wabert sozusagen. Stapft er siegesgewiss über den Campus, gibt es Schülergruppen, die hinter vorgehaltener Hand hinter ihm her flüstern. „Servilius mit dem wabernden Wanst".

Pete gehört selbstverständlich auch zu ihnen. In dieser Hinsicht fördert der Umgang mit geschriebener Sprache auch seine verbale Kompetenz. Der Obstesser ist noch nicht so gut drauf. Seine Vitaminpause, in der er frisches Obst verschlingen kann, liegt noch vor ihnen. „Nun Pott?"

Seine Stimme trieft. „Kennen sie keinen Gruß?"

Machli versucht herauszufinden, was denn außer zu spät Kommen vorgefallen sein könnte. Derart drastische Reaktionen auf wenige kleine Minütchen liegen nicht, noch nicht, in seinem Erfahrungshorizont. „Verzeihung, ähem, guten Morgen, Sir". Mit weit geöffneten Augen sondiert er die Lage, sein Hirn rattert, rast todesmutig sämtliche Schienen aufgelisteter Fettnäpfchen, in die er bis heute getreten oder auch gefallen ist, ab. Nichts Vergleichbares fügt sich in die Schablonen seiner Erinnerung. Servilius nickt knapp. Betrachtet sich die Hände des Jungen. „Wo ist Ihr Referat, Pott?"

Machlis Hand sucht in der Hosentasche verzweifelt nach der gewohnten Umklammerung des Talismans, nach der tröstenden schwarzglänzenden Kröte, die in den warmen dunklen Tiefen ruht. Hektische Finger spähen in jeden verborgenen Winkel. Suchen diese nach einem versteckten Loch ab. Er seufzt innerlich auf. Ganz gewiss hockt sie noch mit breitem Hinterteil auf Amerspoths schmucklosem Tisch. Na Mahlzeit. „Verzeihung, ähem, Sir".

Machlis Sprachmelodie trabt sich in einen eilfertigen Singsang. „Sir, ich habe das Referat erledigt. Gerne sogar". Sein Kopf nickt dazu. „Leider habe ich es, ähem, nur handschriftlich. Nun, Training der Handschrift, die als Verständigungsmittel auch leserlich sein soll, muss ja auch sein". Eine kleine humoristische Einlage, schießt es Machli durch den Kopf. Servilius wartet ab. Seine Lippen unter dem selbsterfundenen Bartwuchs zu einer blassrosa Rüsche gekräuselt. „Nun Sir, ich hatte Probleme mit dem Computer. Probleme, die mittlerweile behoben sind, sodass ich den Text in absehbarer Zeit nachreichen kann". Gott sei Dank kann er reden! Machli dankt es tausend Diskussionen mit seinen Widersachern. „In absehbarer Zeit, soso". Servilius schiebt sein kleines, fliehendes Kinn unter dem schmalen senkrechten Bartstreifen vor. „WANN? Was halten Sie von Pünktlichkeit, Pott? Wann ist es dem Herren genehm, seine Leistungen abzuliefern?"

Servilius nimmt einen bedrohlichen Gang auf. Den schleichenden Gang eines Raubtieres, mit lauschend angespannter Muskulatur, bereit zum Zubeißen. Fertig zum Angriff. Eine seiner sorgfältig maniküren Hände streicht mit weichen Fingerbeeren eine nicht vorhandene Haartolle nach hinten.

Quietschend rollen Sohlen auf dem Linoleum des Fußbodens ab. Langsam, bedächtig, tückisch. „POTT!"

Machli fährt zusammen, zieht den Kopf zwischen die schmalen Schulterblätter, die Mitschüler und Mitschülerinnen pressen die Lippen. Schnurrend wie ein böser, zufriedener Tiger umrundet Servilius sein Opfer.

"Wie, mein Herr, sehen sie eigentlich aus?" Pete Sacker kichert. Verfolgt amüsiert, wie Machli an sich herunterschaut, sich absucht, mit jeder Sequenz Mund und Augen weiter öffnet. Nicht nur Pete, der es scheinbar nötig hat, kichert. Manches Mädchen prustet leise hinter vorgehaltener Hand. „Sir.."

Mehr bringt er nicht heraus. Das Maß seiner Schande, der öffentlichen Demütigung heute ist voll. Das Ergebnis der Überprüfung ist so einfach wie fatal: Im Gegensatz zu allen anderen trägt er keine Schuluniform. Vergessen. Untergegangen im Wust der vielen anderen Dinge. Verschollen im Dickicht der Gedanken. „Was haben Sie zu Ihrer Entschuldigung vorzubringen?"

Servilius schnappt. Mea Culpa. Lieber nichts. Jedes weitere Wort blamiert mich noch mehr. Machli schweigt. Überlegt einen Moment.

„Verzeihung, ähem Sir, es wird nicht mehr vorkommen". Was soll er auch sagen? Dass zuhause keiner mehr die Waschmaschine bedient? Dass fast alle seine Klamotten nicht mehr ganz so frisch zusammen geknäult unter dem Bett liegen? Dass er sich vor dem kreischenden Gelächter im Wohnzimmer fürchtet? Vor dem süffisanten Ton der Person, deren sehnig bleicher Körper meist rauchend schlaff im Sessel hängt? In deren Verfassung sich höhnische Anklage, Verzweiflung und gleichgültige Leere lässig die Hand reichen? Soll er sagen, mit wie viel Schmerz er sich quält, wenn ihn leere Augen wie einen Vergessenen ansehen? Unmöglich. Ja. Er ist verdächtig. Ohnmächtig. Machli schämt sich vor versammelter Mannschaft. Würde am liebsten durch den abgeschliffenen Holzboden sinken, sich in den winterwarmen Heizungsrohren verstecken und dort vermutlich wie ein Brocken stecken bleiben. Oh diese Bloßstellung! Warum holt ihn dieser Idiot nicht nach dem Unterricht zu einem Gespräch? Er will zeigen, wie mächtig er ist. In Machli quillt heiß der Zorn hoch. Ein Zorn, der seine pochende Lebensader mit wildem Blut füllt. Ein Zorn, der nicht alles erlaubt. Kalte Wut, die nicht in seinem Herzen entsteht, sondern tiefer. Tief in seinem Bauch wühlt sie sich tobend nach oben. Stellt vorerst sein sprachloses Gehirn ruhig, entzieht seinem Gesicht jegliche Farbe.

Nein. Ein klares Nein. Nicht alles lässt er mit sich geschehen. Oh nein. Gelb wie Hühnerknochen stehen seine Fingergelenke aus den verkrampften Fäusten. Servilius ist in Fahrt. Bevor andere, eventuelle Nachahmer möglicherweise, auf die gleiche dumme Idee kommen, wird er hinsichtlich der Verfahrensweise keine Zweifel aufkommen lassen. Wird ein Exempel statuieren. Mit hinter dem Rücken verschränkten Händen, auf quietschenden Tigersohlen wippend, verfasst er spontan eine kurze Rede: „Pott! Ich vermisse an Ihnen deutlich die hier an unserer Schule notwendige Leistungsbereitschaft. Nicht unbedingt das Leistungsvermögen. Das hätten Sie, wenn Sie sich ausreichend, das heißt, wenigstens am unteren Rand des Anforderungsniveaus, bemühen würden". Sein Tonfall gewinnt deutlich an Schärfe.

„Selbstverständlich akzeptiere ich weder ihre Ausrede hinsichtlich des Computers noch ihr missachtendes Äußeres. Sie hätten entweder zu einem Mitschüler oder ins Klassenbüro gehen und ihre Aufträge erledigen können. Ich werde hier folgende Maßnahmen ergreifen".

Servilius wippt auf den Sohlen. Seine Augen verengen sich zu Schlitzen. Er baut sich dicht vor Machli auf, sein Atemhauch streift ihn. Im Abgang kalter Kaffee und fette Würstchen.

„Sie, Pott, erhalten einen schriftlichen Verweis in Ihre Akte, der nach angemessener Zeit ohne weitere Verstöße wieder gelöscht werden kann. Andere Lehrkräfte sprächen Ihnen an dieser Stelle einen Verweis vor dem Rektor der Schule aus. Was hier bekanntermaßen nicht erforderlich ist". Er hüstelt, mit kaltem Lächeln lässt er seinen Blick durch die Runde schweifen. Dramaturgisch perfekt hebt sich seine Stimme. „Des weiteren holen Sie sich später nach dem Unterricht einen Elternbrief im Sekretariat ab, den Sie spätestens übermorgen unterschrieben zurück bringen. Schließlich müssen Ihre Eltern informiert sein. Zusätzlich..." Mit dem 'Zusätzlich' senkt er seinen Tonfall wieder, scheinbar jedes Wort schmeckend. „Zusätzlich holen Sie sich gegen Unterschrift und eine Verwaltungsgebühr unsere Schulordnung ab, die Sie zehnmal akkurat abschreiben. Vielleicht gelingt es Ihnen auf diese Weise, sich mit den gültigen Vorschriften auseinanderzusetzen". Mit jedem dieser Worte kaut Machli seinen Zorn hinunter, starke Kiefer mahlen unter hellwachen opalblauen Augen, die Servilius mit ihrer Kraft zu Boden strecken wollten. Mühsam richtet er sich zu einer geraden Haltung auf.

Beuge dich nicht vor einem Hampelmann, beuge dich nicht vor einem Hampelmann....

Dem Klang seines Mantra folgend flüstert er sich innerlich zu. Arsch! Seine Wut kann es nicht lassen, dieses Wort hinter seiner glatten Stirn zu zischen. Nicht jetzt! Machli zischt inwendig zurück. Stell dir vor, wie er Durchfall hat, wie seine Mami ihn wickelt, wie seine Haare schneller wachsen, als er sie rasieren kann.... Machli entspannt sich ein wenig, versucht, nicht breit zu grinsen. Obwohl ihn besonders die letzte Vorstellung sehr erheitert. Stell dir vor, wie sein dicker Bauch bei jedem Schritt pupsen muss...

Ein dicker, sich ständig hektisch rasierender, pupsender Servilius, der mit panischen Fingerbeeren seinen üppigen Haarwuchs kontrolliert, geistert sprunghaft durch seine Gedanken. Mit für andere unerklärlicher Fröhlichkeit antwortet er auf des Rektors kalten Spott.

„Platz!"

Wie einen Hund herrscht der ihn an.

„Ja Sir, aber gerne Sir, vielen Dank Sir!"

Mit rascher Wendung seines mageren Körpers entwischt er dem entgeisterten Zornesblick seines Lehrers, windet sich neben Horatio in die Bank. „Es tut mir leid, Machli. Ich habe es nicht gemerkt, sonst hätte ich dich darauf hingewiesen". Horatio flüstert mit reglosen Lippen. Lächelt den Geschmähten aus freundlichen Augenwinkeln an, berührt ihn unter dem Tisch kurz mit dem Knie. Machli nickt unmerklich. „So, nach einem unliebsamen Ausflug in die Literatur unserer Schulordnung schlagen Sie bitte Ihre Bücher auf, während das erste Referat vorbereitet wird. Beschäftigen Sie sich mit grammatikalischen, strukturellen und orthografischen Regelwerken und vergessen Sie nicht, die hohe Kunst der Rhetorik zumindest auf theoretischer Ebene zu würdigen, damit Sie die folgenden Vorträge schätzen können. Oder auch nicht".

Ein schräger Blick streift Machli um nachzuvollziehen, ob dieser den Anweisungen auch folgt. Weit geöffnete kraftvoll blaue Augen starren mit zielgerichteter Fröhlichkeit in seine, die sich durch wulstige Fältchen kämpfen müssen. Jeden Tag.

Lachendes Blau bohrt sich unangenehm in seinen Blick. Eine leuchtende Tentakel fängt und hält ihn, krallt sich schlängelnd um seinen Sehnerv. „Bis zur Pause bleiben Sie auf Ihren Plätzen!"

Mit einem Ruck dreht sich Servilius um. Selbstbewusst vermeidet er in dieser Stunde vorerst weiteren Blickkontakt.

5.

Machlis Hirn liegt erschöpft in der Schale, nach außen hin aufmerksam verfolgt er dem Scheine nach den Unterricht. Eine Taktik, die jeder Schüler vorzüglich beherrscht. Auch ohne langes Üben. Die Schulordnung schwebt ihm ungut durch den Kopf. Vor allen Dingen die Verwaltungsgebühr, die er zu entrichten hat. Machli gehört nicht zu den Jungs, die Taschengeld bekommen. Wo er das Geld hernehmen soll, ist ihm schleierhaft. Verzweifelt überlegt er, ob er eventuell Pfandflaschen eintauschen könnte. Die Frage ist nur: Wann? Heute noch soll er sich den Text holen. Einer wie er bekommt sicherlich keinen Kredit. Die Pausen sind zu kurz, um nach Hause zu rennen und Flaschen zu suchen. Unauffällig zu suchen, nicht mit dem Glas zu klirren. Die Fläschchen sind ein Heiligtum. Man nimmt sie nicht so ohne weiteres weg. Er schaut unter sich. Servilius Worte und die seiner Mitschüler rauschen wie ein ferner Fluss an seinen Ohren vorbei. In ihm stöhnt es. Mühsam hebt er den Kopf, bemüht, dem jetzt leeren Blick ein konzentriertes Gewand anzuziehen. „Was meinen Sie dazu Pott?"

Entgeistert starrt Machli den Rektor an.

Pete Sacker, den er heimlich den Piesacker nennt, grinst schon wieder hämisch. Zeigt ihm Zeigefinger und Daumen in behaglich drehender Bewegung. In Machlis Hirn rast es. Servilius Frage hat sein müdes Hirn wie ein Stockschlag getroffen. Das war' s aber auch. Von der Themenstellung an sich war er nicht berührt. „Nun?" Die Schärfe des Tonfalles ist mehr als unangenehm. Nimmt sie doch Versagen bereits vorweg. Triumph über Versagen. Schon vorher gewusstes Versagen. Machli setzt sich gerade, versucht, seine zuckenden Knie zu entspannen und holt tief Luft. Sein Adamsapfel wackelt ein wenig. „Nun, ähem, Sir, wie ich die verschiedenen Aspekte beurteile, sind diese einerseits eine Frage der persönlichen Einstellung des Lesers, andererseits möglicherweise auch ein Spiegelbild, wenn auch ausschnitthaft, der inneren Verfassung und der Biografie des Autors, die sich wiederum im gesamtgesellschaftlichen Kontext des jeweiligen Jahrhunderts darstellt. Mehr vermag ich im Augenblick nicht zu sagen, denn weitere Äußerungen bedürfen genauer wissenschaftlicher Prüfung". Pete Sackers Kinnlade war bereits nach Ende des zweiten Satzes auf das hölzerne Pult geknallt. Horatio grinst. Servilius Fingerbeeren streichen behutsam über die Glatze und ziehen damit gleichzeitig das pikierte Gesicht wieder gerade. „Danke Pott". Mit starrem Blick wendet er sich der Klasse zu. Mann, dem hat er es gezeigt! Machli lehnt sich, überwältigt von seinem Erfolg, siegreich zurück. Schüttelt fast den Kopf. Wenn man bedenkt, dass er doch nur die gestelzten Worte des Lehrers, mit denen er versucht ihnen Bildung einzuhauchen, sinnvoll aneinander gereiht und wiedergegeben hat! Mann, Mann, Mann, diesen Trick wird er sich für Notfälle merken. Eben aus der Not heraus geboren und schon zum Standard erhoben. Nur nichts anmerken lassen, flüstert er sich heimlich zu. Horatio nutzt die Gelegenheit, ihn mit seinen waldmeistergrünen Augen und dem breiten Mund freundschaftlich anzulächeln. „Glückwunsch!" Er flüstert ihm fast unmerklich zu. Die Glocke läutet zur Pause. Eilig werden Stühle zurückgeschoben, Körper schieben sich heraus, knallen die Stühle hart über den Fußboden wieder unter die Pulte. Die ersten gehen schon zur Garderobe, es ist kalt draußen. Machli geht, die Hände in den Hosentaschen verborgen, unter dem aufmerksamen Blick des Rektors ebenfalls auf den Flur. Amerspoth im grauen Arbeitskittel war offenbar gerade damit beschäftigt, die heruntergefallenen Portraits der alten Herrn wieder an ihre Plätze zu hängen. Ein Raunen und Flüstern, ab und zu ein Fluch erfüllen die Luft. Die anderen scheinen es nicht zu hören. Machli wird ihn wegen der Kröte ansprechen. Doch was ist das? Machlis Finger suchen gewohnheitsmäßig nach dem Talisman. Das gibt es doch nicht! Solche Dinger im Schulgebäude? Amerspoth ist gerade dabei, in gebückter Haltung mit unergründlichem Blick die Überreste einer historischen Zahnprothese zusammenzufegen. Schwatzend und lärmend stürmen die anderen aus der Klasse und aus anderen Räumen auf den Schulhof. Niemand beachtet Amerspoth und den Jungen. „WAS?" Machlis Mund formt diese wortlose Frage fast von selbst. Des Pedells unstete Augen huschen nach allen Seiten über den nun fast leeren gebohnerten Gang. Sein Gesicht eine gefasste Maske. Bevor er zurück in sein Büro trottet, weist er mit der Kinnlade stumm in Machlis Richtung. Genau genommen hinter ihn und geht. Erstaunt dreht er sich um. Verrückt. Völlig verrückt. Komplett übergeschnappt und abgedreht. Seine Biografie hat sich nicht für das Genie sondern für den Wahnsinn entschieden. Da droht ihm doch ein erbitterter, zahnloser Alter wütend mit dem Finger. Zischt und spuckt unanständige Flüche aus seinem Portrait heraus! Fassungslos rauft sich Machli die dichten schwarzen Locken. Mein Gott, was für ein Tag! Was für ein Tag im Leben eines Dreizehnjährigen, der eigentlich nur seine Ruhe will. Und dabei ist der Tag noch jung. Das was bis jetzt abgelaufen ist, hätte doch schon fast für eine ganze Familie gereicht. Hoffentlich ist das kein Spiegelbild für sein Leben. Denn das würde bedeuten, die Schwierigkeiten laufen sich eben nur warm. „Sir!" Machli rennt weg. Rennt ausnahmsweise einmal weg. Mit zuckenden Knien, die ihn so lächerlich aussehen lassen. So peinlich unmännlich. Mit schlackernden Armen und Beinen rennt er Amerspoth nach. „Sir, kann ich Sie bitte sprechen?" Rüzgar Amerspoth nickt. Weist ihn mit der Kinnlade an, in seine Arbeitsräume zu kommen. Seine abgearbeiteten Hände signalisieren ihm: Es hat auch gleich noch Zeit, ich habe dich gehört. Machli fällt sofort in eine würdevollere Gangart zurück. In eine Gangart, die er für seine Person als angemessen empfindet. Unter diesen Umständen angemessen. Auf dem Schulhof verschwindet gerade Amerspoths strähniger Zopf wippend hinter der Türe, die er einen Spalt weit offen lässt. Für ihn. Mit leisem Klopfen tritt Machli ein. Meint, wieder Getrappel kleiner Füße und Kichern zu hören. Niemand ist zu sehen. Außer Amerspoth, der die armen Überreste der geschundenen Prothese diskret in einer Schublade verschwinden lässt. Die onyxfarbene Kröte hockt wartend auf dem Tisch. Machli steckt sie dankbar in die Hosentasche. „Guten Tag Sir". Amerspoth nickt. Ein leises verschmitztes Lächeln im runzeligen Gesicht. Er schaut den Jungen wartend an. Plötzlich fällt es Machli ein. Fällt ihm wie Schuppen von den Augen. „Sie haben es also gesehen, nicht wahr, Sir?" Seinen ganzen Mut muss er zusammennehmen. Amerspoths unsteter Blick wird fest. Der Alte schaut ihm direkt in die Augen. Mustert ihn. Machli fühlt sich von diesen Augen erkannt, fast geröngt. Aber nicht unfreundlich. „Ja". Diesmal rotzt der Alte nicht knapp an seinen Füßen vorbei. Er räuspert sich nur. Und grinst. „ Mit deinem Talisman wäre das nicht passiert, oder?" Er duzt ihn automatisch, den Jungen stört es nicht. Im Gegenteil. „Also bin ich nicht verrückt?" Amerspoth lacht. Lacht tatsächlich ein lautes, befreiendes Lachen. Gibt der immer noch offenen Türe mit dem Bein einen entschiedenen Tritt. Offener Schalk blitzt aus seinen Augen. „Was ist schon verrückt, mein Junge. Setz dich". Mit bedächtigen Fingern dreht er sich eine Zigarette. Fängt Machlis Blick auf, zündet sie an und zieht daran. „Hier in meinem Reich darf ich rauchen. Auch wenn es sonst verboten ist. Ich habe mir einen speziellen Abzug gebaut, damit der Qualm sofort abzieht". Sein Daumen weist nach oben. Es stimmt. Machli fühlt sich nicht belästigt. Wie von einem Magneten angezogen, steigt eine feine weißgraue Rauchsäule zur Decke und verschwindet dort. Geruchlos. „Meine Erfindung". Amerspoth betrachtet stolz ein aus dem Verputz ragendes altes Ofenrohr mit krakenarmigem Röhrengespinst, das den Rauch von allen Seiten her an sich zieht. Einer dieser geöffneten Arme hängt in angemessener Höhe direkt über dem Tisch. Rund um den Rohrkörper, der im Verputz steckt, arbeiten kleine Gummibälle mit leisem Keuchen. Machlis scharfer Blick erkennt winzige Blasebälge, die in regelmäßigen Abständen würzige Duftwölkchen ausatmen. „Heute ist es Lavendel. Morgen vielleicht Kiefernduft, morgen Sauerampfer mit Klee und übermorgen Tannengrün mit Sonne. Je nach dem". Amerspoth pafft gemütlich. „Nun, was ist also verrückt. Häufig genug ist es eine Frage des Maßstabes, eine Frage der Sichtweise. Viele Dinge sind verrückt, aber nicht gleich wahnsinnig. Das meiste, was in unserer Welt geschieht, wird doch nicht wahrgenommen. Sind deshalb die, die bestimmte Dinge sehen können, verrückt?" Machli schüttelt langsam den Kopf.

„Verrückt ist doch oft das, was wie ein Möbelstück vom allgemeinen Standpunkt aus ein kleines Stück beiseite gerückt ist, nicht wahr? Hätte sich der alte Herr an allgemeine Regeln gehalten und sich nicht fluchend wie ein Droschkenkutscher mitsamt seinem antiken Foto von der Wand gestürzt, hätte er sein Gebiss ganz sicher nicht eingebüßt. Verrückt von ihm, oder?" Machli nickt verstehend. Obwohl ihm die Tragweite dessen, was hier verstanden werden könnte, noch nicht klar ist. Auf jeden Fall ist dies jedoch ein Thema, mit dem er sich notwendigerweise auseinanderzusetzen hat. „Das macht er übrigens ganz gerne. Er protestiert und reißt die anderen mit. Schon zu Lebzeiten mangelte es ihm an Selbstbeherrschung". Amerspoth kichert verhalten. Ich bin im falschen Film. Machli fühlt sich von starken Winden hin und her gerissen. Entweder bin ich im falschen Film oder der Alte ist genauso übergeschnappt wie ich. Fühlt sich wie eine im Hafen vertäute Segeljolle, deren Körper im Sturm gebeutelt wird. Andererseits.... Andererseits fühlt es sich hier gut an. Nicht zum Weglaufen. „Was machen Sie mit den, ähem, Einzelteilen in der Schublade?" Er beugt sich gespannt vor. Zu seiner Überraschung zieht der runzelige Alte sofort die Schublade auf, zeigt ihm das vergilbte Desaster. „Pfeifenraucher". Einzelne, gelbe Zähne liegen unter der gebrochenen Gaumenplatte des Oberkiefers. Drahtschlingen ragen mit abgerochenem Ende spitz aus dem Trümmerfeld heraus. „Reparieren natürlich". Zuversicht prägt seinen Ton. „Wie immer reparieren. Wie gesagt, das ist dem alten Zausel nicht das erste Mal passiert. Er könnte zwar dazulernen. Ja, könnte er, wenn er seinen Sturkopf überwinden würde. Jedoch, er verzichtet darauf und beharrt auf sein Recht, so zu sein und zu bleiben wie er ist". Amerspoth stellt das nüchtern fest. Zuckt mit den Schultern. „Ich wiederum habe keine Lust, mich von dem alten Kerl, auch wenn er der Vor-, Vor- Vor-, Vorgänger meines jetzigen Chefs ist, beschimpfen zu lassen. Ohne Zähne nuschelt er so und spuckt. Das mag ich nicht. Deshalb... ." Gelassen breitet er die Hände aus. Und lächelt. Machli hat den Eindruck, in seinem ganzen bisherigen Leben nicht so viel angelächelt worden zu sein, wie an diesem Tag. Sonderbar. Aber gut. „Was Sie alles können müssen?" Staunend sieht er sich in Amerspoths Büro mit den vielen Nebenräumen um. Sein Taktgefühl und seine Scheu verbieten es ihm, nach den Ursachen des Geraschels und der Geräusche in einem dieser Räume zu fragen. Der Pedell muss es doch auch hören? Sein Röntgenblick aus Augen, deren Farbe kein Mensch beschreiben kann, legt sich sanft auf Machlis Seele. Funkeln wie aus ferner Galaxie analysiert scheinbar seine Gedanken. Eine Antwort von vielen möglichen kommt mit Kennerblick. „Ich habe Fachleute dafür. Spezialisten sozusagen". Ganz einfach. Draußen dröhnt die Schulglocke wie eine Alarmanlage und zerstört die Besonderheit der Situation gnadenlos. Rücksichtslos. Jetzt sind andere Dinge dran. Erschrocken fährt Machli von seinem Stuhl hoch. Gräbt fahrig und ergebnislos in seinen Hosentaschen. „Die Schulordnung!" Er stottert fast. Amerspoth sieht ihn in völliger Ruhe an. „Lass mich raten". Gelassen verschränkt er die Arme vor der grau bekittelten Brust. „Du hast Nachsitzen, musst die Schulordnung in hier taktvollerweise nicht genannter Anzahl abschreiben? In deinen Taschen klimpert kein Penny, mit dem du die Verwaltungsgebühr bezahlen kannst?" Machli nickt ergeben. Rüzgar Amerspoth hat die Situation richtig eingeschätzt. Er kennt das Spiel. „Warte". Kaum hat er sich umgedreht und mit langem Arm in einen der Nebenräume gegriffen, ist er auch schon wieder da. Zwischen den Lippen balanciert er einen Bleistift. Mit der einen Hand überreicht er ihm ein Exemplar der derzeit gültigen Schulordnung, mit der anderen knallt er einen Schreibblock auf den Tisch und nimmt den Stift aus den Zähnen. „Ich bin auch derjenige, der für die Verwaltung kopiert.

36

Stapelweise. Tagelang. Hier bitteschön, nimm das mit. Ich muss mir nur die Abgabe aufschreiben, bevor ich es in den Rechner eingebe". Sorgfältig notiert er: Mr. Machli Pott, heute eine Schulordnung, 60 Pence. Machli unterschreibt mit vollem Namen. Amerspoths Augen dulden keinen Widerspruch. „Heute im Laufe des Tages lasse ich dir den Monitor liefern. Das Geld für die Schulordnung bringst du mir irgendwann. Hörst du? Irgendwann. Und jetzt verschwinde. Wer weiß, was du sonst noch alles abschreiben musst!" Machli spurtet los. „Danke Sir!" Ruft er ihm fröhlich zu. „Und einen schönen Tag noch!" Der weitere Unterricht verläuft ohne weitere Zwischenfälle. Hippolythe Plum unterrichtet. Bekanntermaßen liebt und sammelt sie Nilpferde. Keine lebenden natürlich. Nein. Statuen in fast allen Größen und Materialien. Holz, Stein, Zinn, gepresster Muschelkalk. Alles mögliche. Im Lehrerzimmer stehen diese Dinger herum. In ihrem Büro auch. Unbestätigten Gerüchten zufolge soll sie ihr Frühstück in einer Nilpferdbrotbox in der Tasche haben. Genaues weiß man nicht. Leider sieht sie ihren Lieblingen auch ähnlich. Klein, rund und knubbelig. Mit alterslosem Gesicht und arg langen Zähnen hinter den fleischigen Lippen. Wer Glück hat, muss sich mit diesen Hauern nicht konfrontieren. Auberginefarbenes Haar umweht ihren breiten Unterkiefer. Sie lächelt gerne und oft. Mit mädchenhafter Geduld und ebensolcher Stimme bemüht sie sich um ihre Klasse und deren Eltern. Vorsicht, ja extreme Vorsicht, ist nur geboten, wenn sie sauer ist. Dann allerdings vergisst sie alle Rücksichten. Heute ist sie, wie an vielen anderen Tagen, ausgeruht. Ihre untersetzte Gestalt stemmt sich fest auf schmatzende Gummisohlen.

Glänzendes Leder umspannt breite Füße, an deren Zehen man im Sommer gelbe, breite Nägel sehen kann. Machli sitzt entspannt in der Bank. „Ich habe von Ihrem Unfall mit der Schuluniform und dessen Folgen gehört, Mister Pott. Morgen ist wieder ein anderer Tag, nicht wahr?" Sie lächelt ihn an, er lächelt zurück. So einfach kann es auch sein. Auch wenn keinem Menschen Aubergine auf dem Kopf wächst.

6.

Papier knistert in Machlis Hosentasche. Es ist der Elternbrief, den er pflichtschuldig nach der letzten Stunde im Sekretariat abgeholt hat. Miss Gwendolyn heißt eigentlich Gwendolyn Spark. Wie eine graue Maus huscht sie täglich über den Campus, schnuppert mit langer gebogener Nase in alle Richtungen. Kleine Äuglein werden hinter starken Brillengläsern, die ihre Weitsichtigkeit korrigieren sollen, zu großen, aufmerksamen Eulenaugen. Keiner macht sich Gedanken über dieses merkwürdige Zusammenspiel. Wo doch Eulen eigentlich Mäuse gerade so zum Imbiss verzehren. Stets dunkel gekleidet trippelt ihre gebeugte vorsichtige Gestalt durch den Tag. Hin zu ihren Verrichtungen und wieder weg. Die Zipfel ihrer Jacke wehen den schwingenden Zipfeln ihres Rockes, der die Knie sehr, sehr weit überdeckt, immer eine Sekunde später hinterher. Ihr weiter Blick umfasst einen rasch, um augenscheinlich gleich wieder zu vergessen. Alles an ihr ist schnell. Geht schnell, bewegt sich schnell, spricht so schnell dass nur noch anklingende Stille gehört werden kann, geht schnell vorbei. Man sieht sie, sieht sie nicht. Nimmt sie wahr, um sie zu vergessen. Nicht wichtig. Aber nett.

Gwendolyn Spark, über deren Lippen nie ein unhöfliches Wort schlüpfte oder, genauer gesagt, beim Schlüpfen überrascht worden wäre, wird als ungefährlich eingestuft. Als Person, die jeglichem Kontakt davon spurtet, weil sie selbst nicht behelligt werden will. Niemals würde auch nur eines ihrer Haare unerlaubt die Nähe eines anderen Wesens suchen. Streng nach hinten gebürstet liegen sie eng an die Kopfhaut an. Ihr Zopfgummi packt stramm die Zügel in der Hand, um diese willfährige Horde in Zaum zu halten. Machli fährt sich rasch durch die schwarzen Locken, klopft mit den Knöcheln seiner rechten Hand an die dunkel gebeizte schwere Holztür des Verwaltungstraktes. Unmittelbar darauf, fast noch in der selben Sekunde, ertönt der Summer. Die Türe öffnet sich. Zwischen Kakteen und einem riesigen Philodendron erhebt sich gerade Miss Sparks streng frisierter Schädel. Glatt gezwungenes Haar schimmert vor der bleichen Fensterscheibe. Ihr großer, alles umfassender Blick sieht ihn, erkennt ihn, nickt bestätigend. Im nächsten Moment schon krallt ihre schlanke Hand nach einem Umschlag, den sie mit geschicktem Finger auf den schmalen Tresen vor ihrem überladenen Schreibtisch schnippt. Höflich neigt sie den Kopf, greift mit der anderen Hand unter die Schreibtischplatte. Wieder ertönt der Summer. Die Türe öffnet sich. Schon steht der Junge wieder draußen. Tja, so gehen die Geschäfte mit Miss Spark. Wenigstens weiß Machli, wie sie heißt.

Horatio wurde pünktlich zum Tee erwartet. Seine Eltern legen Wert auf gepflegte Tradition. Um siebzehn Uhr täglich trinken sie ihren Tee. Seit Generationen. Und essen einen Keks dazu. Machlis Füße mit den offenen Schnürsenkeln an den Schuhen schlurfen über rutschiges Laub. Es nieselt und Foggy Annexe verschwindet mit unaufhörlicher Langsamkeit im Dunkel. In einer Dunkelheit, die unabwendbar täglich kommt. Zu dieser Jahreszeit täglich früher. Wegen dieser dämlichen Schulordnung muss Machli heute alleine gehen und seinen einzigen Kumpel entbehren. Ihr gemeinsames Stück Schulweg ist nur kurz und vielleicht deshalb so kostbar. Wenigstens auf diesem kurzen Stück geht er täglich mit seinem Kumpel. Wie gesagt, seinem einzigen. Manchmal wechseln sie Worte. Mitunter schweigen sie nachdenklich, erzählen sich vielleicht von einem Internetspiel oder lachen. Ja, Machli erinnert sich an zurückliegende Tage, nämlich im Sommer, als sie lachten. Lachen ist wichtig. Irgendwo las Machli so etwas wie: Lachen und Singen verbindet die Freunde. Im Fernsehen sieht er auch Gauner und Halunken miteinander lachen. In seinem Satz war gewiss ein anderes Lachen gemeint. Foggy Annexe im Herbst ist und war schon immer eine Katastrophe. Ungemütlich, neblig, kalt, nass, dunkel, klamm, rutschig. Machlis Fuß kickt einen nassen Stein weg. Eigentlich wäre das eine Aufgabe für den Unterricht der ersten

Klassen: Sammle Beschreibungen für das Leben in deiner Heimatstadt im Herbst. Daraus hätte sich sogar eine Wortschatzprüfung machen lassen. Nasse Dunkelheit senkt sich immer tiefer, hüllt seinen mageren Körper ein wie ein tropfnasser Wollmantel. Er schüttelt sich. Hinter vielen Fenstern brennt warmes Licht. Sicher sitzen viele, die schon zuhause sind, beim Tee. Um diese Zeit ist kaum ein Auto unterwegs. Auch der Käsewicht wird sich im Warmen verkrochen haben. Sich die massigen Hände an der Teekanne wärmend. Schade. Familie Lithe hat die Fensterläden schon geschlossen, sodass weder Machli noch sonst jemand mit sehnsuchtsvoller Begierde in das warme, gemütliche Zimmer sehen kann. In Machlis Brust keimt Zorn auf. Wie das Grollen eines sich heranwagenden Unwetters. Wellen davon branden heiß bis an seinen Adamsapfel. Fäuste in den Hosentaschen verbeißen sich in das, was sich gerade anbietet. Die eine zerknüllt den knisternden Elternbrief, die andere versucht mit aller Kraft den Talisman zu zermalmen. Machli schreitet weit aus. So weit es seinen zuckenden Beine erlauben. Schnelle Schritte sollen es sein. Wie der Schatten eines aufgedrehten Golems schlenkert er mit nach innen gedrehten Füßen an abweisenden Häuserwänden vorbei. Eine nach der anderen lässt er hinter sich. Sein schwarzes Haar ist schon lange nass. Dichte feuchte Locken kleben an seiner Stirn, von der Tropfen perlen. Niemand sieht in der Dunkelheit die Kraft seiner opalblauen Augen, von denen ebenfalls Tropfen herabfallen. Tropfen, die mit dem Regen zwar verwandt, aber nicht identisch sind. Seine Gestalt nähert sich dem Stadtrand. In Machlis Brust kocht es, brodelt es. Zornige Schwüre verlassen murmelnd seine Lippen. Beschwörungen und Formeln vermischen sich mit der Hitze seiner Gedanken. Wieder kickt er einen Stein weg. Trübes Licht hoher Straßenlaternen wirft seinen Golemschatten auf die regennasse Fahrbahn. Er achtet nicht mehr auf ihn, weil es seine Verzweiflung stets wieder anfacht. Den Blick fest und zornig auf die nahe Haustür geheftet, bemerkt er nicht den anderen. Den anderen Schatten. Den zweiten in dieser hereinbrechenden Nacht. Den hohen, der bedächtig, mit nahezu provozierender Langsamkeit, in bodenlanger farbloser Kutte barfuß hinter ihm her schreitet. Kleine Bläschen bilden sich mit jedem seiner Schritte.

7.

Durch die nackten Fensterscheiben sieht er sie schon. Die schlaffe Gestalt, die im schmucklosen kahlen Zimmer teilnahmslos mit der Couch verschmolzen scheint. Zornig und nass schließt Machli mit klammen Fingern die Türe auf. Kälte und Stimmen aus dem Fernsehgerät begrüßen ihn. „Na, gibt es bald unseren Siebzehnuhrtee?" Machlis Zorn durchschneidet die Qualmwolken, die als einzige die Sicht auf den Fernsehschirm buchstäblich trüben. „Zum Donnerwetter, mach doch mal jemand die Heizung an. Hier ist es ja kalt wie in einem Affenstall! Und ein Gestank ist das hier! Nicht zum Aushalten!" Mit Wucht reißt er das Fenster auf. Im Aschenbecher qualmt eine Kippe. Teilnahmslose Augen auf der Couch bekommen etwas Glanz, nachdem die erste Entgeisterung gewichen ist. Gelbe Finger hangeln sich zitternd die Kippe aus der Ablage und zünden sich saugend eine zweite Zigarette an Schmale, scheele Blicke verfolgen ihn.

Der mit der harzigen Stimme ist noch nicht zuhause. Treibt sich vermutlich im Supermarkt herum, studiert das Angebot der Flaschen, bringt hoffentlich etwas zu essen mit. Etwas zu essen! Verschimmelte kalte Bohnen liegen verstreut auf dem schmutzigen Tisch, klumpen auf zwei angegammelten Tellern. Machli saugt scharf die Luft ein. "Es reicht!" Wütend dreht er die Thermostate der Heizkörper an. Die murmelnde Flimmerkiste und die brennende nackte Glühbirne zeigen ihm stets zuverlässig an, ob der Strom abgestellt ist oder nicht. Auch in seinem Zimmer heizt er. Dann geht er in den kleinen unordentlichen Abstellraum hinter der Küche, kramt nach Müllsäcken, die er nach langem Suchen in einer alten Waschmitteltonne entdeckt. Wortlos sammelt er alles ein, was wie Abfall aussieht und nach Abfall riecht. Tourt durch alle Räume. Hebt auf, sammelt ein, riecht nicht daran. Nachher wird er sich zuerst gründlich die Hände waschen müssen. Auch das Zeug in seinem Zimmer: Raus! Das ist doch kein Leben für einen Menschen. Mit flinken Fingern schnürt er die Säcke zu, stellt sie raus vor die Haustüre in den leise rieselnden Regen, der sich in feinen Fäden mit dem Nebel vermischt.

Irgendwann schließt er die Fenster wieder. Wie soll es denn sonst warm werden? Sein Zorn weicht tiefer Trauer. Nur nicht nachlassen mit der Wut! Machli denkt sich wieder in Zorn, weil er weiß, wie die Traurigkeit seinen Tatendrang zu einer kalten Masse erstarren lässt. Denkt sich in Zorn über die Ungerechtigkeit ihm gegenüber, über die Schweinerei, in der manche ein Kind großziehen. Ach was, großziehen. Pah, halten wie ein Tier. Schlimmer als ein Tier. Längst schon hätte die Tierschutzorganisation eingegriffen, das Tier versorgt und ins Tierheim gebracht, dem Besitzer heimgeleuchtet, dass ihm Hören und Sehen vergangen wäre! Ohne sich die Hände zu waschen nimmt er den Besen, kehrt alles unter seinem Bett hervor. Ach du Schreck, die Schuluniform!. Welch grauenhafter Zustand. Konzentriert sortiert er die Wäschestücke. So, wie er es in guten Zeiten gesehen hat. Hoffentlich ist noch Waschpulver da, nur nichts verfärben. Es hat schon einmal geklappt. Wieso nicht heute. Arme voller Wäsche schleppt er an der müden, schweigsamen Gestalt vorbei ins Badezimmer, stopft in die Waschmaschine was hineingeht. Dreht den Hahn an, gibt Waschmittel dazu, stellt das Programm ein. Scheppernd setzt sich das Gerät in Gang. Sie wird es nicht mehr lange machen. Dessen ist Machli sich sicher. Die Trommel dreht sich. Es dauert nicht lange und die Brühe ist braun. Machli hastet zurück in sein Zimmer. Beachtet das Wesen auf der Couch nicht. Egal, was er spricht, fast immer bekommt er sowieso keine Antwort. Er redet in eine leere Kathedrale, in der jeglicher Schall sofort verschluckt wird. Ächzend schleppt er mit zuckenden Beinen den schweren Monitor vor die Türe. Lässt ihn im Regen beinahe noch fallen. Schweinerei! Ist denn keiner da, der ihm zur Hand gehen könnte? Keiner? Um Gottes Willen, wenn Amerspoth kommt und den Monitor liefert. Daran hat er nicht gedacht. Wenn es dann noch so aussieht!!! Auf dem Rückweg in sein Zimmer fällt ihm das Schloss auf. Hätte er bloß einen Schlüssel dazu! Er würde abschließen und könnte damit verhindern, dass ungebetene Personen etwas zerstören. Seinen neuen Monitor beispielsweise. Machli grübelt, schiebt die Zunge nachdenklich zwischen seine Zähne. Wenn er.....? Jawohl. Irgendwo in diesem Haushalt gab es einmal einen Schraubenzieher. Die Frage ist nur: Wo? Leise vor sich hinmurmelnd begibt sich der Junge auf die Suche, zieht sämtliche Schubladen auf, öffnet Schranktüren, hebt die Teppichkanten an. Da, endlich. Sein aufmerksamer Blick entdeckt das glitzernde Metall des Schaftes unter der aufgeschlagenen Fernsehzeitung. Der passt! Geschickt baut er unter den schmalen Blicken der gierig saugenden Gestalt das Schloss aus. Er würde Amerspoth fragen, ob einer seiner Spezialisten so freundlich sein würde, ihm einen Schlüssel zu genau dieser Mechanik anzufertigen. Mein Schloss! Denkt er. Und im gleichen Augenblick wird ihm die Doppeldeutigkeit dieses winzigen Satzes klar. Sein Schloss! Genau. Ein Schloss wird er machen aus seinem Zimmer. Sollen die anderen verrotten, mit ihm nicht mehr. Sammeln wird er gehen wenn Sperrmüll ist und sich passende Gegenstände suchen. Etwas wie Stolz keimt in ihm auf.

ER wird es tun. Etwas stirbt ab in diesem Moment. Er wird nicht mehr warten, bis j e m a n d kommt. Ganz einfach. Zufrieden mit sich und seinem Entschluss stopft er das ausgebaute Metallteil in die Hosentasche. Schlurft in sein Zimmer. Begegnet seinem gestressten Spiegelbild. „Hallo Schlossbesitzer!" Er nickt sich kurz freundlich zu, beendet die Inspektion seines Raumes. Bett abziehen, neu beziehen. Möbel abwaschen, Bücher einsortieren, Duftkerze anzünden, die beiden Blumenkästen mit den selbst gezogenen Stecklingen endlich gießen. Am Wochenende die Fenster putzen. Heute Nacht, nach dem Abschreiben der Schulordnung, die Schuluniform bügeln. Zwischendurch etwas Warmes kochen und Staubsaugen. Mit der Duftkerze fängt er an. Der mit der harzigen Stimme scheint noch außer Haus beschäftigt. „Hier, ein Brief für dich!" Beim Thema Bügeln war ihm schlagartig der zerknitterte Brief eingefallen. Die Gestalt auf dem Sofa zuckt zurück, nimmt sofort die Fernbedienung, drückt mit dem Daumen auf den Volumenregler. Folgsam steigert das Gerät seine Lautstärke. „Ich habe keine Zeit!" Machli schreit die ignorante Gestalt an, nimmt ihr den Regler aus der Hand, schaltet den Fernseher aus. „Was...?" Sprachlos starrt die Gestalt ihn an. „Was fällt dir eigentlich ein?" Etwas wie Zorn mischt sich in ihre Stimme, die vom vielen Nichtbenutzen heiser und rostig knarzt. Schmatzend zieht sie an ihrer Zigarette. „Du kannst ja doch noch sprechen!" Machli streicht das Papier glatt, schaut in die erloschenen blauen Augen des Menschen, der früher einmal seine Mutter war. Früher. Nicht jetzt. Machli zwingt sich zur Ruhe. Verbannt seine Gefühle an einen anderen Ort. „Ich habe hier einen Brief für dich, den du unterschreiben sollst. Einen Brief von der Schule, hörst du?" Demonstrativ wedelt er mit dem Umschlag vor leeren Augen, die gewohnheitsmäßig auf den Bildschirm starren. „Hörst du, ich habe Ärger in der Schule und du musst den Brief unterschreiben!". Flehen und Fordern in einem. „Ich will den Film sehen!" Die Frau antwortet unwillig. Unwillig und weinerlich. Trotzig. Wie ein Kind. Sie dreht den Kopf zur Seite. Versucht, an Machli vorbei auf den Fernseher zu schauen. Der Junge seufzt. Es fällt ihm immer noch schwer, respektlos zu sein. Oder das zu sein, was er als respektlos empfindet. Aus Erfahrung jedoch weiß er, dass es manchmal keine andere Möglichkeit gibt. „Nein Mummi, jetzt nicht. Wir machen den Kasten aus. Wenn du unterschrieben hast, stelle ich dir das Programm wieder ein!". Verwundert schaut die Frau ihn an, während er entschlossen die Fernbedienung in die Hand nimmt und der Talkshow ein Ende bereitet. „Hier nimm das in die Hand, in die rechte". Mühsam drückt er die feuchten nikotingelben Finger ihrer klammen geröteten Hand auseinander. Installiert dort den mitgebrachten Kugelschreiber in Schreibhaltung. Die Frau mit den toten blauen Augen starrt ratlos auf das zerknitterte Papier, Buchstaben scheinen wie kleine schwarze Insekten vor ihren Augen zu tanzen. „Ich verstehe das nicht, was ist denn das?" Mummis jammernder Tonfall treibt ihn innerlich zur Weißglut. Als er ein kleiner Junge war, bewunderte er sie manchmal wegen ihrer Geschicklichkeit, wegen ihrer Art, Entscheidungen zu treffen, wegen der Sanftheit ihrer Stimme, wenn sie ihm eine Geschichte las. Mit hartem Ton treibt er sie an. „Das macht nichts, das ist egal. Unterschreibe jetzt und dann ist gut. Dann darfst du wieder fernsehen!". Er schämt sich dafür. Fehlt noch, dass er ihr demnächst die Hand führen muss. „Bitte Mummi". Machli wird müde. Sie hebt kurz den Kopf. „Ich erinnere mich nicht mehr. Du bist ein böser Junge. Du machst mich ganz nervös". Ihre Stimme verebbt fast. Heiser starrt sie auffordernd zum Aschenbecher, vorwurfsvoll in seine Richtung. „Und, hast du nichts vergessen?" Machli kennt das üble Spiel. Wenn er nicht mitspielt, schlägt sie ihn. Egal wohin. Wohin sie gerade trifft. Oder sie wirft mit Gegenständen.

Meist kommt er wegen seiner Beine nicht schnell genug fort. Voller Abscheu steckt er unter ihrem prüfenden Blick eine der Zigaretten, die der mit der harzigen Stimme des Abends immer stopft, zwischen die Lippen und zündet sie an. Zieht, hustet, spuckt. Steckt sie zwischen ihre wartend gespitzten schlaffen Lippen. „Guter Junge". Sie knurrt beifällig. Machli tippt ihre rechte Hand mit dem Stift an. „Auf jetzt, nun mach schon!". Er drängt. Ein unaufschiebbares Bedürfnis kündigt sich an. Er wird in wenigen Augenblicken zur Toilette rennen müssen. Hat er Pech, könnte sie seinen Brief zerrissen haben, bis er wiederkommt. „Mach es doch so, wie du es früher immer getan hast. Du unterschreibst und dann ist fertig". Im Moment lässt sie sich durch nichts ablenken. Konzentriert malt sie mit zittrigen Fingern ihre Buchstaben unter den Brief. Dorthin, wo Machli den Zeigefinger hindrückt. Krakelige Dinger, die ihrem Sohn schon häufiger Verdachtsmomente eingebracht haben. Unruhig verlagert er sein Gewicht von einem Bein auf das andere. Manche Dinge dauern schon sehr ihre Zeit. Endlich kommt sie mit einem erlösten Seufzer am letzten Buchstaben an. „Danke!" Brief und Kugelschreiber an sich nehmen, Fernsehgerät einschalten und blitzartig auf die Toilette rennen sind fast eines. Als er zurückkommt fragt er sich, wozu er überhaupt gelüftet hat. Wieder qualmt Zigarette Nummer zwei begleitend im Aschenbecher. Glücklicherweise ist seine Zimmertür zu. Sobald er seinen Schlüssel hat, wird das zukünftig immer so sein. Im Vorbeigehen schnappt er sich die Gießkanne, füllt sie und gießt endlich seine botanische Züchtung. In einem Anflug von Schuldbewusstsein nimmt er einen der beiden Blumenkästen, schleppt ihn ins Wohnzimmer und stellt ihn auf die Fensterbank. „Wann gibt es Essen?" Die Gestalt auf dem Sofa ruft laut ins Nichts, ihn kaum beachtend. „Hä? Wenn dein Vater kommt, will er etwas auf dem Tisch sehen!" Sie hustet und hustet. Ihre dauernde Bronchitis wird sich in diesem Herbst wohl wieder nicht erholen. In Machli flammt der Zorn wieder hoch. „Mein Vater?" Höhnisch stemmt er die Hände in die Hüften. Tritt sicherheitshalber einen Schritt zurück. „Welcher von den vielen?" Er schreit, damit sie ihn hören soll. Überschreit die Worte der Talkshowmoderatorin. Mit dumpfer Verachtung schaut die Frau, die früher einmal seine Mutter war, an ihm vorbei. Deutet mit abgearbeitetem Daumen in Richtung Küche, wendet sich ihrer Sendung wieder zu. Machli weiß, was das heißt. Folgt er ihrem Befehl nicht gleich und vergisst sie dies ausnahmsweise nicht, kriegt er von dem mit der harzigen Stimme den Gürtel übergezogen.

Mehrmals. Der Kerl lacht dann laut dazu. Kreischt und brüllt, wenn der Junge sich unter jedem Schlag windet. Hilflos marschiert er in die Küche oder besser gesagt, in das, was sich in anderen Haushalten Küche nennt. Was, wenn keine Vorräte da sind? Wer kriegt dann den Gürtel? Der, der nicht eingekauft hat. Meistens ist das Machli. Angeblich. Zwischen schmutzigen Geschirrbergen liegen leere Konservendosen. Machli muss höllisch aufpassen, dass er sich an den offenen sauscharfen Deckeln nicht schneidet. Einmal wäre er fast verblutet. So kam es ihm zumindest vor. Eine Schande. In dieses Loch kann man seiner Ansicht nach noch nicht einmal einen Arzt lassen.

Wer ist Machli Pott?

Machli Leander Pott, wie sein vollständiger Name lautet. Ein verkrüppelter Junge, der in einem stinkigen, schmutzigen Loch haust. Einer, der selbst an seinem Schicksal schuld ist. Einmal hat er sich darüber beschwert. Hat es zumindest versucht. Tja, jeder sei seines Glückes Schmied. Damit war er höhnisch abgebügelt worden. Solle er doch versuchen, hoch hinaus zu kommen, wenn es ihm zuhause nicht passe. Wenn er sich zu fein sei für seine Abstammung. Das war in der Zeit, als es noch Worte gab. Keine besonders freundlichen aber immerhin Worte. Als man sich noch von Mensch zu Mensch mit ihm unterhielt.

Vor dieser Vergangenheit jedoch gab es eine andere, an die sich Machli noch dunkel erinnerte. Damals war sie seine Mutter. War warmherzig, fürsorglich und wunderbar. Sie roch gut und lachte. Brachte ihn ab und zu zur Schule, wusch seine Klamotten, kochte und putzte. Nicht regelmäßig aber im Vergleich zu heute fast schon ständig. Sie schleppte ihn von Arzt zu Arzt, zur Physiotherapie, zur Logopädie und wasweißichwohin. Organisierte ihm Einlagen und eine Brille. Kaufte ihm Bücher. Las ihm sogar vor und strubbelte abends, wenn er zu Bett ging sein dichtes schwarzes Haar. Besuchte Abendkurse, um sich auf ihren beruflichen Wiedereinstieg vorzubereiten. Diese Vorvergangenheit, für die Machli noch heute verzweifelt versuchte dankbar zu sein, dauert genau so lange, bis sie ihn wieder traf. Nicht seinen Vater und auch nicht den mit der harzigen Stimme.

Nein, den ohne Namen, mit dem sie schon mit Fünfzehn in Drogenrausch und Suff abgeglitten war. Den sie, als sie von einem anderen Mann mit Machli schwanger war, endlich abschütteln konnte. In Entgiftung und anschließender langer Therapie endlich abschütteln konnte. Den sie, als sie mit dem kleinen Jungen in einer Betreuten

Wohngemeinschaft lebte, selbstbewusst von der Türe weisen konnte. Den anderen Mann interessierte das Baby nicht. Wortlos stapfte er damals davon. Für sie war er so gut wie jeder andere. Es würde sich ein neuer finden lassen. Nur nicht aus Liebe weinen. Das Motto der deutschen Sängerin mit der tiefen Stimme wurde zu einem der ihren. Ziehen lassen, wer nicht zu halten war. Morgen käme ein neuer Tag. Wenige Monate später nur lebte sie mit ihrem Jungen in der neuen, eigenen Wohnung. Sie gehörte zu denen, die es geschafft hatten. Die Licht und Sonne in ihren vier Wänden hatten. Die Gefahr war gebannt. Weg. Ein neues Leben hatte begonnen. Ein sicheres Leben, in dem sie endlich tun und lassen konnte, was sie wollte Die staatlichen Helfer hatten sich zufrieden zurückgezogen. Unten am Pier, eine fettige Tüte Fish & Chips in der einen Hand, in der anderen eine Pulle Ale, traf sie ihn wieder. Ihr Herz schlug heftig. Die alte Anziehung war sofort wieder lebendig. Sie konnte es versuchen. Noch einmal mit ihm versuchen. Schließlich war sie stabil, gesund, konnte ihm ein geordnetes Zuhause bieten. Das half doch immer. Sie besass Widerstandskräfte. Machlis Tränen, sein plötzliches Einnässen und seine Schlafstörungen, sein verzweifeltes Wimmern in der Nacht und sein Flehen, wenn er in ihren Armen lag, ignorierte sie. Schließlich wusste sie es besser. Er zog bei ihnen ein. Brachte großzügig verlockende Flaschen. Kleine Päckchen mit Pulver. Wie Hexenwerk wirkende Pillen. Nach wenigen Monaten wurde er volltrunken im Streit mit einem Typ, dem er Drogen angedreht hatte, in Notwehr erstochen. Für Machli begann die Fortsetzung einer schrecklichen, nicht enden wollenden Zukunft. Einer Zukunft, die der Vergangenheit vor seiner Geburt an heftigen Facetten weit überlegen war. Der mit der harzigen Stimme war einer von vielen. Brutal, ungeliebt. Einer zum Ausweichen.

Schleimiges Husten aus dem Wohnzimmer bringt Machli mit einem Ruck in die Gegenwart zurück. Hektisch wühlt er im Hängeschrank. Aufatmend fördert er eine große Dose Gulaschsuppe zum Vorschein. Und ein Päckchen Nudeln. Das zusammen verspricht vorübergehende

Sättigung. Dies hier in Verbindung mit dem was er Schulfraß nennt, könnte sogar starke Männer zum Weinen bringen. Mit geübten Griffen öffnet er die Dose, schaltet den Herd ein. Mit lautem Schmatzer rutscht die zusammengebackene Brühe mit faserigen Fleischteilen in den Topf, schlägt sofort Blasen, weil die Temperatur so hoch gedreht ist. Hastig kippt er die Nudeln hinein und rührt was das Zeug hält. Salz dazu. Jemand müsste Obst und Gemüse kaufen. Machli rührt. Nach wenigen Minuten füllt er zwei Suppenteller voll. Einen für Mummi. Einen für sich. Dem anderen lässt er etwas übrig. Geschickt balanciert er die beiden vollen Teller zum Couchtisch. Achtlos beginnt sie zu essen. Schlürft laut die heiße Suppe. Starrt auf den Bildschirm. Lässt ihn in Frieden. Leise setzt er sich mit seinem Teller in den Sessel neben sie. Schlürft lautlos. Genießt die kurzen Momente der Zweisamkeit. Sie leckt ihren Löffel geräuschvoll ab, er klirrt in den Teller zurück. Sie ist fertig. Er auch. Behutsam räumt er ab, schließt die Küchentür und verzieht sich mit einem feuchten Lappen in sein Zimmer. Gleich beginnen die Frühabendnachrichten. Er schnuppert. Ach ja. Die Duftkerze. Orange und Honig. Er zieht diesen Duft tief ein. Oh Mann, er hat noch viel zu tun heute. Der mit der harzigen Stimme taumelt eben zur Haustüre herein, stolpert in die Küche, holt sich sein Essen. Machli tastet nach dem ausgebauten Schloss in seiner Hosentasche, wischt mit der anderen fleckige, staubige Möbel ab, wienert an einem hartnäckigen Flecken. Amerspoth würde bald kommen.

Hässliches Gelächter dringt aus dem Wohnzimmer an seine Ohren. So, als ob es in absichtlichen Wogen gegen seine Tür brandet. An seine Adresse gerichtet.

Ach, das Blut auf dem Boden. Seufzend bückt sich der Junge, um mit den Fingernägeln das Verkrustete zu entfernen. Sein Blick gleitet gewohnheitsmäßig im Spiegel nach unten. Hängt sich fest. Verhakt sich regelrecht.

Sein Atem stockt, während seine Pupillen buchstäblich an einem Zehennagel andocken. Ein nackter Fuß. Noch einer. Nackte Erwachsenenfüße. Männerfüße. Er spürt, wie sich seine Nackenhaare aufstellen. Ein kühles Rinnsal tröpfelt an seiner Wirbelsäule nach unten. Er hat gar nicht mitbekommen, wie Der Andere in sein Zimmer getreten ist. Was will er? Vor allen Dingen: Was will er, wenn er lautlos kommt? Machli spannt seine Muskeln an. Bereit zum Kampf. Bereit, mit seinen mageren Armen so zuzudreschen, wie er es zuvor im Leben niemals getan hat. Der Andere rührt sich nicht. Hustet nicht, raucht nicht, bellt nicht mit harziger Stimme, bewegt sich nicht. Nichts geht von ihm aus. Machli fröstelt. Innen drin. Innen drin, wo man am furchtbarsten friert. Schaudernd gewahrt er bodenlangen Stoff, der mit der Tapete im Hintergrund verschmilzt. Der Kuttenmann!

Der Typ in der Kutte, ohne Gesicht. Der namenlose Schweiger ohne lebendige Ausstrahlung. Das Gespenst mit den nackten Füßen. Er überrascht sich selbst mit diesem Wortschatzspiel. Mit dieser Aneinanderreihung reißerischer Buchtitel. Zusammengekauert hockt er vor dem Spiegel, getrocknetes abgekratztes Blut an den Fingern und überlegt. Still ist es in seinem Zimmer.

Totenstill? Nein. Still im Sinne von ruhig. Überrascht stellt er fest: Er fürchtet sich nicht. Hält sich allein mit einem Gespenst im Zimmer auf und fürchtet sich nicht!. Mann Junge, bist du abgebrüht! So leicht reitet dich keiner mehr rein! Insgeheim bewundert Machli seinen Mumm. Und seine Stärke. Andere schlagen doch beim Anblick eines Gespenstes im eigenen Zimmer bestimmt der Länge nach ohnmächtig hin oder rasen kreischend davon. Und er? Bleibt cool. Den Blick fest auf die nackten Füße hinter ihm geheftet, richtet er sich langsam auf. Klopft sich die Hände an den Hosenbeinen ab. Reinigt unauffällig seine blutverschorften Fingernägel. Zieht geräuschvoll die Nase hoch. „Wer bist du?"

Unerwartet rasch dreht er sich um. Steht nun fast von Angesicht zu Angesicht dem reglosen Geist gegenüber. Fast. Denn dieser misst in der Höhe ein gutes Stück mehr. Keine Antwort.

„Wer bist du?" Fordernd und scharf brüllt er ihn an. Ob Gespenster

Feiglinge sind? Bildet dieser gesichtslose Typ sich ein, nur weil er keine Augen hat sieht ihn niemand? Völlig vorbereitungslos, einer spontanen Eingebung folgend, tritt er dem Eindringling mit aller Kraft seiner Ferse auf den großen Zeh. „Au, autsch, auweia, auauau!". Peinerfüllt grabscht Der Andere nach seinem malträtierten Fuß, jammert, reibt seinen armen Zeh, springt mit dem anderen Bein auf der Stelle. Machli grinst fast. „Ich habe dich gefragt, wer du bist?" Machli zischt gefährlich. „Wer bist du und was hast du hier zu suchen? Ich habe dich nicht eingeladen!" Erschrocken verstummt das Gespenst, schlägt sich beinahe affektiert die flache Hand vor den unsichtbaren Mund. „Wie?" Eine ratlose Frage, fassungslos gestellt mit hohler, durchaus jedoch nicht unangenehmer Stimme, zieht sich in die Länge. Draußen fährt gerade ein Auto vor. „Nichts wie, sage endlich, wer du bist!" Oder ich werde ungeduldig, setzt Machli in Gedanken hinzu. Das Gespenst dreht sich hektisch nach allen Seiten. „Ich wusste nicht, dass du mich sehen kannst!" Machli kontert locker. „Gestern schon!" Der Kuttenmann knetet seine kräftigen Hände. „Nun denn, junger Mann. Ich will nicht unhöflich sein. Solche wie ich nennen nicht gleich ihren Namen oder gar ihren Auftraggeber. Das ist allerdings eine geänderte Situation. Könnte man doch sagen, oder? Du hast mich überrascht, denn ich bin von anderen Voraussetzungen ausgegangen. Hätte ich deine Gedanken gelesen, was ich unter normalen Umständen fraglos getan hätte, so hätte ich in deinen Gedanken gesehen, dass du mich bemerkt hast. Solchen wie mir verheimlicht man nichts. Ich war, wie soll ich sagen, ablenkt von den Gedanken und Gefühlen der Frau im Nachbarzimmer. Das hat mich, gelinde gesagt, etwas mitgenommen. Solche wie ich sind nicht fühllos. Nein, nicht. Gar nicht. Also, ich muss mich entschuldigen. War mein Fehler. Gibt Abzüge". Der Kuttenmann kichert. „Abzüge vom Punktekonto der guten Verdienste. Nun mein Junge, während ich nachdenke, ziehe ich mich zurück". Er nickt mit gesichtsloser Freundlichkeit während sich seine Gestalt geräuschlos mit dem Hintergrund des Zimmers verbindet, einfach in der Wand versickert. Flink wie ein Affe reißt Machli seine Türe auf und starrt im Wohnzimmer die Wand an, die auf der anderen Seite die Wand seines Zimmers ist. Hier muss die Stelle sein! Er hat es genau gesehen.

Vorgebeugt, mit gerunzelter Stirn mustert er streng das Muster der Tapete. Wartet darauf, dass sich die Rückseite des Kuttenmannes abbildet. Ob und wie er herauskommt. Nichts geschieht. Wie gestern fährt er in kurzem Abstand mit seiner ausgebreiteten flachen Hand über die kalte Wand und spürt wie es kribbelt. Nicht unangenehm kribbelt. Stimmen, die schwere Gegenstände schleppen, dringen von draußen herein. Der mit der harzigen Stimme fasst sich an der Kopf und prustet. „Der spinnt doch!" Mehr hört Machli nicht mehr, achtlos dreht er sich um. Eben hat es in seinem Zimmer an die regennassen Fensterscheiben geklopft.

8.

Hastig schlägt er die Türe hinter sich zu. Fast im gleichen Moment gelingt es ihm, die Fensterscheibe zu öffnen. Feiner Regen fällt leicht wie Gischt in sein gespanntes Gesicht. Mitunter hat es Vorteile, im Erdgeschoss zu wohnen. Keine Treppen und im Notfall sofort draußen. Machli traut seinen Augen nicht. Entsetzt starrt er mit weit aufgerissenen Pupillen in die nasse Dunkelheit. Das ist die Rache des Geistes, der in meinem Zimmer war. Du liebe Zeit. Vorne am Straßenland steht ein Wagen mit abgeblendeten Scheinwerfern. Eine reglose Gestalt verbirgt sich hinter dem Lenkrad unter der nebelverhangenen Straßenlaterne, die ihr Amt heute nur mit Mühe und Not ausführt. Einer der Müllsäcke, die Machli vor die Türe gestellt hat, verhält sich völlig übergeschnappt. Unter lautem Gekicher und Geschepper trudelt er schwankend in Richtung Fahrzeug, wo eben von winziger Hand der Kofferraum geöffnet wird. Machli fährt sich ächzend mit der Hand über die Stirn. Was für ein Tag! Einer doch glatt schlimmer als der andere. Er wartet darauf, dass die versteckte Gestalt mit dem Finger droht. Oder überhaupt mit etwas droht. Nichts geschieht. „Passt auf, ihr Deppen!" Machli beugt sich interessiert vor. Wo kommen diese Stimmen her? „Mann, ihr Dumpfbohrer, ist denn das zu fassen? Packt doch endlich an, ihr tauben Nüsse! Lasst eure Muskeln spielen! Fasst an wie ein Mann! Hepp, hepp, hepp, hepp!" Der zweite Müllsack setzt sich in Bewegung. „Vorsicht, ich rutsche ab! Das Ding ist doch nass, Mann! Und kalt, pfui Teufel noch mal! Ich werde mir noch den Tod holen, in Dreiteufelsnamen!" Die ärgerliche Schimpfkanonade kommt eindeutig unter dem Sack hervor. „Mann, halt die Klappe! Pack endlich an und arbeite, du Memme. Sonst stehen wir an Weihnachten noch hier!"

Machli reibt sich die Augen. Ich muss völlig übermüdet sein. Denkt er. Verdutzt schaut er dem wackeligen Müllsack zu, dem mit einem Mal mehrere kräftige Beine gewachsen sein müssen. Tatsächlich, wie ein fetter Tausendfüßler rast er auf den geöffneten Kofferraum zu. Kleine Füße patschen in die Regenpfützen. „Pyramide, Männer!" Herrisch und scharf tönt der Befehl aus dem Kofferraum. „Zum Donnerwetter!" Jemand tobt. Und das nicht zu knapp. „Beinahe wäre ich von diesem Sack erschlagen worden. Könnt ihr nicht aufpassen, ihr Heinis? Mann, kneift euren Arsch zusammen und konzentriert euch, ihr Flachzocker! Ihr wollt ein Abbild eures Meisters sein? Ha, lächerlich. Hopp, hopp, hopp. Auf jetzt, keine Zeit verlieren, wir haben noch zu tun. Zack, zack!"

Ein kleiner Kerl in grauem Arbeitskittel und strähnigem Zopf klettert aus der Höhle des Kofferraumes heraus, springt elastisch auf die regennasse Fahrbahn. Geübt wie ein Galeerentrommler gibt er mit klatschenden Händen den Takt an. „Bizeps, Trizeps, Quadrizeps und alle anderen Zepse, hepp, hepp, hepp!" Kleine Männer in grauen Kitteln und strähnigen Zöpfen wuseln im funzeligen Licht der Laterne eilig um den Müllsack herum, zwei halten ihn senkrecht fest, der Rest bildet eine Pyramide. Zeitgleich zum letzten 'Hepp' schleudern sie den Sack in die Höhe, schwingen ihn kugelstoßenmäßig ein paar Mal um die eigene Achse, bis er schließlich mit sattem Aufprall dicht neben seinem Kollegen im Laderaum landet. Die Mannschaft applaudiert stolz. „Wir sind einfach gut!" Zufrieden raunen sie, stoßen sich mit den Ellenbogen in die Seiten. Reiben sich die Hände und kichern. „Hey Großer, gibt es nicht noch was zu tun?" Launige Sprüche von sich gebend durchdringen sie mit Pupillen die kein Mensch so recht beschreiben kann die Dunkelheit. „Pass auf, quetsch deinen dicken Hintern nicht zwischen die Kopfsteinpflastersteine! Das letzte Mal mussten sie daraufhin die Straße erweitern und die Häuser ein Stück nach hinten rücken!" Der Große übt sich in arrogantem Blick, während die Mannschaft genüsslich grölt. „Na, verhebe dich bloß nicht, sonst musst du wieder auf einem heißen Teebeutel übernachten und deinen Ischias kurieren!" Die Kleinen rempeln sich an, schlagen sich vor Begeisterung mit den Händen auf die Oberschenkel. Der Anführer droht spielerisch mit dem Finger. „Los jetzt ihr Angeber, wir werden sehen, wer heute Abend zuerst nach dem Teebeutel schreit. Also, erst die Arbeit, dann das Vergnügen. Hopp jetzt!" Unter Gekicher und gekünsteltem Stöhnen rappeln sich die Kerle auf und verschwinden der Reihe nach in der geöffneten Ladeluke. Einer haut dem anderen so fest ins Kreuz, dass der fast in die Knie geht. Raue Sitten herrschen hier. Nach geisterhafter Rache sieht das hier nicht aus. Nicht nach böser Rache, die schlaflose Nächte und grauenhafte Träume nach sich zieht. Wo man bei heller Beleuchtung zitternd aufrecht im Bett sitzt, eingehüllt in ein warmes Deckbett. Tagelang nichts Gescheites essen kann, weil die Kiefer so arg aufeinander klappern. Im Gegenteil. Machli findet das Schauspiel witzig.

Zugegeben, kleine komische Männer in regennasser Dunkelheit, die einem die Müllsäcke und, wie er eben feststellt den ermordeten Monitor wegbringen, sieht man nicht alle Tage. Beileibe nicht alle Tage. Zwei der merkwürdigen Kleinen tänzelten eben im Ballettschritt zum Takt einer verrucht gesummten Melodie um die Pfützen zum Haus zurück. Tanzen mit ausgeprägtem Hüftschwung in einer Art Tangoschritt um den Monitor herum, fassen ihn kurz an. „Hepp!" Schon tragen sie ihn auf den Fingerspitzen. Schauen sich in die Augen. Zwinkern sich zu. Ändern die Melodie. Was eben noch klang wie ‚Unter der Laterne...' wandelt sich in den scheppernd gesummten, fast gehusteten Radetzkimarsch. Unter den gelangweilten Blicken ihrer Kollegen tänzeln sie zum Wagen zurück. Die stumme Gestalt hinter dem Lenkrad regt sich immer noch nicht. „Herrje, diese Angeber! Müssen immer etwas Besonderes sein." Der Große wirkt genervt. „Auch wenn' s euch Spaß macht Jungs, wir haben heute noch mehr zu tun. Nix mit Showtime!" Er will sich gerade umdrehen. „Und nix mit Kniebeugen!!!" Entsetzt muss er mit ansehen, wie die kleinen Kerle mit dem schweren Monitor auf den Fingerspitzen posieren. In die Knie gehen und wieder hoch. Noch einmal in die Knie gehen und wieder hoch. Machli kichert vor sich hin. Der Anführer platzt gleich. „Ich dreh euch gleich die Kehle um! Ihr Spinner! Hört auf, zu singen und hört auf mit eurer Gymnastik!" Mit unbewegten Gesichtern stellen die beiden ihren Gesang ein. Bedeutungsvoll blicken sie sich an. Versenken ihre merkwürdigen Pupillen ineinander. Grinsen halb. Alle Bewegungen auf Zeitlupe eingestellt. „Jetzt gaanz langsam hoch mit dem Monitor. Köpfchen weg, ihr Leute!" Flötet der eine. Die wartende Mannschaft ächzt leise. Manchmal braucht man in einem Augenblick wohl mehr Toleranz als im anderen. Dann endlich, mit einem unsichtbaren, federnden Ruck landet das Ding endlich da, wo es hin soll. Die Kerle reiben sich zufrieden die Hände.

Machli hat das Gefühl, die Kleinen kommen ihm bekannt vor. Aber Zepse? „Zepse!?!" Machli murmelt laut, reibt sich nachdenklich den Nasenrücken. „Nie gehört. Komischer Name". „Du hast sie wohl nicht alle!" Freundlich protestiert unmittelbar neben ihm eine heisere Stimme. Machli fährt zusammen. Direkt auf seiner Fensterbank, er hat es nicht bemerkt, sitzt ein kleiner Kerl im grauen Arbeitskittel, dreht sich genüsslich eine winzige Zigarette, zündet sie behaglich an und schmaucht. Mit der freien Hand fasst er sich an die Stirn, schaltet ein kleines Gerät an, in dem jeglicher Qualm sofort verschwindet. „So schade ich nur meiner eigenen Lunge". Mit ruhigem Blick raucht er weiter. „Wie kommst du auf so eine blöde Bezeichnung? Zepse? So ein Quatsch. Nur weil der Blödmann seine große Klappe nicht halten kann. Wir sind Spezialisten. Das ist unsere Berufsbezeichnung. Sieh mich an. Wie sehe ich aus?" Interessiert und aufmerksam fixiert er den Jungen. „Nun, ähem, Sir...". Machli hat ernste Probleme, die richtigen Worte zu finden. Eine äußerst ungewohnte Situation. Plötzlich dämmert ihm die Erkenntnis. „Sie sehen aus, wie..." „Du kannst mich ruhig duzen. Das erleichtert unsere weitere Zusammenarbeit". Gemütlich baumelt der kleine Raucher mit den Beinen. „Und?" Offenbar wartet er auf eine Antwort. Machli zögert noch. Vielleicht ist es doch ein Traum und er wacht jeden Moment auf. „Na?" Der Kerl lässt nicht nach. Immer noch verschwindet Rauch in feinen Fäden in seinem geheimnisvollen Gerät. Machli fasst sich ein Herz. „Ich finde..." Vorsichtig beginnt er seinen Satz. „Ich finde, du, ihr, du siehst aus, ihr seht aus wie Amerspoth. Ja, wie Mister Amerspoth. Unser Pedell aus der Schule". Endlich war's raus. Der Kleine nickt bestätigend. „Das war ja eine schwere Geburt!" Er kichert. „Und weißt du was, wir heißen auch so!" Hä? Machli merkt selbst, dass er dumm aus der Wäsche guckt. Was sonst nicht so seine Art ist. Der Kleine hat sich offensichtlich vorgenommen, die Geduld mit ihm nicht zu verlieren. „Nun, wir heißen so. Alle. Rüzgar Raphael Amerspoth. So heißen wir. Jeder von uns". Machli wiederholt den Namen. „Rüzgar Raphael Amerspoth". „Wie könnt ihr euch auseinanderhalten?" Der kleine Kerl prustet los, lacht laut und herzlich. „Auseinanderhalten? Für wen ist das wichtig?" Breit grinsend drückt er seine Zigarette aus, verstaut den Rest in einem kleinen, silbernen Döschen, das er gekonnt im Sitzen aus der Kitteltasche zieht. Mit undefinierbaren Augen lächelt er ihn an, klopft ihm im Aufstehen kumpelhaft auf die Schulter. „Du kannst dich doch selbst auch auseinanderhalten, oder? Die Sache ist ganz einfach. Jeder von uns ist ich. Wenn du vor dem Spiegel stehst, siehst du dich. Erkennst du dich. Kannst die Zunge herausstrecken, andere Fratzen schneiden und dich dabei beobachten. Immer wirst du es sein, der sich selbst bei seinen Faxen erkennt. Selbst wenn du zwanzig oder fünfzig Machlis vor einen riesigen Spiegel stellst, wenn dir schwummrig wird vor den vielen gleichen Gesichtern, egal. In dir drin wirst du immer fühlen: Dieser da, der eine spezielle da, das bin ich. So geht das." Er zieht ihn leicht am Ärmel zur Seite. „Vorsicht bitte, Platz da, aus dem Weg Kleiner, wir bringen deinen neuen Monitor!" Tatsächlich, die Spezialisten kommen im Trupp rasch auf ihn zu. Zwei von ihnen tragen den Monitor, der Rest der Mannschaft schlappt lässig hinterher. Manche verstecken ihre Hände in den Kitteltaschen. Einer knallt hastig den Kofferraum zu. Das Licht im Wagen erlischt. Die reglose Gestalt versinkt still im Dunkel.

„Soll ich euch die Haustüre öffnen?" Machli spürt ein nie gekanntes Glücksgefühl. Sein Herz ist leicht und frei. Sorglos. Ja. Sorglos ist das einzig richtige Wort. „Nee, nee, Kleiner. Lass mal gut sein. Wir nehmen den üblichen Weg durchs Fenster". Begütigend winken sie ab. Manche heben die Hand zum Gruß. „Hi". Flink wie Eichhörnchen balancieren sie den Monitor an der Hauswand hoch, stemmen ihn durchs Fenster. Wer an der Aktion nicht beteiligt ist, klettert emsig hinterher. Der Letzte schließt das Fenster. „Saukälte!" Die Spezialisten sehen sich um. Reiben sich die Hände. „Mann, was für eine Höhle! Los ihr Klößköppe, schließt den Monitor an. Haben wir noch Müllsäcke? Wer bringt diesen Saustall, der unter dem Bett gelegen hat, in die Waschmaschine?" Freundlich grinsen ihn die Amerspoths an, nicken zum Gruß, nehmen ihre Arbeit auf. Offenbar sind sie es gewöhnt, unhöflich und respektlos zu sein. Machli staunt im Stillen über deren Benehmen und Wortwahl. Da, einer kratzt sich angelegentlich sein kleines, grau bekitteltes Hinterteil. „Los, du fauler Sack, wasch dich gefälligst. Aber später. Jetzt haben wir zu tun. Der Meister erwartet uns später zum Rapport!" Taktvolles Schweigen gehört ganz offensichtlich nicht zu deren Verhaltensrepertoire. Egal. Machli spürt etwas wie Bewunderung. Bewunderung für diese fraglose Zielstrebigkeit. Staunend fügt er sich in etwas, was sich trotz der absoluten Außergewöhnlichkeit richtig anfühlt. „Hast du nicht auch etwas zu tun?" Aufmerksam betrachtet ihn einer der vielen Ichs. „Ja klar, ja selbstverständlich...". Machli stottert fast. „Ich räume die Waschmaschine aus. Die erste Runde müsste fertig sein". „Wir kommen mit!" Wer nicht aufräumt und sortiert, nicht mit dem Anschließen des Monitors beschäftigt ist, nicht das Bett glatt zieht oder den Spiegel poliert, schließt sich dem Jungen an. Selbstbewusst marschiert der Trupp der arbeitssamen kleinen Männer hinter Machli her durchs Wohnzimmer. Grüßt artig. „Guten Abend!" Sie machen sogar höflich einen Diener, tippen sich zum Gruß an die Stirn. "Muss man so machen". Raunt einer. „Ist ein Zeichen von guter Erziehung. Bringt einen besser durch die Welt. Manchmal". Ein anderer bestätigt das mit Kennerblick. Schließlich sind sie Spezialisten.

Der mit der harzigen Stimme verschluckt sich fast am Inhalt der Flasche, die er eben an den Hals gesetzt hat. Erschrocken verfolgt sein Blick das kleine Volk. Impulsiv zieht er seinen Schlappen aus, hebt ihn zum Totschlag. Sofort dreht sich einer der Kerle um, reckt drohend und gefährlich seinen Finger. „Vorsicht MISTER! Finger weg!" Mit flammendem Blick zwingt er den, der beinahe zum Mörder geworden wäre, tief in den Sessel. Mit hartem Knall stellt der die Flasche ab, zieht die Füße zu sich in den Sessel. Die Kleinen schauen sich um. „Mannomannomann, was für eine Höhle. Was für ein Loch!" Bekümmert sehen sie sich an, seufzen. "Mannschaft teilen!". Die Order ist knapp. Sie haben Augen zum Sehen. Einer schaut mitleidsvoll die Frau an, die eben mit schlaffen Lippen hastig und nervös versucht, zwei Kippen gleichzeitig anzuzünden. Schweigend schalten sie alle ihre kleinen geheimnisvollen Geräte auf dem Kopf an. Geräte, die durch schmale Stirnbänder mit dem Zopfgummi verbunden sind. Langsam aber sicher verschwindet der Qualm, den Machli vor Stunden durch das offene Fenster verschwinden lassen wollte. Das Ausräumen der Waschmaschine geht rasch. Zwei rennen mit einem Berg nasser Wäsche in Machlis Zimmer zurück. „Aufhängen!" Fast sofort sausen sie mit einem neuen Berg Schmutzwäsche wieder ins Badezimmer. „Pfui Deibel, was für ein Mief!". Erstaunlicherweise bleibt das der einzige Kommentar. "T' schuldigung". Reuevoll schaut der Schwätzer in Machlis verletztes Gesicht. Unschlüssig steht der respektlose Sünder auf einem Fleck. „Okay. Das war dumm von mir, ich werde mein vorlautes Mundwerk in Zaum halten. Manchmal geht die Klappe von selbst los. Ich bin ein Idiot. Weißt du was? Dafür arbeite ich doppelt so schnell. Extra für dich!" Er lächelt den Jungen treuherzig mit breitestem Grinsen an, hebt listig den Finger. Im nächsten Moment schon zischt es aus Machlis Zimmer, weil der kleine Freund wie ein Besessener die klatschnasse Schuluniform bügelt. Im Wohnzimmer indessen geht es anders zu. Mit ernsten Mienen staksen sie kleinen Männer über Abfall, leere und volle Flaschen, stinkige Aschenbecher und alte Zeitungen. Mit stummen Blicken tauschen sie sich aus. Zwei holen Abfallsäcke, die sie mit ernsten Gesichtern füllen. Die anderen zwei verfrachten gebrauchtes Geschirr in die Küche und spülen ab. Die restlichen bilden eine Staffel: Leere Flaschen werden von einer Hand in die andere aus dem Haus transportiert. Volle Flaschen werden entschlossen geöffnet, der Inhalt in die Spüle gekippt und die nun leeren Flaschen aus dem Haus transportiert. So geht das. „Bah, was für eine ätzende Brühe. So ein stinkiges Zeug! Allein vom Hinschauen wird man besoffen. Pfui Teufel, das ist keine Babymilch. Meine Güte, wenn man da einen Schlauch an die Adern anschließt, kann man eine Kneipe versorgen! So ein Mist! Mann, Mann, Mann, wie schade! Auf Kollegen, nur nicht einatmen! Ausschütten und weg damit!"

So und so ähnlich lauten die nicht enden wollenden bissigen, teils traurigen Kommentare. Mummi Pott hat das flirrende Bild auf der Mattscheibe vergessen. Schweigend und ratlos starrt sie das wuselige

Treiben an. Starrt zu wäre besser ausgedrückt. „Tja, das sind keine weißen Mäuse, nicht wahr?" Bissig faucht der Große den mit der harzigen Stimme an. Stumm und ratlos wälzen sich die Menschen aus ihren Behältnissen. Sessel und Couch werden kalt. Vorsichtig und unsicher die Beine hebend gehen sie leise ins Schlafzimmer, ziehen die Türe hinter sich zu und legen sich langsam ins Bett. Niemand schlüpft heute ins Nachtgewand.

9.

Aus dem Schlafzimmer der Erwachsenen ist außer Stille nichts zu hören. Machli stellt sich vor, wie sie mit angstvoll geweiteten Augen und Ohren reglos im Bett liegen. „Verbindungskabel her!" Winzige Finger schieben den USB-Anschluss in die dafür vorgesehene Buchse. Machlis Zimmer quillt über vor kleinen grauen Kitteln und strähnigen Zöpfen. Zumindest hat er den Eindruck. Vorsichtig setzt er seine Schritte, um nicht einen seiner merkwürdigen Freunde versehentlich zu zerquetschen. Nacheinander setzen sich die Kerle auf seinen Schreibtisch, schlagen die Beine gemütlich übereinander. Wer hier keinen Platz findet, lümmelt sich auf's Bett. Verschränkt die muskulösen Arme hinter dem Kopf. „Oh Mann, so etwas kann ich nicht jeden Tag!" Einer wringt erschöpft den schmutznassen Putzlappen aus, klettert behende aus dem Eimer. „Achtung!" Ein angstvoller Schrei aus unzähligen Kehlen lässt ihn im Bruchteil einer Sekunde zur Seite springen. Der hölzerne Schrubberstiel knallt hart unmittelbar neben ihn auf den blank gescheuerten Fußboden. „Pass doch auf, du Blödmann! Mensch war das knapp! Wie kannst du dich von einem unbelebten Objekt erschlagen lassen!" Raue Stimmen grölen im Chor. Eben noch mit dem Leben davongekommen, starrt der Kleine seine Abbilder gekränkt an. Etwas mehr Anteilnahme könnten sie zeigen! „Schon gut Kumpel!" Gutmütig federn sie von Tisch und Bett, feixen, klopfen ihm feste auf die breiten Schultern, umarmen ihn lachend. Einer schnappt ihn um die Hüften und hebt ihn an, schwenkt ihn mit flatternden Kittelschößen hin und her gefährlich hoch durch die Luft.

„Der aus Dummheit Gerettete, er lebe hoch, hoch, dreimal hoch!" Die winzigen Ohren des Geretteten färben sich vor Verlegenheit blutrot. „Lass mich runter, du Knallkopp!" „Kitzele ihn durch!" Röhrendes Gelächter schallt vom Fußboden in Machlis Ohren. Knapp in Höhe seiner Knie schraubt sich die kichernde Welle in die Höhe. Die Meute genießt das Schauspiel. Der Große hebt sich besonders hervor. „Hey, guck runter auf mich!" Genussvoll krempelt er die grauen Ärmel über sehnigen Unterarmen hoch, reibt voller Vorfreude die geschickten Hände aneinander. Federt in den Knien, beginnt zu pfeifen. Hoch und falsch. Offensichtlich mit Absicht falsch. Das Gesicht des Geretteten wird ausdruckslos. Er kämpft um seine Ehre. Kennt das Spiel, weiß, was kommt. Sein flammender Blick heftet sich auf den Angeber. Dieser kneift die Augen zusammen, um seine Mundwinkel zuckt es. Langsam beginnt er zu tanzen. Wiegt sich in den Hüften, bewegt graziös Füße, die in klobigen Arbeitsschuhen stecken. Ach, diese bekannte, verruchte Melodie. Die Mannschaft starrt, schweigt fasziniert. Außer dem leisen Pfeifen ist kein Ton zu hören. Niemand kichert, keiner scharrt mit den Füßen. Machli steht starr. Traut sich nicht, sich zu rühren. Der immer noch wie eine Feder in die Luft gestreckte Gerettete erweckt sein Mitgefühl. Im Inneren staunt er. Ein Trupp winziger Kerle, zugegebenermaßen reichlich klein, aber unmöglich noch jung. Nein, von Machlis Standpunkt aus betrachtet eher ältere komische Typen. Fast alte Knacker mit einem Haufen Lebenserfahrung. Und dann solche Kindsköpfe? Unmerklich schüttelt er den Kopf. Der scharfe Blick des Großen streift ihn wie eine Nadel aus Stahl. Unterschätze uns nicht! Klar und kalt kommt die Warnung an. Machli nickt, ebenso unmerklich. Logo! „Obacht Kumpel, Kollege, so macht man das!" Mit breitem Grinsen fixiert der Tanzende sein schwebendes Opfer, fährt herum, hebt den Schrubber auf, balanciert den Stiel elegant auf zwei Fingern, stellt ihn mit unnachahmlicher Grazie, übertrieben bis zum Anschlag, lautlos an die Wand. Unter dem Applaus seiner Gleichgesichter verbeugt er sich mit einem Kratzfuß. Gibt dem Geretteten, der soeben wieder zu Boden gleitet, einen dicken Kuss auf die Wange. Lachend fallen sie sich in die Arme. Der Gerettete hat seine Kränkung offenbar hinuntergeschluckt. Take Five! Klatschend schlagen zwei Handflächen aneinander. Knubbelige Fäuste stemmen sich gegen breite Schultern. Kraftvoll. Eins, zwei. Immer fester. Die Gestalten der Kerle kommen ins Wanken. Einer stolpert. Ausgerechnet er! Unwillig reibt sich der Gerettete den Kopf. "Was um alles in der Welt hast du in deiner Hosentasche?" Durch das Geschubse war er unfreiwillig genau mit der empfindlichen Stelle über dem Ohr an Machli geknallt. Erschrocken klaubt dieser den eckigen Gegenstand aus Metall hervor. Sein Türschloss! „Was ist mit diesem Ding? Weshalb ist es nicht an seinem Ort?" Interessierte Gesichter wenden sich dem Gegenstand zu. Untersuchen ihn. Schrauben ihn mit winzigen Schraubenziehern auseinander, bevor Machli auch nur Piep gesagt hat. Gerunzelte Stirnen überprüfen die Funktion. „Sieht doch ganz okay aus". Der Gerettete äußert sich fachmännisch. Schaut Machli streng in die Augen. „Weshalb baust du ein funktionierendes Teil aus und versteckst es in der Hosentasche? Lass mich raten". Aufmerksam schaut er in die Runde, schiebt den Zeigefinger überlegend über seinen Nasenrücken. „Ach so, kombiniere. Du brauchst einen Schlüssel". Leise trifft er seine Feststellung. Winkt mit dem Zeigefinger. „Werkzeugkasten!" Der knapp geäußerte Wunsch bewirkt, dass der Große zum Erstaunen der anderen rasch aus dem Fenster turnt, um das Gewünschte zu besorgen.

10.

Interessiert stecken die Kerle rasch die Köpfe zusammen, unter leisem Gemurmel hantieren flinke Finger mit glänzendem, klirrendem Werkzeug. Einer fischt eine Sprühflasche mit Öl aus dem schwarz verschmierten Inhalt des Kastens, dessen Innenleben mit unzähligen Fingerspuren bedeckt ist. „Feile, Modell!" Der Gerettete knurrt gebieterische Befehle. Wie ein Chirurg steht er da. Streckt erwartungsvoll die Hand aus. „Mach doch Platz, Mann, mach dich nicht fett!" Unwillig stoßen sich die Spezialisten mit den Schultern an. Jeder verfolgt den Anspruch, bei dieser Aktion beteiligt zu sein.

„Disziplin Männer, Disziplin! Wir haben nicht ewig Zeit. Der Meister erwartet uns zum Rapport!" Der Große ergreift das Wort, erinnert sich an seine Organisationspflichten. Umgehend wird das Gewünschte gereicht. Schweigend liegt das arme Schloss, in seine Einzelteile zerlegt, auf dem sauber gescheuerten Fußboden. Jemand hatte rasch sein sauberes Stofftaschentuch ausgebreitet und darunter gelegt.

„Finger weg!" Mit scharfem Blick weist der Gerettete vorwitzige Hände zurück, die Einzelteile gewissenhaft studieren möchten. Mit Sorgfalt werden sie alle an rauen Stellen abgefeilt, die Kanäle mit einem raschen, gezielten Stoß aus der Dose eingeölt. Jemand reicht dem Geretteten einen Schlüsselrohling über die Schulter. „Bei den alten Dingern müssten die einfachen Exemplare funktionieren. Gib her, ich werde es probieren". Konzentriert stochert der Gerettete mit dem Rohling in dem sekundenschnell zusammengebauten Mechanismus herum. „Und willst du nicht, so helfe ich nach...." Fast drohend wird der Rohling in seine Form gefeilt. Winzige Späne verschwinden sofort in den Kitteltaschen der Kerle. „Na also, passt, wackelt und hat Luft!" Zufrieden führt der Gerettete den anderen sein Werk vor. Schließt vorwärts und rückwärts. Auf und zu. „Na, klappt wie geschmiert, oder?" Genießerisch bückt er sich, legt sein Ohr auf das kalte Metall und lauscht der satten Sinfonie des Schließmechanismus. „Los, auf jetzt Männer! Pyramide! Bizeps, Trizeps, Quadrizeps! Alle an die Arbeit!" Der Große mahnt, treibt zur Eile, Ungeduld mischt sich in seinen Ton. Mit artistischer Geschicklichkeit bilden drei rasch eine Pyramide, der oberste baut in Sekundenschnelle den reparierten Schließmechanismus ein, in dem der Bart fast wie von selbst seine Arbeit verrichtet. Ab sofort ist Machli Herr im Haus! Zumindest in seinem eigenen Zimmer. Zufrieden atmet er aus. Immer noch geblendet von der präzisen Schnelligkeit und Genauigkeit der rätselhaften kleinen Männer, die jetzt in Eile ihre Dinge zusammenklauben, benennen, zählen und in den Werkzeugkasten werfen. „Hepp. hepp, hepp!" Der Große klatscht in die winzigen, kräftigen Hände. Graue Kittel werden rasch gerade gezogen. Machli hat die Schar immer noch nicht gezählt. Es ist auch nicht wichtig. Drei bilden unaufgefordert eine Pyramide, öffnen das Fenster, heben grüßend den Arm und springen hinaus. „Bis bald Mann!" Bei jedem Heben des Armes hört Machli diesen Abschiedsgruß. Mit dem Werkzeugkasten unter dem Arm wartet er, bis die komplette Mannschaft hinaus geturnt ist.

„Leise!" Jemand mahnt den schwatzenden Trupp in der neblig kalten, nassen Nacht zur Ruhe. Machli bemüht sich sehr, den Kasten geräuschlos, ohne anzuecken, aus dem Fenster zu balancieren. „Alles klar, Männer! Bis bald, Männer! Und danke!" Freudig aufgeregt verabschiedet er seine neu gewonnenen Freunde. Einer dreht sich mit gerecktem Finger noch einmal zu ihm um. Merkwürdige Pupillen die keiner so recht beschreiben kann, blitzen in der Dunkelheit zu ihm herauf. Elegant schwingt er den strähnigen Zopf über die Schulter. „Und du bück dich das nächste Mal nicht wieder, wenn ich gerade an dir vorbei gehen will!" Bedeutsam wischt er sich grinsend über die empfindliche Stelle oberhalb seines Ohres. „Okay Mann, ich werde mich darum bemühen!" Machli hängt sich tief aus dem Fenster, reicht dem kleinen Kerl liebevoll die Hand. Nicht nötig zu raten, mit wem er hier gesprochen hat. Er winkt noch einmal. „Bis bald Mann!" Leise, fast unhörbar ruft er ihm nach. Hinter den Fenstern der Nachbarschaft brennt kein Licht mehr. So spät ist es. Auch aus der Wohnung hinter ihm dringt kein Laut. Das Auto! Die zusammengesunkene Gestalt! Machli erschrickt in der Tiefe seines Herzens. Den hatten sie ganz vergessen. Reglos sitzt der Meister Stunde um Stunde in der klammen Kälte. Wartet und regt sich nicht. Poltert nicht ins Haus, um die rührige Truppe zum Rapport zu befehlen. Harrt schwarz und stumm aus unter dem diesigen Licht der einsamen Straßenlaterne. Komisch. Ein merkwürdiges Gefühl beschleicht Machli.

Was ist das für ein Meister, der sich nicht regt? Er kommt nicht dazu, weitere Spekulationen anzustellen. Verwundert sieht er den Kerlen nach. So leise wollten sie sein, um niemanden aufzuwecken. Kein Aufsehen zu erregen in dunkler Nacht. Und nun? Offensichtlich verspätet, auf dem Weg zum Rapport, erwartet von ihrem Meister stapft der selbstsichere Trupp tänzelnd und singend durch den Regen, der sich immer noch mit weißem Nebel vermischt. Ihre grauen Gestalten verschwimmen in der Luftfeuchtigkeit. Strähnige Zöpfe wippen auf und ab. „Wir sind die Allergrößten!" Triumphierend hauen sie sich gegenseitig auf die Schultern. „Wir sind klasse, Mann!" „Wir sind die Allerbesten!" Zwei balancieren den Werkzeugkasten auf den Fingerspitzen. „Au, au, au, mein armes Ohr!" Jemand imitiert lachend den Geretteten nach seinem Unfall mit dem scharfkantigen Schloss. Spöttisch fröhliches Gelächter dringt leise durch den wattigen Nebel. Einer, Machli kann sie auf die Ferne ohnehin nicht mehr auseinander halten, öffnet die Wagentüren und den Kofferraum. Das Licht im Wageninneren schaltet sich ein. Machli versucht angestrengt, einen Blick auf den Reglosen zu erhaschen. Dieser scheint von der Ankunft der Kerle keinerlei Notiz zu nehmen. Starr vor Zorn? Machli überlegt. Vergleicht mit seinen alten Herrschaften. Blufft er, hebt gleich unbeherrscht die Hand zum Schlag? Der Werkzeugkasten verschwindet rumpelnd in der Ladeluke, landet weich auf vollen Müllsäcken. Einer knallt mit Schwung die hintere Tür zu. Zufrieden klettern die Kleinen durch alle

Öffnungen in den Wagen hinein. Scheinbar einem geheimen Muster folgend. Der Meister dreht noch nicht einmal den Kopf. Offensichtlich voller Zuversicht auf die Präzision seiner Mitarbeiter bringt ihn nichts aus der Ruhe. Die letzte Autotür fällt zu. Langsam erlischt das Licht. Angestrengt kneift Machli die Augen zusammen. Nur mühsam gelingt es ihm, vom Fenster aus durch die beschlagenen Scheiben ins Wageninnere zu sehen. Nämlich so gut wie nicht. Schwarze Schatten tanzen ein gespenstisches Ballett. Hie und da wischt ein kleiner Ärmel einen Durchblick ins Fenster. Scheinwerfer gehen an, lassen den Nebel sich zu gelber wabernder Suppe verdichten. Der Meister startet den Motor, der sich mit sattem Gebrumm durch die ruhige Nacht fräst. Langsam setzt sich das merkwürdige Gefährt in Bewegung, verschwindet nach wenigen Metern völlig im Nebel. Eine kleine Weile noch horcht Machli auf Motorengeräusche, die immer leiser und dann ganz still werden. Sie sind fort. Wie ein Spuk gekommen und nun fort.

Leise schließt er sein Fenster, zieht die Gardine vor. So etwas hat er noch nie erlebt. Bleierne Müdigkeit kriecht durch seine Knochen. Mit leisem Klicken probiert er sein Türschloss aus. Öffnet kurz die Türe, lauscht in die Wohnung. Alles ruhig. Behutsam zieht er die Türe leise wieder zu und schließt ab. Lehnt sich mit vor Müdigkeit geschwollenen Augen erschöpft mit dem Rücken an die abgeschlossene Zimmertür. Außer dem Kuttenmann hatte ab sofort keiner mehr Zutritt. Der Kuttenmann! Ein flüchtiger Gedanke an ihn weht durch sein Gehirn. Morgen wieder! Machli kann nicht mehr. All diese Eindrücke werden in seinem Kopf immer mehr. Wohin bloß mit ihnen? Die Gesellschaft der kleinen Kerle allerdings, so ungewohnt und merkwürdig sie war, erfüllt ihn jedoch mit Zuversicht und Freude. Und mit Dankbarkeit. So ungefähr stellt sich Machli jährlich im Dezember Weihnachten vor. Weihnachten wie es sein könnte. In seinen kühnsten Träumen sein könnte. Weihnachten, wie es in seinem Leben niemals war.

Er schnuppert. Die Luft in seinem Zimmer riecht richtig gut. Alles ist blitzblank. Alle Kleidungsstücke sind gewaschen, kein vertrocknetes

Brot mit schimmeligem Käse liegt mehr unter dem Bett. Socken duften in alter Frische. Das Bett wartet frisch überzogen nur auf ihn. Der Fußboden glänzt sauber, Regale samt Inhalt sind abgestaubt und neu sortiert, am Schrank hängt sogar die gebügelte Schuluniform!

Und auf dem Schreibtisch? Machlis Kehle wird eng. Hier steht er. Der neue Flachbildschirm. Einer, der keine Vergleiche mit dem gemordeten, zerschlagenen uralten Ungetüm zulässt. Alles ist gut! Machli erschrickt über diesen Gedanken. Doch ja, im Augenblick ist alles gut. Er schlägt überwältigt die offenen Hände vors müde Gesicht. Spürt, wie sich Tränen durch die geschwollenen roten Lidränder quetschen. Der ständige Schmerz in seiner Brust, der sich wie heißer Druck täglich in sein Inneres bohrt, hat nachgelassen. Er müsste ihn förmlich suchen, um ihn zu spüren. Lächelnd lässt er die Hände sinken. Sieht sich selbst. Wie er vor dem Spiegel steht. Da steht einer, der aussieht wie er. Ein Ich. Ein Ich, das er unter Tausenden herauskennt. Opalblaue Augen leuchten trotz geschwollener Lidränder, schwarze Locken umkringeln siegreich ein blasses Gesicht, aus dem ein Strahlen leuchtet. Ein Strahlen, das er bislang nur im Film sah. Nicht jedoch in seinem Gesicht. Nicht in seinem vertrauten Machligesicht, in dem solch breites offenes Leuchten bisher nicht vorgesehen war Aufrecht steht der Junge im Spiegel da. Gerade gewachsen und stark. Ja! Machli ballt die Faust...

11.

Der nächste Morgen beginnt vielversprechend. Mit allumfassendem Wohlgefühl und wachsweich entspannten Gliedmaßen rollt sich Machli seitlich aus dem warmen Bett. Wie jeden Morgen um diese Jahreszeit quellen Nebelwolken vor seinem Zimmerfenster. So, als ob die Natur versucht, sich rasch vor dem bald einsetzenden Winter in warme, flauschige Gewänder zu hüllen. In flauschige fliehende Gewänder. Leider. Gewänder, die sich jedem Zugriff entziehen, sobald man sie anpackt. Das jedoch ist heute nicht sein Problem. Auf leisen Sohlen schließt er mit satter Umdrehung seinen neu errungenen Schlüssel, schleicht sich flink zur Toilette und ins Badezimmer. Der mit der harzigen Stimme kauert mit hochgezogenen Beinen starr im Sessel, betrachtet argwöhnisch den Fußboden. Gut so! Machli grinst, schlüpft unbeobachtet an ihm vorbei. In der Küche findet er Reste eines kargen Frühstücks, die er im Stehen verzehrt. Jemand müsste einkaufen gehen. Leise huscht er zurück in sein Zimmer. In sein warmes, aufgeräumtes Zimmer, in dem die Schuluniform blitzblank und gebügelt am Kleiderschrank hängt. Schnell schließt er wieder ab. Beinahe schnurrt er vor Behaglichkeit. Freudig umarmt er seinen neuen Bildschirm, den er trotz Begeisterung mit technischer Kennermiene begutachtet. Heute noch wird er sich beim Pedell bedanken. Wird Mr. Amerspoth kräftig die Hand schütteln.

"Mein Guter!" zärtlich flüstert er der schwarzmatten Oberfläche des Bildschirms zu, stellt sich vor, wie alles ins Lot kommt, wie sich seine schulischen Leistungen sprunghaft verbessern. Sieht sich vor der Klasse stehen, souverän und redegewandt sein Referat präsentierend. Mit einem Schlag versinkt seine heile Welt im Nichts. Vernichtet sich in einem Moment. Wie doch der Bruchteil einer Sekunde über Leben und Tod entscheiden kann. Sein Referat! Natürlich. Im gestrigen Taumel der kleinen Kerle war das glatt untergegangen. Mehr als alles war erledigt worden, nur die Hausaufgaben nicht. Kalter Schweiß tritt auf Machlis Stirn, feuchtet unangenehm die Innenflächen seiner Hände an. Paradoxerweise trocknet sein Gaumen gleichzeitig aus. Wieder wird er sich vor der versammelten Klasse fragen lassen müssen, wann oder ob er überhaupt die Absicht habe, seine Leistungen jemals zu erbringen. Zum Auswachsen ist das, jawohl, zum Auswachsen. Machli spürt die Scham schon im Voraus. Merkt auch, wie der Zorn in seinen Eingeweiden zu brodeln beginnt. Fäuste ballen sich hart zusammen. Ein hektischer Blick auf die Uhr. An diesem Morgen war er versehentlich etwas zu früh aufgestanden. Eine Chance noch für den Pechvogel! Mit geübtem Griff fährt er den Rechner hoch. Der Bildaufbau auf dem flachen Monitor, diese Präzision und Farbenkombination, einfach ein Genuss. Später würde er sich die technischen Details ansehen. Jetzt muss er sich mit vor Entsetzen hohlem Kopf auf Englische Literatur konzentrieren. Lachhaft. Im richtigen Leben hat er ganz andere Probleme zu lösen. Egal. Wen interessiert es. Klick, klick. Machli öffnet ein neues Dokument. Gut, ja. Mit Überschrift. Welche? Machlis leerer Pfad im Gehirn ist so lang wie der Autobahntunnel unter der Meeresoberfläche. Wer vorne hineinschaut, erblickt das Ende nicht. Er spürt wie seine Lidränder anfangen zu brennen, wie sich Tränen verlegen und heiß ihren Weg bahnen. Verlierer du! Kann das Leben nicht mal auf deiner Seite stehen? Ist das alles nur ein Spiel? Ein übler Trick, mit dem man dir etwas vorgaukeln will? Nämlich dass die Dinge auch anders aussehen können? Ist sein Leben nicht eine ewige Talfahrt, ein schmutziges Schraubengewinde nach unten? Lachen die kleinen Kerle jetzt heimlich hämisch über sein Unglück? Lass dich nicht ablenken. Gestern war gestern. Und es war toll. Es war Wirklichkeit. Heute ist ein anderer Tag. Ein Scheißtag. Jawohl. Wer schon so anfängt, endet wieder in der Gosse. Ja, Gosse. Machli lacht ein verächtliches Lachen. Hart und harzig. Gelernt von der Stimme aus dem Wohnzimmer. Von dem, der ihm den Gürtel überzieht. Von dem, dessen Name und gülliger Geruch aus dem Mund ihn nur am Rande unliebsam interessiert.

Überschrift. Überschrift. Überschrift.

Welchen Titel trägt noch mal dieses verfluchte Referat? Machli wühlt aufgeregt in seinen Unterlagen, dreht und wendet vollgekritzelte Zettel hin und her. Gibt es Aufzeichnungen? Los Mann, konzentriere dich! Sein Hirn ist und bleibt ein weißer Fleck. Vollkommen leer. Bis auf eine üble Phantasie. Eine Phantasie, die keine ist, sondern schreckliche albtraumhafte Erinnerung. Sein letztes Referat, bevor ihm das Schicksal oder wer auch immer die Technik zerschlug. Eine schlammige Erinnerungsspur führt ihn zurück an den hellichten Nachmittag seiner x-ten Niederlage. Quatschende Sohlen treten schmatzend jedes Detail, jede unrühmliche Einzelheit breit. Auf die Geschicklichkeit seiner schmalen Finger konnte er sich stets verlassen. Genauso wie auf die Fähigkeiten seines Gehirns, im richtigen Augenblick Präzision und Zufall zu einem gelungenen Ereignis zusammenzubringen. An diesem besagten Nachmittag allerdings, an dem draußen sogar ausnahmsweise die Sonne schien, war alles verhext. Sein sonst so rühmliches Gehirn brachte augenscheinlich sämtliche Finger aus dem Takt. So gaben sie versehentlich einen nicht nachvollziehbaren Befehl über die Tastatur an das empfindliche, leicht manipulierbare Gehirn des Computers ein. Mühsam rang er sich einen passenden, aussagekräftigen Titel für seinen Text ab. Zugegeben, seine Konzentration war nicht die beste.

Aus dem Wohnzimmer drangen hysterische Schreie zweier beleibter Frauen, die sich auf der Bühne einer bekannten Talkshow mit fetten Armen Handtaschen um die Ohren schlugen. Das Publikum grölte. Die, die einstmals seine Mutter war, die er in behutsamen Momenten oder in der Enge seines Herzens Mummi nannte, brummte in tiefem Bass abfällige Kommentare dazu.

In der Schule war es gelinde gesagt ausnahmslos miserabel und peinlich für ihn verlaufen. Hatte er sich doch dazu hinreißen lassen, vielleicht im Nahen eines Sonnenstichs, ein kleines Fußballspiel zu wagen. Nur ein kleines, ganz kurz. Pete Sackers Bemerkung stach ihm diesmal nicht in die Brust, sondern geradewegs in die schrumpelige graue Masse unter seiner Schädeldecke. An anderen Tagen hätte er sich gefragt, ob ihm einer ins Gehirn geschissen hat. Diesmal nicht, es ging zu schnell. Machli reagierte, noch bevor Pete seinen dämlichen Satz zu Ende formuliert hatte. Oh ja, es zuckte förmlich in seinen Beinen. Der Tritt, der eigentlich zu heftig für einen menschlichen Hintern war, der Pete vermutlich in die Krankenstation bugsiert oder ihm einen Gips um das Becken verpasst hätte, sollte hier und jetzt vor aller Augen endlich den Schuss des Jahrhunderts auslösen. Jawohl,

einmal nur wollte er das Runde mitsamt dem Eckigen ins Welten-
all befördern. Machli konzentrierte all seine Kraft, kickte den Ball
mit aller Macht in die Sonne. Die ihm bekannte fatale Mischung
aus peinlich berührtem Schweigen und mühsam zurückgehaltenem
Gelächter signalisierte ihm, dass das, was er für Zerstieben der Sonne
gehalten hatte, nichts anderes war, als der Aufprall seines Schädels auf
dem betonierten Campus. Ganz nüchtern. Hinweggerissen von seinem
eigenen Schwung hatte er auch diesmal das so lange erhoffte Wunder
verpasst. Vor aller Augen lag der Ball, verfehlt vom kräftigen Tritt seines Fußes, unbeteiligt nehmen ihm. Mit scheelem Blick machte Pete
das Maß voll. Betont lasch, mit nach außen gedrehtem Knie, verlieh
er ihm ein bisschen Schwung. Nur ein wenig. Und Machlis Selbstachtung kullerte still in den Rinnstein. So fing dieser Tag schon an. Vor
Zorn und Grimm hätte er mit unsagbarem Schmerz in den Boden
beißen mögen. Heiß stieg Wut in ihm auf. Wie sonst auch rappelte er
sich jedoch schweigend unter manch mitleidigem Blick auf, klopfte
sich die Hosenbeine ab, fuhr mit den Händen lässig und doch prüfend
über sein zerschundenes Gesicht.

Das wahre Ausmaß seiner Kränkung war mit den dürren Worten
dieser Welt nicht zu beschreiben. Bleich, auf seine Füße starrend,
machte er sich auf den Heimweg. Niemals wieder sollte jemand seine
Augen sehen! Erst nach geraumer Weile war er in der Lage, die festen
Tritte des ebenfalls schweigenden Horatio, der unbeirrt neben ihm
ging, überhaupt zu registrieren. Als er damals den Rechner hochfuhr,
zitterten seine Gliedmaßen immer noch. Wind sauste in seinen Ohren,
bebende Lippen waren nicht imstande, zu Mittag wenigstens einen
Keks zu essen. Und dann diese blöde Überschrift. Machli hätte mit
dem Kopf an die Wand donnern können. Konzentrier dich Mann,
konzentrier dich! Ächzend hockte er mit wiegendem Oberkörper vor
der lichten Bildschirmoberfläche, die ihm, lauernd auf jeden Buchstaben, höhnisch und starr sein Nichts aufzeigte. Handstand. Vielleicht
half Handstand. Oh ja. Daran erinnerte er sich. Handstand. Damit

das Blut auch an die verschwiegenen Orte seines Körpers kam. Dahin, wo niemals die Sonne scheint. Dort sollten diese ausgedörrten grauen Zellen prallrot werden. Schamrot, weil sie ihn im Stich lassen wollten. Denen würde er es zeigen. Zehn Handstände packte er. Fast hätte er gekotzt. Aber nur fast. Am Schluss, als er nass geschwitzt und keuchend im Vierfüßlerstand feuchte Abdrücke auf dem Boden hinterließ, war er leer. Oder voll. Je nachdem. Auf jeden Fall hackte er wie ein Berserker Buchstabe um Buchstabe auf diesen Monitor, der sie alle annehmen musste. Zwischendurch las er flüchtig. Speicherte ab. Hackte weiter. Zufrieden stellte er fest, wie gut er doch voran kam. Ja, Handstände waren doch ein probates Mittel.

Der Meister geht pinkeln. Fast hätte er diesen bedeutsamen Satz in seinem Text verewigt. Wie denkwürdig, hätte er den vor der gesamten Klasse versehentlich verlesen! Am Leben klug geworden warf er einen prüfenden Blick auf seinen Text, der schon ordentliche Ausmaße angenommen hatte. Ja, fast fertig. Speicherte ab, schloss die Datei und sauste aufs Klo. Noch während er die Türe zu seinem Zimmer zuschlug, meinte er sich zu erinnern, wie sich sein kostbarer Text Seite um Seite zusammengefaltet und rückwärts vernichtet hatte. Sofort als er seinen Reißverschluss öffnete, brach sich Erleichterung Bahn. Nicht nur, weil er endlich seine volle Blase entleeren konnte. Nein, auch weil ihm schlagartig klar wurde, wie sehr doch der Stress zu fatalen Wahrnehmungsfehlern führte. Mann ja, so war es! Kein Text faltet sich einfach so ein. So etwas wäre Hexenwerk. Kinderspuk am Nachmittag. Energisch zog er an der Schnur, die mit gurgelnden Lauten sowohl seine Bedenken als auch das andere in die Tiefe spülten. Nichts hält ewig. Auch nicht der Untergang. Machli erinnert sich noch zu gut an diesen Gedankengang und seine Zufriedenheit darüber, wie es ihm doch noch gelungen war, diesen elenden Tag zu vergolden. Wenige kluge Sätze noch und er wäre fertig! Mit flinken Fingern öffnete er seinen Text wieder. Texte waren für ihn stets etwas Nüchternes gewesen. Etwas Folgsames, aus den Fingern des Autors fließßendes.

Dessen Willen strikt gehorchend. Texte konnten korrigiert, auf den Kopf gestellt, umgeschrieben oder auch vernichtet werden. Zu keiner Zeit hätte er ihnen Eigenleben unterstellt.

Aber was war das? Machli spürte förmlich, wie alle, aber auch alle Farbe aus seinen Gesichtszügen wich, wie seine Mimik in hilfloser Entgeisterung entglitt. Mit böser schneller Schalkhaftigkeit öffnete sich sein Text wie der dubiose Mantel eines Exhibitionisten. Im gleichen Moment als er sich selber zuschlug falteten sich die Seiten in sich zusammen und waren verschwunden. Lautlos. Starr vor Schrecken verfolgte Machli diese Erscheinung. Nein, dass musste ein Irrtum sein! Hektisch bemühte er sich, mit allen Befehlen die er in dieser Richtung kannte, den Text wieder herzustellen. Hackte, fahndete, flehte. Vergebens. „Ich kriege die Krätze, ich kriege die Krätze". Verbissen, ja verzweifelt murmelte er vor sich hin. Versuchte zu retten, was vielleicht nicht mehr zu retten war. Speicherte die Datei, öffnete und schloss sie wieder.

Draußen inhalierte die Dämmerung gerade die letzten Sonnenstrahlen, saugte wie ein düsterer Schwamm das Abendrot, in dem doch die Hoffnung für den nächsten Tag enthalten war, auf.

Während Machli mit jedem Handgriff fast kapitelweise sein Referat unaufhaltsam verlor. Sein magerer Oberkörper wurde von verzweifeltem Weinen geschüttelt. „Mein Text, mein Text!" Der Junge weinte laut. Oh Gott, alles weg. Seine Arbeit, sein Geist, seine Anstrengung. Nicht mehr aufzufinden. Bevor die letzten drei dürren Kapitel auch noch im Unsichtbaren verschwinden würden, schaltete er hirnlos und zittrig seinen PC ab. „Mein Text, mein Text! Mein Referat!" Blind vor Tränen aussichtsloser Verzweiflung wankte er durch sein Zimmer. Hin und her. Rechts und links von ihm schlenkerte jeweils ein Arm. Seine Hände hatten keinen Griff mehr.

So war das. Hoffentlich nie wieder. Machli schaut in den Spiegel. Starrt vor dem Hintergrund der bekannten Kutte, die sich lautlos aus den Molekülen der Wand herauslöst, in sein kalkweißes Gesicht. Fast leblos registriert er in der Totenstille die schweigende, unaufhaltsame Annäherung. Das Ende.

Nackte Füße mit gepflegten Zehennägeln nehmen Aufstellung. Einer links von seinem Stuhl, der andere rechts. An Abhauen ist nicht zu denken. Gesichtslos nähert sich das Unheil. Die Vorsehung, der man als Machli Pott nicht ausweichen kann. Der weiße Fleck unter seiner Schädeldecke füllt sich mit Nichts. Blut braust in seinen Ohren. Die Konturen seines Zimmers verschwimmen. Große sanfte Hände legen sich auf seine Schultern. Gleich ist es soweit. Machlis magerer Körper bebt. 'Der Verdächtige wird exekutiert'. Dieses Banner, für das er nicht bezahlt hat, leuchtet im weißen Hohlraum seines Kopfes wie ein Schlaglicht auf. Für den Bruchteil einer Sekunde. Und Machli hat es doch gesehen. Der Gesichtslose, dem er gestern so sehr auf die Zehen getreten hat, bettet seine Stirn behutsam genau auf die Stelle, an der Machlis Hinterkopf beginnt. Der Junge konzentriert all seine Aufmerksamkeit auf diesen Moment. Rafft alles zusammen, was er noch hat. Für Ratlosigkeit, Skepsis und Abwehr ist keine Zeit. Einfach keine Zeit.

„Stell jetzt keine Fragen". Die Stimme des Kuttenmannes klingt angenehm, obwohl sie unmöglich von menschlichen Stimmbändern ausgehen kann. Kein menschlicher Resonanzkörper, den eine Stimme braucht um klingen zu können, verbirgt sich unter diesem Gewand. Machli sieht sehr wohl Hände und Füße dieses Wesens. Nein, dieser Erscheinung, die nicht mit einem irdischen Wesen verglichen werden kann. Dieses Phänomens, das auch nur Ausfluss böser Gaukelei sein kann, die mit vorgespiegelter Menschenähnlichkeit widerliche Ziele erreichen und falsches Vertrauen aufbauen will. Machli spürt die auf seinen Schultern aufgelegten Hände nicht.

„Stell jetzt keine Fragen. Bleib ruhig Junge". Ein sachlicher Befehl. Ein Befehl, der nicht ohne Auswirkung bleibt. Machlis Körper entspannt sich. Wie eine vom Sturm getriebene Wolke entfernt sich die weiße Masse aus seinem Gehirn. Bunte Bilder türmen sich auf, fallen wie übermütige Würfel spielerisch durcheinander. Zwischendrin bellt schwanzwedelnd ein Hund, der nun wirklich nicht dahin gehört. Buchstaben und Worte albern herum, balgen sich um den besten Platz. Eine schmutzige Turnhose schwebt graziös durch die Luft und verbirgt sich unter dem Kleiderschrank.

„Konzentriere dich. Schreibe. Schreibe dein Referat mein Junge". Machli zögert. Vor seinem geistigen Auge bildet sich eine Überschrift. Formieren sich Buchstaben zu einem noch unbekannten Satzteil. „Nur zu!" Die freundliche Stimme muntert ihn auf. Die gewichtslose Stirn des Kuttenmannes ruht immer noch bewegungslos auf seinem Hinterkopf. Sogar die erste Seite des leeren Dokumentes scheint ihn anzulächeln.

„Los jetzt!" Sanftes Licht breitet sich aus. Machli und die seltsame Gestalt bilden ihre eigene Glühbirne. Ihre eigene Oase des Lichts. Der Junge tippt. Lässt sich darauf ein. Der erste Buchstabe erscheint. Viel versprechend und verlockend verkörpert sich das erste Wort. Machli spürt, wie sich das Wohlbefinden seines frühen Tages selbstgewiss in ihm ausbreitet. Die Welt um ihn herum verschwindet. Wie von Zauberhand wächst aus dem Dokument ein Text heran. Klick, klick, klick. Wort für Wort entsteht ein Text. Sein Referat. Wie ein Besessener schreibt er. Mit zweifelsfreier Sicherheit. Zeitlos. Punkt.

„Es ist gut". Machli sackt in sich zusammen. Der Gesichtslose hebt seine Stirn. Die sonderbare Lichtquelle stellt ihre Produktion ein. „Du kannst jetzt abspeichern, ausdrucken und den Rechner abschalten. Mach dich auf den Weg. Es ist höchste Zeit jetzt!" Schon rattert der Drucker. Machli sieht gerade noch, wie sich die Gestalt des Kuttenmannes lautlos und geschmeidig in die Wand zurückzieht. Die Fußzehen zuletzt. „Danke Sir! Danke!" Flink wie ein Eichhörnchen schlüpft er in seine Schuluniform, packt in Windeseile seine Sachen zusammen und tritt aus dem Haus.

12.

Unterwegs trifft er an der bekannten Stelle auf Horatio, der wie jeden Morgen zum gleichen Zeitpunkt aus der Haustüre auf die regennasse, neblige Gasse tritt. Freundlich verabschiedet von seiner Mutter, die wie immer darauf achtet, dass er ordentlich unter die Leute geht. Oft zu seinem Leidwesen. Der Käsewicht hätte Machli fast die Füße abgefahren. Achtlos rattert er mit seinem Gefährt durch die engen Straßen. Nur mit einem Hechtsprung gelingt dem Jungen die Rettung. „Hi", die Jungs begrüßen sich. Lächelnd schaut Horatio an Machlis magerer Gestalt hinunter. „Alles klar heute?" Machli nickt. Er weiß genau, der Kumpel meint die korrekte Kleidung, in der die Schülerschaft im Unterricht erwartet wird. Wie gewöhnlich schwatzen sie nicht viel miteinander. „Und dein Referat?" Zögernd richtet Lithe das Wort doch einmal an ihn. Machli grinst. „Alles klar, ich hab's in der Tasche". Ungewohnt fröhlich stapft er mit schiefen Beinen neben dem sportlichen Kumpel, der mit seinem geschmeidigen Körper schon manchen Sportpreis eingesackt hat. Diesen Körper hätte er gerne. Doch jetzt ist weder die richtige Zeit noch der richtige Ort für solche Gedanken." „Da, horch". Machli spitzt die Ohren. Und richtig, wie an jedem Morgen tuckert Servilius mit seiner Schüssel an ihnen vorbei. Machli mag ihn nicht so recht. Er hat gelernt, sich vor dieser spiegelnden Glatze zu fürchten. Allein bei deren Anblick fließt nur allzu oft ein mulmiges Gefühl durch das, was er seine inneren Antennen nennt.

Mit ihnen nähern sich auch andere dem Schulgebäude. Gwendolyn Spark trippelt trotz der trüben Tage in Foggy Annexe heute im engen Rock, der den Jungs das Muskelspiel der kräftigen Waden offenbart, die Treppenstufen hoch. Dieser Rock spannt verdächtig über ihrem Hinterteil. Die Jungs grinsen sich verschwörerisch an. Servilius in seinem ausgestopften Sakko marschiert achtlos grüßend an ihr vorbei. Ganz offensichtlich ist sie nicht seine Kragenweite. Auf dem Weg zum

Klassenzimmer füllt sich der Flur immer mehr. Stimmengewirr, Rufe und Grüße erfüllen die Luft. Aus dem Augenwinkel inspiriert Machli die lebenden Porträts der Honoratioren. Etliche schauen ihm skeptisch nach. Besonders einer mit auffällig vielen Runzeln um die alten Lippen fixiert ihn brummig. Machli kann nicht anders. Im Gewühle der Schülerschaft, die sicherlich allesamt mit ihrer Achtsamkeit woanders sind, öffnet er den langen Reißverschluss seiner Outdoorjacke, präsentiert seine Schuluniform und grüßt den alten Herrn freundlich. Höflichkeit muss sein. Und schließlich kennt man sich ja vom Vortage noch. Der alte Herr schließt einfach pikiert die Augen, um ihn nicht wahrnehmen zu müssen. Immer noch sauer. Machli hofft darauf, den Alten im Bildnis gefangen zu wissen. Nicht dass er auf unliebsame Weise Füße bekommt. Der fette Piesacker rempelt ihn von der Seite an. Etwas nicht näher zu Beschreibendes klebt neben einem leuchtenden Pickel an seiner glänzenden Wange. Machli hält das vorsorglich für einen Überrest verzehrten Frühstücks, bevor es ihn vor Ekel schüttelt. Rasch entledigt er sich seiner dicken Jacke und gleitet neben Horatio Lithe in die Bank. Energische Schritte staksen über den Flur. Laut und kräftig. Für die Schülerschaft das Signal, sich endlich hinzusetzen. Machli fördert eilig die Kladde mit seinem Referat aus der Tasche. „Guten Morgen meine Damen und Herren!" Servilius wendet sich eitel, knallt mit Schwung seine Aktentasche auf das Pult. „Nehmen sie Platz". Sensible Fingerbeeren streichen über den Kahlkopf, bevor sie prüfend die Schnurrbartenden an den Mundwinkeln zwirbeln. Ein Blick aus listigen kleinen Augen streift scharf wie ein Rasiermesser über die Gesichter der Schüler. Einer seiner Mundwinkel zuckt tückisch. Etwas liegt in der Luft. Gemächlich reibt er seine Hände, schließt sie zusammen, um sie auf den Wölbungen seines Bauches abzulegen. „Nun meine Damen und Herren, trotz der unliebsamen gestrigen Vorfälle, die wir taktvollerweise nicht mehr erwähnen wollen, wenden wir uns heute wieder unserem Fach zu. Beschäftigen wir uns mit Englischer Literatur, so wie es uns die wissenschaftliche Kunst lehrt".

Seine Augenbraue hebt sich bedeutungsvoll. „Da fällt mir ein Pott, haben sie besagten Brief dabei und sind sie willens und in der Lage, diesen auch abzugeben?" Unterdrücktes Kichern aus dem Klassenraum untermalt seinen Auftritt. „Selbstverständlich, ähem, Sir". Völlig mit sich im Reinen kramt Machli diesen Brief, dieses zerknitterte Ding, das er zum Pressen extra über Nacht in einen dicken Wälzer gelegt hatte, in einigermaßen anständigem Zustand aus der Tasche. „Entschuldigen sie bitte, Sir, Mr. Servilius, dass ich ihn vergaß, sofort bei ihnen abzugeben". Pflichtschuldig schält er sich aus der Bank, um das Versäumte nachzuholen. „Ich danke ihnen, Mr. Pott". Servilius schaut ihn von oben bis unten an, unter seinem nach unten gezogenen Mund wölbt sich ein gewaltiges Doppelkinn. Mit gespitzten Lippen hebt er die Stimme. Etwas mehr Pflichtbewusstsein erwarte er von ihm, sonst sei die nächste Verwarnung gewiss. Er lächelt schief in die Runde, packt den Brief mit spitzen Fingern. Überfliegt ihn bis sein Blick starr wird. Kommentarlos legt er ihn zunächst auf seine Tasche. Überlegt einen Moment, zieht die schmale Schublade seines Pultes auf, steckt Machlis Elternbrief in einen unbenutzten Umschlag, auf den er einige Zeilen kritzelt. Mit dem Zeigefinger winkt er Pete Sacker zu sich heran. Schweigend. Pete kennt seinen Job. Gemächlich trottet er ins Sekretariat um diesen Umschlag zur Weiterleitung an Miss Plum, ihres Zeichens Konrektorin, abzugeben. Gwendolyn Spark nimmt ihn mit enormer Geschwindigkeit entgegen, feuert ihn in das entsprechende Postfach. Pete nutzt den Gang über den Flur dazu, nachdenklich in der Nase zu bohren. Möglicherweise, um seine persönliche Popelarmee, die in einem alten Pillendöschen seiner Großmutter angeblich aufbewahren soll, aufzurüsten. Angewiderte Blicke der Honoratioren folgen ihm.

„Pott!" Der zornige Ton lässt ihn bei langsamen Öffnen der Klassenzimmertür zusammenzucken. Servilius war eben, in diesem Moment, schnell wie eine Giftschlange unmittelbar vor dem Zustoß ihres tödlichen Zahnes, auf der eigenen Achse herumgefahren. Hatte sich

Machli als Opfer ausgesucht. Pete grinst hämisch in sich hinein. Dieser Idiot! Wenn der wüsste, was er schon weiß. Servilius reckt herrisch das flache Kinn. In barschem Ton fordert er ihn auf, gefälligst sein verspätetes Referat zu halten. Machli erhebt sich mit ausgedörrter Kehle. Jetzt wird es sich erweisen, ob das, was ihm heute Morgen widerfahren war, tatsächlich Sinn und Zweck hatte. Er kannte seinen eigenen Text nicht. Hatte keine Zeit mehr gehabt, diesen zu lesen. Mit gesenktem Blick tritt er vor die Klasse. Für Referenten ist ein Extrapult aufgestellt. Langsam atmet er ein. Und aus. Tritt von einem Fuß auf den anderen, reckt seine Arme. Seine trockenen Lippen knallen förmlich, wenn er sie öffnet. Sorgsam breitet er seine Papiere aus. Bestrebt, wenigstens hie und da einen flüchtigen Blick zu erhaschen, um wenigstens im Ansatz eine Vorstellung von dem zu bekommen, was er gleich vortragen würde.

„Kann ich bitte ein Glas Wasser haben?" Die Klasse kichert. So etwas hat noch keiner gefordert. Servilius zieht eine Augenbraue in die Höhe, kramt demonstrativ in seinem Pult, fördert tatsächlich eine Wasserflasche zutage. Mit starrer Miene schenkt er ein, knallt das halbvolle Glas wortlos vor Machli hin. „Vielen Dank, Sir". In Machlis Ohren rauscht das Blut. Bewegungen im Klassenraum treten hinter seinen persönlichen Geräuschteppich zurück. Konzentrier dich Mann, konzentrier dich! Heimlich spricht er sich Mut zu. Schlimmer kann es nicht kommen! Mit wachsweichen Knien steht er da. Wie ein Vergessener. Ein Heimatloser im Pulk der Gewinner. Angst brandet siedendheiß in ihm hoch. Schon wieder vergrößert sich der weiße Fleck in seinem Gehirn. Es ist zum Auswachsen. Er wagt es nicht, die Augen ins Publikum zu richten. Aus Angst vor Häme. Ich kann nicht! Ich schaffe das nicht! Servilius lehnt mit verschränkten Armen und Beinen abwartend an seinem Pult. Misst ihn mit zusammengekniffenen Augen. Machli meint aus dem Augenwinkel zu sehen, wie sich seine Pupillen in die Senkrechte stellen. Wenn nur schon alles rum wäre, wenn sich der Boden unter ihm auftäte, wenn.... Wenn zum Beispiel die Feuersirene tönte.... Der Junge lauscht. Bemüht sich verzweifelt, durch seinen Geräuschvorhang hindurch den ersehnten Ton zu erfassen. Den Ton, der alle zum Rausrennen bewegen würde. Zum selbstverständlichen Verlegen des Referats nötigen würde. Eine leise Bewegung hinter ihm dringt in seinen Gehörgang. Vertraute Geräusche nackter Sohlen auf kahlem Fußboden. Machli erschrickt. Im Bruchteil einer Sekunde richtet er den Blick auf seine Schuhe. Gepflegte nackte Fußzehen schieben sich behutsam links und rechts neben ihn, sanfte Hände legen sich entschlossen auf seine mageren Schultern. Der Junge strafft sich. Atmet durch. Spürt, wie sich der tosende Blutstrom in seinen Adern beruhigt. Er hört wieder besser, sogar richtig gut, der Blick, mit dem er rasch die Klasse streift, wird klar. Messerscharf klar. Der Nebel in der knöchernen Schale zwischen seinen Ohren zieht von dannen. Lautlos. Niemand außer ihm scheint etwas von der Gestalt hinter ihm zu bemerken.

„Fang jetzt an! Vertraue dir, alles wird gut!" Klar und deutlich ertönt die vertraute Stimme in ihm. Machli strafft sich. „Ich fange jetzt an!" Die Klasse kichert. „Wird auch Zeit!" Pete Sacker kann es nicht lassen, seinen Kommentar abzugeben. Und Machli fängt an. Mit deutlicher, voller Stimme legt er los. Ein Fachmann auf seinem Gebiet. Englische Literatur zählt zu seinen bevorzugten Lieblingsfächern. Keine Silbe geht verloren, jeder Satz sitzt, die Stimme klingt vollendet modelliert. Machli ist der perfekte Redner! Einer, der sein Publikum mühelos in den Bann schlägt. Einer der es schafft, auch einem Ahnungslosen Begeisterung einzuhauchen. Souverän unterlegt er seinen Text, den er nur an manchen Stellen ablesen muss, mit passender Körpersprache. Hält mit opalblauen Augen den Kontakt zum Auditorium. Wer zuvor noch gelangweilt in der Bank lehnte, lauscht jetzt mit vorgebeugtem Oberkörper. Viele Münder stehen offen. Heiße Wangen klemmen zwischen aufgestützten Fäusten. Weite Augen verfolgen jede seiner Bewegungen, ziehen die ersehnten Worte förmlich aus seinem Mund. Niemand kratzt sich. Keiner rutscht unruhig hin und her. Pete Sacker vergisst das Aufrüsten seiner allgegenwärtigen Popelarmee, obwohl er in seinem Döschen sicherlich Vorräte für schlimme Zeiten aufbewahrt. Sogar Servilius schaut ungläubig drein, sein mangelhaft ausgebildetes Kinn hängt schlaff über dem faltigen Hals. Also ein Schauspieler! Sein Blick spricht Bände. Schau sich den einer an, wie schafft er das nur? Wenn ein fauler Zauber mit im Spiel ist, finde ich ihn heraus! Für einen Moment flackert sein Blick. Machli selbst ist von all dem Äußeren relativ unberührt. Vollständig wach, glasklaren Verstandes, ruhige Freude in all seinen unzähligen Molekülen. So geht es ihm. Und leicht. Ja, unheimlich leicht. Mit unangreifbarer Sicherheit landet er Treffer um Treffer. Bis zum letzten Punkt.

Wow, er hat es geschafft! Jubel steigt in all seine Körperzellen. Die Klasse applaudiert. Sogar Pete Sacker nickt in widerwilliger Anerkennung. Machli strahlt breit, verbeugt sich kurz, lässt seine Papiere rasch in der Tasche verschwinden. „Sehr gut, Pott!" Servilius nickt ihm kurz zu, notiert die Beurteilung im bereitliegenden Klassenbuch. Horatio lächelt. „Klasse Mann, echt klasse!" Mit hässlichem Geräusch läutet die Schulglocke zur kurzen Pause. Machli schaut sich heimlich um. Seine Schultern fühlen sich kühl an. Er kann nicht mehr sagen, wann der sanfte Druck von ihm gewichen ist.

13.

Das Wohlgefühl selbst steht er umringt von Klassenkameraden auf dem Schulhof. Er fühlt sich richtig rund. Wichtig, geschätzt, bewundert. Machli grinst innerlich zufrieden. So ist es also, wenn einem etwas runtergeht wie Öl. Selbstzufrieden stapft er im Kreise der anderen am Pausenende zurück in den Klassenraum. Mit höflicher Unauffälligkeit grüßt er die Porträts der Honoratioren. Bald würde er einer von ihnen sein.... Gut gelaunt ignoriert er seine zuckenden Beine. Der Tag würde kommen, an dem er sie bezwingen würde. Einfach durch die Kraft seines Willens. Zuerst die Beine. Und dann würde er seinem schielenden Blick kräftig Bescheid sagen. Beseelt von dieser nahezu unglaublichen Zuversicht sinkt er breit grinsend neben Horatio in die Bank. Die Schreckensaussichten für heute sind erledigt. Abgearbeitet. Federleicht ist sein Herz. Kein überflüssiges Pochen beunruhigt ihn. Im Stillen schickt er einen raschen Dank an den unsichtbaren Kuttenmann. Ich danke dir, flüstert er tief in der Brust. Ohne dich wäre ich erledigt gewesen. Danke Mann.

Aubergine weht durch die geöffnete Türe. Machli mag Hippolythe Plum. Ihre stille Freundlichkeit, mit der sie taktvoll die eine oder andere Krise umschifft. Umschiffen kann, wenn sie will. Meistens ist das der Fall. Machli grüßt sie lächelnd. Ungewohnt heiteren Sinnes strahlt er sie an. Ihr düsterer, abweisender Blick schleudert sein Lächeln weg. Zurück. Irgendwo hin. Mürrisch knallt sie ihre Tasche in die Ecke. Schiebt ihr knubbeliges Kinn mit den leider fast schon wulstig zu nennenden Lippen weit nach vorne. In anderen Kulturkreisen, mag sein irgendwo, hätte sie sicherlich als hübsch gelten können. „Pete, schließen sie bitte die Tür! Und setzen sie sich dann wieder!" Heute war der Befehlston dran. Was war geschehen? Die, die sonst so herzlich lachen konnte, lässt einen Zorn wehen, der jemanden wie Machli fast umhaut. Wogen von Aggression, die sie nicht verstecken oder verbrämen kann, stoßen zwischen ihren Lippen hervor. Sie kann einen ansehen, als wäre man das Letzte. Schmutzig. Ungenügend. „So!" Weiter kommt sie nicht. Festgekrallt am Pult muss sie offenbar auf der Hut vor ihrer eigenen Drohung sein. Sich festhalten, damit sie nicht mitgerissen wird. „Es tut mir leid meine Herrschaften, aber wir haben hier mit einigen Schülern oder besser gesagt mit einem Schüler", ein herabsetzender Blick streift Machli, rammt ihn fast unter die Bank, „Probleme, die mich sehr enttäuschen. Ich bemühe mich sehr, für alle möglichen Dinge Verständnis zu haben, sie auch in Schutz zu nehmen und ihnen alles mögliche, auch wenn sie es für überflüssig erachten, beizubringen. Dafür", sie holt kaum Luft, stößt eher in langem Ausatmen empörte Worte aus, „erwarte ich keinen Dank. Nein, wieso auch, schließlich ist das mein Job. Meine Dienstleistung an ihnen, ihren Eltern, dem Kollegium und der Gesellschaft. Natürlich sind wir uns bewusst darüber, nur das auszubilden, was wir serviert bekommen."

Patzig wie ein kleines Mädchen schließt sie die Lippen für einen Moment. Erstaunte Gesichter sitzen in den Bänken. Machli rutscht unbehaglich hin und her. Ungläubig registriert er, wie sich sein triumphierendes Federleichtgefühl in Sicherheit bringt. Er hat gelernt, auf versteckte Zeichen zu achten, auch die kleinen, unscheinbaren Hinweise zu lesen. Was um alles in der Welt jedoch hat diese Predigt, dieser vernichtende Blick in seine Richtung, dieses mehr als Angesäuerte mit ihm zu tun?

Hippolythe Plums breite Mundwinkel umrahmen ihr vorstehendes Kinn von beiden Seiten fast komplett. So unsagbar tief hat sie die Armen heruntergezogen. „Nun Pott", sie knirscht ihn verächtlich an, „haben sie mir nichts zu sagen?" Mit loderndem Blick misst sie ihn scharf von oben bis unten, streift verächtlich seine Knie, die er unwillkürlich näher an sich heranzieht. Hellwach geworden, versucht er mit allen Sinnen, allen Härchen und in den Schuhen gespreizten Fußzehen Signale aufzufangen. Festzustellen, was hier los ist. Sein opalblauer Blick eilt suchend von einem Gesicht zum anderen. Wieso ich? Fragend streift er die erstaunten Mienen, erschrocken die abwartend grinsenden. Vor allen Dingen Pete Sacker grinst speckig. Unnatürlich siegessicher. So, als wüsste er etwas. Machli ringt die Hände. Eben will er den Mund öffnen. Aufmachen zum Nachfragen. Im selben Augenblick zerfetzt sie ihn. Betroffen wie die Rache selbst schnauzt sie ihn an.

„Sie sind ja kriminell, Pott!" Triumphierend reckt sie ihr Knubbelkinn in die Höhe. Sie hat ihn. Machli hat den Eindruck, sie genießt ihre eigene Vorstellung. Machli Pott, der Kriminelle. Immer schon hat sie es gewusst. Kriminell nur, um sie zu ärgern. Dem wird sie es zeigen.

Horatio Lithe schüttelt entschieden den Kopf, etliche Häupter ducken sich unter dem aggressiven Anlauf der sonst so friedlichen Plum. Manche Mädchen wirken erstaunt, mitleidsvoll, neugierig. Pete Sackers Doppelkinn schlägt hämische Falten. Mit langsamen Bewegungen holt er sein Pillendöschen heraus, dreht es scheinbar gedankenverloren zwischen den Fingern. Machli fällt nichts ein. Kein Wort zu seiner Verteidigung. Er weiß noch nicht einmal, um was es geht. Erschüttert von ihrer Gier nach schlimmen Nachrichten steckt er starr in seiner Bank. Oh ja. Er spürt es.

Obwohl erst dreizehn Jahre alt, blickt er durch. Genau durch. Seine Antennen sagen ihm, wie schlimm und doch wie einfach es ist. Er selbst ist sich keiner Schuld bewusst. Machli kriminell? Ein schlechter Witz. Ein mieser Scherz. Ersonnen von einem kranken Gehirn. Sie genießt es, ihn fertig zu machen, damit sie sich wertvoller fühlt. Niemand ist besser als sie oder höherwertiger. Gleichwertig ist in der Regel ganz nett, im Durchschnitt jedoch mies. An Tagen, an denen sie ihren eigenen Durchschnitt nicht erträgt, hat ein anderer gefälligst noch viel weiter unter Niveau zu sein. Das tut ihr gut. Ihre Nüstern beben vor Genuss. Was soll man dazu noch sagen? Machli wünscht sich einen deus ex machina. Seitdem er diesen Begriff verstanden hat, schätzt er die Vorstellung eines Wesens, eines Gottes oder wie auch immer, der in kritischen Momenten herabsteigt, um an seiner Stelle das empfindliche Anliegen zu klären. Oder dieser aufgeblasenen auberginefarbenen Kuh auf den Backen zu hauen. Beides wäre jetzt gut.

Plum lächelt abfällig. Ihr hasserfüllter Blick spießt ihn auf. Entschlossen öffnet er seine trockenen Lippen, um wenigstens etwas zu sagen. Wenn es nur für seine Selbstachtung gut ist. Sofort fährt sie ihn an. Oh ja, sie timt genau. Handelt blitzschnell. Ihre Augen bilden nur noch schmale Schlitze. „Tun sie doch nicht so, Pott! Das ist ja lächerlich. Sie spielen hier das Unschuldslamm, dabei sind sie durchtrieben bis ins Letzte. Für wie dumm halten sie mich eigentlich? Ja," ihr Blick schweift durch die Klasse, „ich habe sie erkannt. Nur sollten sie nicht von sich auf andere schließen". Ihr Tonfall wird leiser, messerscharf. Jede Silbe geschmiedet in den Flammen des Zorns. „Schauen sie mal an sich hinunter. Was sehen sie? Im Gegensatz zu anderen sind sie nicht gerade eine Augenweide. Schüler dieser Schule hier in Foggy Annexe sollten gefälligst sauber und in der angemessenen Kleidung, was ihnen heute augenscheinlich gelungen ist, zum Unterricht erscheinen. Gestern, Pott, haben sie mehr als eine Regel verletzt". Aufgebracht stemmt sie die Hände in die Seiten.

„Ich darf erinnern: Kein Referat, keine Schuluniform. Wer weiß, ob das alles war. Wer weiß, was sie uns nicht alles verheimlicht haben. Nun tragen sie heute dazu bei, ihre Klassenkollegen und Kolleginnen um wichtige Elemente es Unterrichts zu bringen, weil und ich sage noch einmal weil SIE", mit ausgestrecktem Zeigefinger deutet sie auf seine schmale Brust, „schamlos einen Betrug begangen haben. Tja, Betrug ist nun einmal eine kriminelle Handlung. Sie sollten sich überlegen, welchen Verlauf ihre Biografie nehmen soll". Abwartend sitzt sie nun mit vor der Brust verschränkten Armen auf ihrem Lehrerpult. Machli ist sprachlos. Bevor sie ihm wieder zuvorkommt, springt er auf. Redet laut, was ihm spontan in den Sinn kommt. „Was haben sie eigentlich mit mir? Ich habe nichts getan! Nichts, dessen ich mich schämen müsste!" Nun ist es raus. Beschämung und Zorn bringen ihn fast um den Verstand.

„So..." Mehr sagt sie nicht. Betont langsam holt sie ein Blatt Papier hervor, eines, das Machli entfernt bekannt vorkommt. Legt es vor sich, streicht es gemächlich gerade, schiebt das Knistern Stück für Stück heraus. Ein kleines Knistern krabbelt ihn am Hinterteil. Da, wo seine Hosentasche aufgenäht ist. Aha, sein Brief. Ja und? „Und, kommt er ihnen bekannt vor? Erinnern sie sich an den Elternbrief?" Plums Stimme lauert. „Sie wissen, was ein Elternbrief ist, Pott?" Machli nickt. „Und, wozu ist er gedacht? Hätten sie die Güte, mich darüber in Kenntnis zu setzen?" „Ähem, ja sicher, ein Elternbrief ist dazu da, Eltern über Versäumnisse und solche Dinge zu informieren". Machli quetscht sich die Antwort nahezu heraus. Die Klasse verfolgt das Ereignis schweigend. Horatio rutscht unbehaglich auf seinem Sitz hin und her. „Und solche Dinge. Na ja, sie sind ja doch recht gut informiert". Der auberginefarbene Ton schraubt sich in die Höhe, gewinnt an Lautstärke. „Und zu unterschreiben! Nicht wahr! Dieser Brief ist dazu da, von Eltern unterschrieben zu werden. Als Nachweis darüber, dass sie über das Fehlverhalten ihrer Kinder informiert sind und entsprechend eingreifen können! Dieser Brief ist ein Dokument, kommt als Beweismittel in ihre Akte." Sie schleudert ihm jeden Satz entgegen. Mit dem letzten sein 'Dokument'. „Sie Pott, haben in unbeschreiblicher Weise, wie hier zu sehen ist, die Unterschrift gefälscht!" Machlis Herz macht einen schmerzhaften Sprung, bevor es beginnt, in seinem Brustkorb zu galoppieren. Zu rennen wie eine Herde Gazellen. Er weiß genau, dass solche Dinge einen Verweis von der Schule ermöglichen können. Vor allem bei ungünstiger Prognose.

„Ein Dokumentenfälscher in unserer Mitte, so so". Hippolythe Plum ist in ihrem Element, lässt nicht nach. Nein, beifallsheischend wedelt sie mit dem fragwürdigen Papier vor den Augen der Klasse herum. Als wolle sie ihren Beweis untermauern. „Wir werten das als respektlosen Akt gegenüber der Schule, dem Lehrkörper und schlussendlich auch ihren Eltern. Es ist nicht so, dass wir solche Fälschungen nicht schon erlebt hätten. So etwas hat es hin und wieder immer mal gegeben. Um ehrlich zu sein, hätte ich von ihnen mehr Mühe, nicht so ein unbeschreibliches Gekrakel erwartet". Plums Stimme trieft vor Hohn. „Etwas mehr Geschicklichkeit bitte. Wenn sie uns schon an der Nase herum führen wollen, dann bitte etwas mehr Talent. Ich kann ihnen sagen: So machen sie als Krimineller auch keine Karriere!". Ich war es nicht! Lautlos formen Machlis Lippen diesen Satz. Er schämt sich in Grund und Boden. Ratlos, wie aus dieser Nummer herauszukommen sei. „Und, was haben sie zu ihrer Entlastung vorzubringen?" Plum ringt sich diesen Satz ab, um den Jungen ihn kurz darauf völlig niederzuringen. „Meine Mutter hat unterschrieben". Machlis Körper scheint in Flammen zu stehen. Er weiß nicht, ob er hilflos lachen oder wie von Sinnen schreien soll. „Etwas Blöderes fällt ihnen nicht ein, oder?" Plum starrt ihn an. „Also da bin ich außerstande, etwas für sie zu tun. Dieses Argument kann ich nicht gelten lassen. Ich muss ihnen sagen, wir haben es uns nicht leicht gemacht. Bei ihnen hat offensichtlich eine Veränderung stattgefunden. Den letzten Elternbrief hatten wir ihnen vor drei Jahren mitgegeben. Und die Unterschriften verglichen. Die Unterschrift ihrer Mutter ist heute eine andere als damals. Ganz einfach. Objektiv. Für uns genügt das als Beweis, dass sie an diesem Punkt die Unwahrheit sagen und die Konsequenzen, die wir in der Konferenz besprechen, selbstverständlich auch tragen werden. Mehr habe ich dazu nicht zu sagen". Spricht's und packt das anrüchige Papier wortlos wieder ein. Packt es zufrieden wieder ein. Zumindest hat Machli den Eindruck. Am liebsten möchte er sich nach innen verkriechen, sich in eine andere Welt flüchten. Dort bleiben, bis alles wieder gut ist. Von unerwarteter Seite schaltet sich ein Verteidiger ein, schnippt mit den Fingern, hebt den Arm. Pete Sacker bemüht sich um Rederecht. „Bitte Pete". Plum schnurrt freundlich wie ein Kätzchen.

„Nun", Pete schmatzt eifrig mit den Lippen, „muss man denn bei einem Delinwenten oder wie das heißt nicht auch die Hintergründe betrachten? Seine Kindheit und was alles so los ist?" Alle, buchstäblich alle starren ihn fassungslos an. Dieser pickelige Typ mit seinem Popeldöschen, der Machli niemals auch nur mit einem Anflug von Herzlichkeit begegnet wäre, dieser Mensch rafft sich zu einem solchen Einsatz auf? Machli Pott fällt die Klappe herunter. Seinem Gefühl nach reicht die Kinnlade bis runter an die Knie. Hippolythe Plum sammelt sich als erste.

„Was meinen sie mit, was alles so los ist? Würden sie das bitte erörtern? Es gereicht ihnen ja zur Ehre, ihren Mitschüler zu verteidigen. Ich höre". „Nun, Machli hat viel zu tun. Seine Mutter säuft, hängt den ganzen Tag in der Bude herum, macht nichts. Bei denen riecht es schon manchmal. Ich weiß das von meinem Vater, der ist dort Hausverwalter. Da hat man es als Junge nicht leicht." Petes Tonfall, der eben noch wichtig geklungen hatte, wird leiser, abwägend. „Ich weiß auch noch etwas". Machlis galoppierende Gazellen erzeugen in seinem Unterbauch ein mehr als unangenehmes Gefühl. So stark, dass er die Muskeln seines Hinterns zusammenpressen muss. Pete verschränkt die Arme, grinst, räumt sein Pillendöschen bedächtig unter die Bank. Sein Blick traut sich nicht in Machlis Augen. „Wie gesagt, mein Vater ist dort Hausverwalter. Pott's haben Mietschulden, nie reagieren sie auf die Mahnungen, wenn der Gerichtsvollzieher kommt, macht keiner auf. Die müssen ausziehen, hat mein Vater gesagt. Sonst werden sie geräumt". Beim letzten Wort stürmt Machli mit weit aufgerissenen Augen zur Türe hinaus, knallt sie noch nicht einmal zu, so eilig hat er es.

14.

Ab diesem Augenblick ist und bleibt Machli Pott wie vom Erdboden verschluckt. Horatio hatte am Tag seines Verschwindens alle Schulsachen eingepackt, die Tasche leise vor der Haustüre der Familie Pott abgestellt. Und wenige Tage später einen Brief hinterlassen. Sorgsam zusammengefaltet in einem adressierten Umschlag. An Machli Pott, Oleanderweg 13, Foggy Annexe. Horatio hatte sich viel Mühe gemacht.

'Lieber Machli, ich möchte gerne dein Freund sein. Was da geschehen ist, war Unrecht. Ich glaube dir. Plum und Pete Sacker haben sich echt fies verhalten. So eine Schweinerei. Es tut mir sehr leid, weil ich nicht wusste, was ich sagen könnte. Ich halte zu dir. Hoffentlich geht es dir bald besser. In der Schule sagen sie, du wärst krank, deine Mutter hätte dich entschuldigt. Niemand hat dich mehr gesehen. Wo steckst du denn? Machli, Mann, ich mache mir fast schon Sorgen um dich. Ich habe mal abends versucht, durch eure Rollläden zu gucken. Die sind aber sehr dicht zu. Liegst du im Bett, bist du im Krankenhaus oder was? Du kannst mich gerne anrufen oder eine Mail schicken. Ich würde mich freuen, von dir zu hören.

Dein Horatio Lithe'

Keiner hört oder sieht etwas von Machli Pott. Auch nicht Horatio. Machlis Mutter hüllt sich in Schweigen. Heißt es. Wilde Gerüchte gehen um: Machli Pott ist völlig abgedreht, sitzt im Irrenhaus. Was auch niemanden wundert.

Mrs. Pott hat ihren Jungen im Suff erschlagen, weil er Schande über die Familie gebracht hat. Seine blutige Leiche wurde im Moor verscharrt. Machli Pott hat kirchliches Asyl beantragt, wohnt heimlich in der Krypta um nicht ins Gefängnis zu müssen. Machli Pott ist einer Fälscherbande beigetreten und hat sich mit denen ins Ausland abgesetzt. Machli Pott hatte einen Geistesblitz und ist reich geworden. Ein wohlhabender Erbonkel ist aufgetreten und hat den Jungen nach Australien oder Neukaledonien mitgenommen. Machli Pott ist in seinem Zimmer vor Schmach verhungert.

Solche Dinge und noch mehr erzählt man sich. Welches Gerücht wohl der Wahrheit am nächsten kommt oder ob überhaupt keines stimmt? Niemand weiß es. Horatio wälzt sich nachts unruhig im Schlaf. Mummi Pott merkt überhaupt nicht, dass ihr Sohn verschwunden ist. Ihrem Lebensgefährten ist das egal. Ein Fresser weniger. Hippolythe Plum bemüht sich sehr um einen freundlichen Tonfall, kneift die Lippen zusammen, auf dass ja kein unbedachtes Wort aus den Pforten ihres Mundes schlüpft. Servilius fährt sich mit sensiblen Fingerbeeren über den kahlrasierten Schädel. Mehrmals. Horatios Eltern schalten schließlich die Polizei ein. Daran hätten jemand früher denken können. Bislang laufen die Ermittlungen ohne Ergebnis. Sogar der Käsewicht hält die Augen offen. In den Augen der Mädchen wird Machli fast zum Helden. Rüzgar Raphael Amerspoth wird befragt, weiß von nichts. Macht ein Gesicht wie eine Sphinx. Die kleinen Kerle sind weg. Kein Lebenszeichen von Machli.

15.

Drei Wochen später taucht er unvermutet wieder auf. Feste Schritte dringen frühmorgens mit dumpfem Hall durch die nebelschweren Gassen von Foggy Annexe. Mit ernstem Stolz marschiert er morgens aufrecht über den Campus. Trägt eine Aktentasche, passend zur akkurat gebügelten Schuluniform, unter dem Arm. Sein Gang ist fast stramm. Sein magerer Körper wirkt aufgefüllt, nicht mehr so eckig und ungelenk. Muskulatur rundet Hosenbeine und Ärmel. Sein Machligesicht unter der Brille wirkt gesammelt, glatt. Konzentrierte Entschlossenheit strahlt aus seiner ganzen Erscheinung.

„Guten Morgen!" Heute spricht er alle die ihm begegnen an. Laut, auffordernd. Zu jedem Gruß nickt er freundlich. Hinter seinem Rücken geht das Getuschel los. Auch die Honoratioren empfangen seinen Gruß. Aufgestört blinzeln sie aus ihren Portraits. Obwohl er alle auf seinem Weg fest anblickt, scheint er unbeeindruckt von ihren Reaktionen. Selbstbewusst grüßt er so manch überraschtes, ja überrumpeltes Gesicht. Einige winken freudig. „Na, wie läuft die Produktion?" Pete Sacker ahnt die bezeichnende Handbewegung mehr als er sie sieht, lässt bei der trockenen Anmache vor Schreck fast sein Pillendöschen fallen. Machlis eiliger Ärmel zieht im Windhauch an ihm vorüber. Sacker sperrt den Mund auf. „Klappe zu, es zieht". Pete starrt fassungslos dem geraden Rücken nach. Linda Simons, die kleine farblose Linda, die im gewohnten Pulk der Mädchen schüchtern verschwindet und kaum ein Wort sagt, lächelt ihn errötend an. Eine die sich freut. Machli hat gewöhnlich kaum einen Blick für sie, doch an einem Tag wie heute flattert sein Herz wie ein kleines, aufgeregtes Vögelchen. Eine, die bei seinem Anblick rot wird! Nicht vor unterdrücktem Gelächter, sondern vor.... In der Eile fällt ihm das passende Wort nicht ein. Wenn er es nicht vergisst, wird er später danach suchen. Jetzt hat er anderes zu tun. Heute trägt er sein dichtes schwarzes Haar streng gescheitelt. „Linda". Machli verbeugt sich gentlemanlike vor der jungen Lady. Linda bleibt fast die Luft weg. „Ich freue mich", wispert sie. Fast hätte sie sich vergessen und einen Knicks gemacht. Da hört sich doch alles auf. Verwirrt und ärgerlich schimpft sie mit sich selbst. Der Typ hat Ausstrahlung.... Versonnen schaut sie ihm nach. Natürlich entgeht ihr das Getuschel auf den Fluren auch nicht.

Unterdrücktes Summen zahlreicher Stimmen kriecht über den Boden, schwappt über die Wände, hangelt sich von Lampe zu Lampe. Wo kommt der denn her? Wo war er die ganze Zeit? Also lebt er noch. Ob ihn die Task Force gefunden hat? Sicher haben sie ihn in einem düsteren Kellerverlies aufgegriffen und drei Tage in der Badewanne eingeweicht. Ob er den Mördern entkommen ist - klar Mann, das siehst du doch! Im Irrenhaus müssen sie ihn gut behandelt haben! Ist das der echte Machli? Vielleicht haben sie ihm Elektroschocks verabreicht und seine Persönlichkeit verändert. Guck' doch 'mal, wie der läuft! Offen oder hinter vorgehaltener Hand flüsternd bilden sie automatisch eine Gasse. Manchem steht die blanke Neugier ins Gesicht geschrieben. Mädchen kichern verlegen.

„Halt!" Jemand ruft mit aufgeregter Stimme, quetscht sich energisch durch die sich hinter Machli wieder schließende Gasse, bahnt sich seinen Weg. Wedelt mit den Armen. Strahlt und winkt. Machli erkennt diese Stimme, bleibt sofort stehen, dreht sich abrupt um. Horatios Gesicht und seine waldmeistergrünen Augen leuchten vor Freude. „Mann, dass du wieder da bist! Ich habe mir solche Sorgen gemacht!" Begeistert haut er dem anderen auf die Schulter. „Ich dachte schon, du wärst vielleicht tot, Mann!" Horatio lacht und schreit. „Du lebst, du lebst, Mann, du bist wieder da!" Er packt den reglosen Machli bei den Armen, schüttelt ihn, lacht und weint. Den reglosen Machli, der vor lauter Trommelfeuer in seiner Brust nicht merkt, wie breit er grinsen kann. Ein großer Gedanke macht sich unter seiner Schädeldecke so breit, dass er ihn aussprechen muss, obwohl seine Stimme fast versagt. „Hi, mein Freund". Im nächsten Moment, obwohl es sicher keiner von beiden geplant hat, fallen sie sich um den Hals. Machli hätte einem fast die Aktentasche, die er immer noch fest umklammert, um die Ohren gehauen.

„Mädchen!" „Schwulis!" So, wie die Kommentare kommen müssen, werden sie ignoriert. „Ich konnte dir nicht schreiben, ich werde dir alles erklären. Später, nicht jetzt". Machli flüstert seinem Freund hastig ins Ohr. Wie Brüder verschränken sie ihre Arme von einer Schulter zur anderen und stapfen gemeinsam durch die Gasse dem Klassenraum zu. Zwängen sich nebeneinander durch die dunkle hölzerne Zarge. Wie von einem riesigen unwiderstehlichen Magneten angezogen folgen alle anderen, verteilen sich der üblichen Sitzordnung folgend in den Bänken. So mancher fragt sich natürlich schon, was Machli in seiner Aktentasche hat. Ein Dreizehnjähriger mit so einem Ding, was soll das? Der Unterricht beginnt, mit ihm eine Folge unerklärlicher Dinge, die niemand rekonstruieren kann.

16.

Pete Sacker, der Machli argwöhnisch im Blick behält sagt später aus, dieser habe seinem Freund hastig eine Anweisung ins Ohr geflüstert. Seinem vermutlich einzigen Freund, diesem Horatio Lithe. Dieser habe zunächst sehr erstaunt geguckt, dann aber wie ein Verschwörer genickt und verstohlen gegrinst.

Rektor Servilius betritt den Klassenraum zur ersten Unterrichtseinheit. Offensichtlich hat das Getuschel auf den Fluren sein Rektorzimmer nicht erreicht. Daran gewöhnt, allmorgendlich mit strengem Blick auf den leeren Platz zu sehen, prallt er heute zurück. Das grelle Licht der Lampe lässt seine polierte Glatze seidig schimmern. Machli sitzt mit mehr als merkwürdiger Körperhaltung in seiner Bank. Servilius kommt er fast vor wie ein Koloss. Aufrecht, mit klarem ruhigem Blick aus opalblauen Augen sitzt er da, lässt die Arme locker mit offenen

Handflächen auf dem Tisch liegen, streckt die sonst unruhigen Beine, die er am liebsten sonst immer verborgen hätte, lang und stark unter dem Tisch hervor. „Guten Morgen Sir". „Guten Morgen, Pott!"
Servilius knallt die Aktentasche mit hartem Schwung auf sein Pult. Kneift die Augen zusammen, lässt den Blick prüfend durch die Klasse streifen. Schmale Schultern stecken heute in einem Aufsehen erregenden türkisfarbenen Jackett. Der Bauch des Obstessers scheint sich mehr als sonst hinter strapazierten Knöpfen zu wölben. „Sie haben nach ihrem letzten Auftritt hier sehr auf Aufsehen gesorgt, Pott". Sensible Fingerbeeren streichen sorgsam über glatte Kopfhaut. Geschickte Stimmbänder lassen ihren Tonfall dehnen, so in die Länge ziehen, dass jeder Satz am Ende, also kurz vor dem Punkt, wie ein gestrafftes Gummiband nach oben schnellt. „Trotz ihres genialen Vortrages kurz vor ihrem Verschwinden haben sie sich zu unserer Enttäuschung offensichtlich für eine andere Karriere entschieden, Pott." Beifall heischend guckt er sich um, kriegt nicht mit, wie sich die arme, auf das Pult geknallte Aktenasche mit kleinen fast unsichtbaren Rucken zwischen seine himbeerfarbenen Schuhe schiebt. Heute hat er es gut, ganz besonders gut mit sich gemeint. „Sie wissen natürlich, dass sie uns nicht an der Nase herumführen können. Mister Sacker, was ist heute mit ihnen los?" „Nichts, Sir". Pete starrt tonlos mit vorgerecktem Kopf und stark gerunzelten Brauen über ungläubigen Augen unter Servilius Pult. Vor Anstrengung und Konzentration ziehen sich seine sonst so üppigen Wangen derart ins Innere seines Mundes, dass er fast schmal aussieht. Irritiert folgt Servilius seinem Blick. „Das gibt es doch nicht". Mit raschem Griff schnappt er sich die Tasche, donnert sie zurück auf das Pult. Nicht erbaut von der Störung wendet er sich Machli wieder zu. „Nun, möchten sie eine Erklärung für ihr Verschwinden abgeben, Pott?"

„Nein, Sir." Freundlich aber bestimmt kommt die Antwort. „Ich war entschuldigt und möchte es dabei belassen, Sir".

„Nun, sie wissen schon, dass ihre betrügerische Aktion mit dem

Elternbrief einen Schulverweis nach sich ziehen kann, Pott?" Servilius'
Stimmbänder drohen. Unmittelbar vor dem Punkt zischt das Satzende
nach oben wie das dünne Ende einer Peitschenschnur. Gefährlich.
Machli gerät in Versuchung, sein Gesicht schützend abzuwenden. Nur
in Versuchung. „Zurzeit überprüfen wir ihre vorgelegte Entschuldigung auf Anzeichen von Fälschung, das muss ich ihnen leider sagen,
Pott. Auch wenn das Schicksal oder was auch immer sie wieder in unsere Hallen verschlagen hat. Was sie uns da zugeschickt haben, wirkt
nicht sehr überzeugend, die Konsequenz ist noch nicht vom Tisch".
Horatio und Machli sehen ungerührt zu, wie sich mit kleinen, fast
unsichtbar scheinenden Rucken statt dessen die Aktentasche entfernt.
Diesmal klemmt sie sich nicht zwischen die himbeerfarbenen Schuhe.
Pete Sacker fallen bald die Augen aus dem Kopf. Aus den Mundwinkeln seiner offenen Kinnlade tropft Sabber.

Servilius, der es gewöhnt ist, die Aufmerksamkeit aller auf sich zu
ziehen, trägt mit dazu bei, alle Augen abzulenken. Und so kommt
es, dass nur von drei Augenpaaren verfolgt die Tasche über den Boden robbt, sich die Schranktür wie von Zauberhand leise öffnet und
das lederne Teil hineinsteigen lässt. Zumindest entsteht der Eindruck.
Pete Sacker hebt langsam den Arm, meldet sich. Im nächsten Moment
reißt er ihn zurück, prallt mit dem Ellenbogen auf die Tischkante. Mit
schmerzverzerrtem Gesicht starrt er ins Leere und nickt. Verwunderte
Gesichter wenden sich ihm zu. „Alles okay, Pete?" Linda Simons erkun-
digt sich mitfühlend nach seinem Befinden. Pete nickt nur und reibt
sich schweigend den Ellenbogen. „Was ist denn hier heute los?" Servilius
donnert in die Klasse. „Kaum sind sie wieder da, Pott, geht die Disziplin flöten. Himmeldonnerwetter, müssen sie ihren schlechten Einfluss
derart ausbreiten?" „Nein Sir, ich muss nicht". Machli sitzt nach wie vor
unbeeindruckt auf seinem Platz. Horatio massiert sich in einem fort das
Gesicht, um nicht in Lachen auszubrechen. Unter dem Pult verbinden
sich gerade Servilius' Schnürsenkel in eleganter Choreographie zu einer
fest gespannten Brücke zwischen himbeerfarbenem Leder.

Pete Sacker beobachtet das Geschehen mit schweigsamem, dumpfem Groll.

„Was ist denn das für eine bodenlose Frechheit!" Servilius brüllt gerade mit rotem Kopf, die Hände in fette Hüftringe gestemmt, seine Tischplatte an. „Das ist ja unerhört! Sie....." „Ich sag's ja". Pete Sacker klingt jämmerlich. Die Klasse prustet los. Zumindest die meisten. Einige blicken sich noch angstvoll um. Plötzliche Stille breitet sich aus. Servilius flammende Blicke aus bleichem Gesicht sausen zu Machli dem Unberührbaren hin. Würden ihn auf der Stelle zerbröseln wenn sie nur könnten. „Ich weiß nicht, was hier vorgeht, Pott. Aber glauben sie mir", schnaubt er zornig, „ich kriege sie, jawohl ich kriege sie und dann, mein werter Herr, fliegen sie weiter, als sie denken können!" Seine schweißfeuchte Handfläche klatscht auf die Tischplatte, tastet vorsichtig mit dem Handteller, ob sie glücklicherweise etwas erschlagen hat. „Wissen sie, was ich brauche, um endgültig ein Exempel zu statuieren, Pott?"

Machli, der unverändert sitzt, nickt ruhig, weist mit dem Kinn auf die große Wandtafel. Dort erscheint in gut leserlicher Kreideschrift:

Beweise!

Die Klasse ist nicht mehr zu halten, sogar die Mädchen kichern. Horatio klammert mit weißen Knöcheln an seinem Tisch und lacht. Lacht Tränen über dieses Schauspiel. „Ruhe! Ruhe, meine Damen und Herren!" Servilius verschafft sich Gehör, wedelt mit den Händen. Er habe wahrlich keine Lust, sich hier zum Affen zu machen bzw. von faulen Tricks machen zu lassen. Unerhört sei es, wozu sich Machli Pott und die gesamte Klasse habe hinreißen lassen. Als Pädagoge sähe er jedoch ein, dass die Disziplin für diese Stunde verloren sei. Er wolle jetzt ins Lehrerzimmer gehen und versuchen, die Konrektorin in einem Krisengespräch über den Ernst der Stunde zu informieren. Notfalls werde er, und das sicherlich nicht alleine, die Schulbehörde zur Überprüfung der Vorfälle einschalten. Vorerst jedoch sei Schluss mit diesem Unfug! Mit diesem groben Unfug! Flugs befiehlt er ihnen, ihr Fachbuch für Englische Literatur auf Seiten 127 aufzuschlagen und einen Auszug aus dem Aufsatz ‚Die sommerlichen Gärten von Sissinghurst' zu schreiben. „Schreiben sie es wie ein Exposee!" Allmählich fühlt er sich wieder sicher. Immer wieder gleitet ein argwöhnischer Blick zu Machli Pott, der immer noch unbewegt auf seinem Platz sitzt, Servilius seinerseits nicht aus dem Blick entlässt. Dieser wischt schweißnasse Hände am türkisfarbenen Jackett ab, schaut zu, wie einer nach dem anderen seine Tasche hervorzieht, ein Buch herausholt, es aufschlägt und sich scheinbar ins Lesen vertieft. Servilius bleiche Lippen zittern. Ihm ist aufgefallen, dass ihm genau das, was die anderen hervorziehen, abhanden gekommen ist. An einen unbekannten Aufenthaltsort hin abhanden gekommen ist. Krampfhaft versucht er, sich nichts anmerken zu lassen. Atmet tief ein und aus. Während seine Gehirnzellen rotieren. Klamme Finger in dunkler Schädelhöhle hastig eine Schublade nach der anderen aufreißen, kleine Zettel lesen, die Schubladen erfolglos wieder zuknallen. „Nun denn", Servilius schaut demonstrativ auf die Uhr. Er ginge dann jetzt ins Lehrerzimmer. Die Schülerschaft solle sich wegen des Stundenendes wie gewohnt an der Schulglocke orientieren. Die nächste Stunde mit Mrs. Plum werde selbstverständlich stattfinden. Wie immer. Mit letzterem sollte er sich getäuscht haben. Bedauerlicherweise hat er nicht mehr die Gelegenheit, darüber nachzudenken. Beschäftigt mit seinem würdevollen Abgang sowie der geistvollen Information an Mrs. Plum bemerkt er die unheilvollen Verstrickungen seiner Füße erst, als es vor aller Augen zu spät ist. Mit himbeerrotem Kopf sitzt er mit dem Rücken zur Klasse auf dem Boden und versucht, die kunstvoll geflochtene Hängebrücke zwischen seinen Schuhen aufzuknoten. Kein Mensch getraut sich, ihm eine Schere zu reichen.

17.

Pünktlich zu Beginn der nächsten Stunde rauscht Aubergine Hippolythe Plum in stiller Begleitung Gwendolyn Sparks zur offenen Türe herein. Ms. Sparks grüßt freundlich, schenkt vor allen Dingen Machli verstohlen ein warmes Lächeln. „Sie können ihre Unterlagen beiseite legen, wenn sie überhaupt etwas gemacht haben". Plums kampfeslustig vorgeschobener Unterkiefer, mit dem sie sich Gegner vom Leibe hält, sorgt dafür, dass Geraune, Spekulationen und Kichern schlagartig enden. „Rektor Servilius hat mich ausführlich über ihre Machenschaften informiert. Über die Intrige, die sie, Pott, heimlich und hinterlistig eingefädelt und während ihrer suspekten Abwesenheit offensichtlich vorbereitet haben, um seine Würde zu verletzen. Das wird ein Nachspiel haben!" Die sonst mädchenhaft nette Hippolythe Plum bebt vor Zorn und angenommener Niedertracht. „Mit mir machen sie das nicht. Ich könnte sie sofort aus dem Unterricht entfernen lassen! Ich will ihnen ja nicht zu viel Macht einräumen, aber es muss gesagt sein: Wegen ihnen hat sich Rektor Servilius für die nächsten Tage krank gemeldet. Sie sind dafür verantwortlich! Ich habe Ms. Sparks zur Beobachtung und zum Protokollieren der Situation mitgebracht, damit die ‚Beweise' von denen Mr. Pott zu sprechen geruhte, vorhanden sein werden! Nehmen sie Platz!"

Tatsächlich, Ms. Sparks trägt eine Kladde unter dem Arm geklemmt. Heute in ein herbstlich dunkelbraunes Kostüm gehüllt, sucht sie sich mit aufmerksamem Blick unter ihrer strengen Frisur schnell wie eine Maus und doch in aller Ruhe hinter der Klasse einen freien Stuhl. „Und sie, Pott, setzen sich direkt vor mein Pult. Damit ich sie im Auge behalten kann. Und legen sie die Hände auf den Tisch!" Machli lächelt sie freundlich an. Wie später im Protokoll nachzulesen ist. „Sehr gerne, Mrs. Plum, Madame, sehr gerne!" Sorgsam faltet er seinen Körper zusammen. „Linda, wärst du bitte so freundlich, deinen Platz mit mir zu tauschen?" Linda, überrascht ob der charmanten Ansprache, erhebt sich sofort mit feuerrotem Kopf, sammelt ihre Utensilien ein, schlüpft neben Horatio in die Bank. Machli setzt sich gemächlich, streckt wieder die langen Beine aus, legt die Hände mit den Handflächen nach oben auf den Tisch, streckt sein Kreuz durch. Sein opalblauer Blick umhüllt die Lehrerin wie ein Kokon, den sie förmlich spürt. Wie ein zu enges, nasses Wollkleid. Einer fetten Raupe nicht unähnlich versucht sie, sich mit unbehaglichen Drehungen der Schultern erfolglos herauszuwinden. Machli schaut sie arglos an, sein offenes Gesicht ist deutlich über jeden Verdacht erhaben. Plums abfällige Mundwinkel verleugnen ihre Stimmung nicht. „Nehmen sie ihre Bücher heraus!" Pete Sacker scheint dazu nicht in der Lage. Mit vor dem Oberkörper verschränkten Armen sitzt er wie angedonnert auf seinem breiten Hinterteil. Plum holt tief Luft. Den Blick fest auf Machli geheftet wiederholt sie in kurzen Worten die Inhalte der vergangenen Unterrichtseinheit, die Machli sowieso spanisch vorkommt und an ihm vorüber gleitet. Sie hat sich also vorgenommen, den Lehrplan ungeachtet aller Widrigkeiten durchzuziehen. Machli konzentriert sich, seine Augen leuchten. Im nächsten Augenblick lässt Mrs. Plum mit einem lauten schrillen Schrei ihr Buch fallen. Aschfahl, als hätte sie blutrünstige Gespenster im Klassenraum gesehen, starrt blicklos ins Leere. Nur den Bruchteil einer Sekunde. Dann stürmt sie mit einem entsetzen Blick auf Machli Pott aus dem Klassenraum.

„Ich sag's ja". Pete Sacker klingt fast resigniert. Leise erhebt sich Gwendolyn Spark, schlüpft mit unheimlicher Geschwindigkeit durch den Klassenraum, schließt sorgsam die Tür und nimmt Plums Platz ein. Sie wolle der Ordnung halber kurz das Protokoll verlesen, dann sei die Klasse für heute entlassen.

Konrektorin Mrs. Hippolythe Plum betritt pünktlich zum Stundenbeginn den Klassenraum. Berichtet den Anwesenden darüber, das Rektor Servilius sie über die noch ungeklärten Vorkommnisse während Englischer Literatur informierte, er sich krank gemeldet hat und sie den Schüler Machli Pott für den Verursacher und Verantwortlichen hält. Sie droht ihm vor der versammelten Klasse Konsequenzen an. Sie ordnet an, der Schüler Machli Pott solle sich vor ihr Pult setzen, damit sie ihn im Auge behalten kann. Mister Pott befolgt freundlich ihren Wunsch. Veranlasst die Schülerin Linda Simons, mit ihm den Platz zu tauschen und setzt sich ruhig mit den Händen auf der Tischplatte hin. Mrs. Plum nimmt den Unterricht auf, wiederholt zur Einführung Inhalte der vergangenen Lehreinheit. Mitten im Satz beginnt sie aus unerklärlichen Gründen laut zu schreien, lässt ihr Buch fallen und verlässt fluchtartig den Klassenraum'.

Ob sie alle damit einverstanden seien und dieses Protokoll sachlich und inhaltlich richtig mit ihren Namen abzeichnen würden? Die Klasse nickt. Auch Pete Sacker findet kein Argument, mit dem er sich dieser Bitte entziehen könnte.

18.

Horatio und Machli treten gemeinsam den Heimweg an. Mit eisernen Mienen verlassen sie den Campus, verabschieden sich eilig von den anderen. „Mit meinem Vater ist auch etwas passiert, er musste mit einem Nervenzusammenbruch ins Krankenhaus eingeliefert werden!" Pete Sacker stellt sich den beiden Freunden trotzig in den Weg. „Was sind das für komische Dinger? Ich hab's doch gesehen!" „Was meinst du mit 'komische Dinger'?" Machli schaut mit großen ahnungslosen Augen durch seine Brille, den Blick auf neue Weise ziemlich gerade. „Na diese Dinger da, diese Außerirdischen oder was das ist. Die haben doch meinen Vater bestimmt in den Wahnsinn getrieben". Pete weicht mit grimmigem Blick doch ein Stück zurück. Vorsichtshalber. „Außerirdische? Mein lieber Pete", Machli redet sich hoheitsvoll in Schwung, „Außerirdische sind von der Wissenschaft noch nicht mit letzter Konsequenz bewiesen. Ich habe leider keine Ahnung, mit welchen Phantasien sich dein Vater beschäftigt. Weißt du, man muss da die Hintergründe beleuchten. Aus der Kindheit und so." Pete baut sich vor ihm auf. Aufsteigender Zorn lässt ihn die Vorsicht vergessen. „Du willst mich doch verarschen, oder?" Jetzt wird Pete richtig grob. „Seitdem du aufgetaucht bist...", er schaut sich um.

Zwischenzeitlich hat sich eine regelrechte Traube aus Schülerinnen und Schülern um sie herum gebildet. Abwartend und begierig, ob sich die Spektakel fortsetzen. Pete holt Luft. „Also, seitdem du wieder aufgetaucht bist, passieren komische Dinge. Wer dir an den Karren gefahren ist, erlebt etwas. Mein Vater wollte euch räumen lassen. Jetzt steckt er in einer Zwangsjacke und murmelt die ganze Zeit 'Ach bitte bleiben sie doch, selbstverständlich, warum auch nicht'. So geht das die ganze Zeit! Kein vernünftiges Wort ist aus ihm herauszubringen. Es muss da einen Zusammenhang geben!"

Machli betrachtet ihn mit undurchdringlicher Miene. Er hat keineswegs die Absicht, sich etwas anhängen zu lassen. Er überlegt. „Weißt du Pete", er reibt sich die Nase, „möglicherweise ist das erblich. Manche Menschen sehen Dinge, die andere nicht sehen können. Ich habe den Eindruck, deine Argumentationskette hat Lücken." Beschwichtigend hebt er beide Hände. Sein dichtes schwarzes Haar liegt noch akkurat gekämmt wie am frühen Morgen. Nach Haarspray riecht es nicht, eher ist irgendein Gel für diese Pracht verantwortlich. „Ich will dich nicht aufregen. Glaube mir, ich weiß aus erster Hand, wie es sich anfühlt, wenn einem andere die Nerven durchsägen. Weißt du", er formuliert sich bedenkend, sorgsam jedes einzelne Wort abwägend, als ob von jeder einzelnen Silbe die unmittelbare Zukunft abhinge, „ich habe den Eindruck, du sprichst ungeordnet. Du redest von Außerirdischen, komischen Dingern, Dingen und so weiter." Machli senkt die Stimme, wird etwas leiser. „Ich habe tatsächlich keine Ahnung, worauf du hinauswillst. Was du bezweckst. Der Sinn einer Argumentation liegt doch darin, eine konkrete Aussage zu treffen, irgendwann - ziemlich bald nämlich - auf den Punkt zu kommen. Stimmt's?"

Die anderen in der Runde nicken beifällig. „Dagegen ist nichts zu sagen!" Eine Stimme ohne Gesicht mischt sich aus dem Hintergrund ein. Pete windet sich unbehaglich. Unwohlsein breitet sich unter seinen Pickeln aus. Er öffnet den Mund. Schließt ihn wieder. Unangenehmes Schweigen. „Bist du besser, ich meine kannst du es?"

In Machlis opalblauen Augen funkelt es. „Was meinst du?" „Na, eine Sache auf den Punkt bringen, Mann! Davon redest du doch!" In Machlis Mundwinkeln zuckt es verdächtig. Horatio spürt, er hat einen Plan entwickelt. Machli nickt eilfertig. Selbstverständlich, klar doch könne er das. Und nicht nur das. Er sei sogar in der Lage, diese Kunstfertigkeit vor aller Augen unter Beweis zu stellen. Pete solle im nur für einen kurzen, kleinen Augenblick sein Pillendöschen über-lassen. „Wozu?" „Na, gib' schon!" Machli streckt fordernd die Hand heraus. Mehr widerwillig als einverstanden kramt Pete umständlich das kleine runde Döschen aus den Tiefen seiner Hosentasche. Machli nimmt es mit einem Taschentuch entgegen, wischt es sorgsam ab. Zwischen Daumen und Zeigefinger geklemmt hält er es zuerst dicht unter seine Augen, dann mit ausgestrecktem Arm ans Licht.

„Seht ihr es alle?", ruft er in die Menge. „Ja, klar doch!" Die Antwort lässt nicht auf sich warten. „Okay, dann Platz da!" Machli breitet die Arme aus soweit er kann, schiebt die anderen beiseite. „Aufgepasst jetzt! Weg hinter mir, ich brauche Platz!" Machli gibt nicht nach. Wie ein Regisseur inszeniert er diese Situation. Sein prüfender Blick rast zwischen dem Pillendöschen in seinen Fingern und dem Boden unter seinen Füßen hin und her. Und dann ist es geschehen. Der Auf-schrei der Menge steht noch in der Luft, die vor Petes aufgerissenem Mund gefroren scheint. Machli Pott hat das kleine Ding einfach so mit einem kräftigen Tritt quer über den Campus gekickt. „Wawawas war das?" Petes Kinnlade wackelt hin und her. „Ein Zeichen Mann, sonst nichts".

Machli Pott, der vor kurzem noch an einem Medizinball vorbeigeschossen hat, zieht seinen Freund am Ärmel und geht seiner Wege. Spätestens ab jetzt wissen alle, dass ab sofort mit Machli Pott zu rechnen ist. Unbedingt.

19.

Einer stillschweigenden Übereinkunft folgend schlendern die beiden, Hände fest in Hosentaschen vergraben, durch die stillen Gassen des alten Foggy Annexe. Heute sind sie früh dran. Unerwartete freie Zeit steht ihnen zur Verfügung. Die meisten Bewohner und Bewohnerinnen des kleinen Küstenstädtchens gehen ihren Aufgaben nach, kaum ein Mensch ist unterwegs. Machli schlappt still in sich versunken neben Horatio her, lächelt nur manchmal, wenn dieser anfängt zu kichern. Seine waldmeistergrünen Augen glitzern vor Vergnügen, volle Lippen grinsen breit, von einem Ohr zum anderen. Ein unwilliger Laut löst sich aus seinem Munde, als die fest verschlossene Haustüre der Familie Lithe, in Sicht kommt. Familie Lithe, die eingepfercht zwischen Geschäften und anderen Wohnhäusern in dieser engen Gasse ein Backsteinhäuschen mit blau angestrichenen Fensterläden ihr eigen nennt.

Seine muskulösen Schultern ziehen sich unwirsch nach oben. Eines ist klar - er zumindest hat keinen Bock darauf, jetzt schon über Hausaufgaben zu sitzen. Über Hausaufgaben von gestern oder heute, ganz egal, im Moment gibt es wichtigere Dinge für ihn. Gedankenverloren spielt seine rechte Hand in der Hosentasche. Kräftige Finger zappeln, loten jeden verstaubten Winkel aus.

Zwischen Krümeln von Gingerbread und Cranberry Cookies, einer Auswahl seiner Lieblingsnachspeisen, die er letztens eilig beim Weggehen in die Hosentasche gestopft hatte, findet er sowohl seinen flüchtigen Gedanken von eben wieder als auch dessen Resultat. Sein Taschengeld nämlich. „Hey," vorsichtig rempelt er seinen neuen

Freund mit dem Ellenbogen an, „äh, hast du schon etwas vor, jetzt? Ich meine, bist du verabredet, musst du irgendwo hin oder wollen wir noch ein wenig quatschen? Über diese Sachen heute, du weißt schon!" Horatio grinst. Machli nickt. Er muss sich erst noch daran gewöhnen, plötzlich einen ebenbürtigen Gesprächspartner zu haben. Auch noch einen, den er früher stillschweigend um dessen sportliche Geschmeidigkeit beneidete. Stets einen kleinen Stich spürte, wenn dem anderen jede auch noch so absichtslose Bewegung gelang. Wenn er aus Jux einen Ball rückwärts über den Campus kickte. Einen, der absolut keinen Losergedanken verschwenden und seine Gehirnzellen damit quälen musste.

Nein, Machli ruft sich innerlich zur Räson, Neid war es eigentlich nicht. Eher ein trauriger Schmerz über das, was ihm trotz aller Bemühungen zeitlebens versagt bleiben würde. Die trostlose Gewissheit darüber, dass einer wie Horatio immer sein krasses Gegenstück bliebe. Oh nein, er wollte ihm das gönnen; niemals aus Zorn oder Neid in seiner Phantasie rauben. Nein das nicht, Horatio sollte schon bleiben, wie die Natur ihn entworfen hatte. Das Dumme war halt nur, dass nichts, weder Neid noch Großmut an seinem, Machlis unsäglichem Zustand etwas ändern würde.

Im Geiste sieht er sich vor dem mannshohen Spiegel seines unaufgeräumten Zimmers stehen. Seines Zimmers, in dem sich der innere Machli sozusagen nach außen gestülpt hatte. Bevor die kleinen Kerle aufgetaucht waren. Mit hängenden Armen steht er vor der verschmierten Glasfläche, schielt sich an, verabscheut sich. Hasst sich. Eine zynische Wolke teuflischer Gedanken dringt in ihn ein, zuerst in sein Gehirn, dann in sein Herz, von dort aus bis in sämtliche Röhrenknochen. „Na, du quasi Quasimodo?" Höhnt er. „Keine Angst, mein Süßer, niemand ist perfekt, nein natürlich auch du nicht!," listig zwinkert er sich zu. „Nein, weit gefehlt, natürlich bist du kein richtiger, vollkommener Quasimodo, bist doch noch kein Glöckner von Notre Dame. Ach was!" Mit falscher Freundlichkeit winkt er seinem beklagenswerten Spiegelbild zu, während Hass durch seine langen Wimpern schießt. Winkt ab, ob des Anspruchs, wenigstens einer geachteten, bedauerten literarischen Figur ähnlich zu sein. Auf diese Weise Verständnis zu finden. Oder was auch immer. „Du mein Lieber", zischt er sich zu, „bist alles andere als perfekt. Dir fehlt ja sogar noch der Buckel!!!"

Beinahe wäre er mit zuckenden Gliedmaßen gefallen. Mitten im Stolpern knallt er mit einem seiner Knie schmerzhaft an die Hauswand. „Was zum...."

Klar, Mann! In Gedanken verloren hast du dich, du Esel. Was machst du denn? Hä, mit dir? Hey, mein lieber Freund, das war ein Rückfall. Auch gut, los fang dich wieder, konzentriere dich, sei hier!!! Hellwach im Hier und Jetzt reibt Machli seine Kniescheibe. Lächelt verlegen. „Ach Scheiße Mann, wir könnten zum Hafen gehen, ja?"

Innerlich brennt Horatio vor Neugier. Neugier nicht direkt auf das, was Machli gemacht hat. Obwohl das schon sonderbar und abseitig genug war. Nein, das WIE erweckt sein höchstes Interesse. Dass Machli zum Magier geworden sein sollte, in seinem Alter und auch noch in so kurzer Zeit, allein das scheint Horatio unglaublich. Nur, er hatte das Resultat beziehungsweise eine Auswahl Machlis möglicher Ergebnisse mit eigenen Augen gesehen. Sein Lachkrampf vom Vormittag bahnt sich soeben wieder einen Weg durch die Bauchmuskulatur bis ins Gesicht. Horatios Wangen schmerzen noch von der Anstrengung.

Endlich ist es ihm gelungen, mit Machli Freundschaft zu schließen. Weil er sich getraut hat, diesen Brief zu schreiben. Obwohl er sich in gewissen Momenten ganz schön blöd vorkam. Wenn Machli so plötzlich mitten aus dem Leben verschwunden wäre, wer weiß, ob Horatio sich jemals Rechenschaft über seine Hochachtung vor ihm abgelegt hätte. Hochachtung vor dessen unverdrossenem Kampf, vor seinem Mut, sich in scheinbar aussichtslose Dinge zu stürzen, vor seinem Grips, der ihn unbestritten zu einem coolen Typen wachsen ließ. Und Rechenschaft über seine freundschaftlichen Gefühle für diesen

Jungen mit dem schrägen Blick und den unglücklichen Beinen. Der jetzt über Nacht auf verborgenen Wegen zu einem mächtigen Magier geworden war. In der Lage offensichtlich, nur von ihm ausgewählte Personen seine Macht spüren zu lassen.

Horatio fühlt sich wie eine Kuh wenn es donnert. Überlegende Strategien, wie es ihm gelingen könnte, die Beziehung so aufzubauen, dass Machlis Mitteilungsdrang nur so sprudelt ringen mit dem hartnäckigen Lachkrampf, der sich endlich einmal lösen will. Horatio ist fast schwindelig. Am Ende der ruhigen engen Gassen öffnet sich ihr Blick zum Hafen. Die Foggy Mary dümpelt sacht an der Pier, Möwen putzen ihr angeschmutztes Gefieder, wenige Menschen mit Tagesfreizeit schnappen mit hochgezogenen Schultern und aufrecht stehenden Mantelkragen frische Luft. Lassen sich eine Brise um die Nase wehen. Bald neigt sich das Jahr dem Ende zu. Helle Tagesstunden gewinnen täglich mehr an Wert und Seltenheit.

Eine Woge von Frittierfett, verbunden mit einem deutlichen Hauch nach Fisch, umweht seine Nase. Das ist es. „Warte, Mann, ich habe eine Idee!"

Ehe Machli sich versehen kann, kehrt Horatio mit vollen Backen zu ihm zurück. Die Arme voller dampfender Tüten. Zweimal Fisch, zweimal Chips.

„Hier komm, wir haben es uns verdient! Wenn du eines Tages mit deinen Tricks reich geworden bist, verdrücken wir doppelt so viel". Kauend drückt er seinem Freund die heißen Tüten in die Hand. Die leise schaukelnde, glucksende Foggy Mary im Blick hocken sie auf dem kalten, weiß lackierten Holzgeländer, vom dem sich die Schiffsanlegestelle umrahmen lässt. Aufmerksame listige Möwenaugen verfolgen argwöhnisch jede ihrer Bewegungen. Bereit zum Blitzstart auf abstürzende Chips. „Mir friert bald der Arsch ab".

Horatio, der mit vollem Mund kauend von einer Gesäßbacke auf die andere wechselt, fühlt sich dennoch zufrieden. Sein Lachkrampf ist abgelenkt.

„Hmm." Machli ist ebenfalls mit anderen Dingen beschäftigt. Seine Finger glänzen fettig. Kaum ist der letzte Bissen verdrückt, die Hände so gut es geht mit Servietten und Einpackpapier abgewischt, hüpft Horatio wie ein Springteufel vom Geländer. Tanzt herum wie ein Spuk, schlägt und klopft sich auf die Schenkel, kriegt vor Lachen einen knallroten Kopf. „Hey Mann, ich habe mich fast kaputtgelacht, als diese Zwerge Servilius' Tasche heimlich im Schrank verschwinden ließen. Und vorher sein blödes Gesicht, als er sie zwischen seinen Schuhen hervorziehen musste. Und dann das Ding mit den Schnürsenkeln! Echt abgefahren, dass der aber auch nichts mitkriegt!" Horatio schnappt nach Luft. „Und dann, wie er mit rotem Schädel auf dem Boden saß und versucht hat, so auszusehen, als wäre nichts gewesen. Und vor allen Dingen Plum, ich finde, dieser Trick war dein Meisterstück. Auf so eine Idee muss man kommen. Sie war so gut vorbereitet, geimpft vom guten Servilius, dem armen Mann, der sich krank melden muss, war so sauer und sich sicher, sie würde keiner hinters Licht führen.

Und dann kommt dein kleiner Kerl, ganz leise krabbelt er an ihrem Pult hoch", Horatios Finger bewegen sich dazu wie langbeinige Käfer, „stemmt die Hände in die Hüften, lächelt sie freundlich durch seine Brille an, macht sich dicke Backen und deutet nur mit dem Zeigefinger, auf sie! Mit dem Zeigefinger! Buh, sagt er einfach. Nur ‘Buh'. Das reicht schon, um sie schreiend davonrasen zu lassen!", Horatio überschlägt sich fast vor Begeisterung. Machli fühlt sich im Geiste in einen Kinofilm zurückversetzt, in dem die Hauptdarsteller im einsetzenden Frühjahr durch steile Wälder stapften. Abwärts jeden Hügels brachen sich hurtige schmale Wasserbäche, die sich an geeigneten Stellen in zeitliche begrenzte Wasserfälle verwandelten, Wege unter Wasser setzten, alles strudelte im Eiltempo ins Tal.

Aus Moosen troff es wie aus unzähligen klatschnassen Wolljacken. Glasklare Tröpfchen schießen durchs Sonnenlicht. Sinnlos, aufzuwischen. Vergeblich auch nur der Versuch, zu denken, es möge anders sein. Ähnlich unaufhaltsam fühlt er sich im Moment von Horatios

Redefluss überflutet und unterspült. „Und dann schreiben sie BE-WEISE an die Tafel, hah, wie genial und frech, Beweise!!!" Horatio kreischt vor Vergnügen. Sieht nicht, wie Machli sich argwöhnisch umschaut, mahnend den ausgestreckten Zeigefinger vor die geschlossenen Lippen hält. Spaziergänger bleiben aufmerksam stehen. „Das ist kein Gesprächsthema für alle Leute, psscht!" Horatio wischt Machlis Flüstern ungehört mit schwungvoller Armbewegung beiseite.

„Wie hast du das bloß gemacht? Diese kleinen Dinger sahen original aus wie du. Lebendig, nicht wie Puppen. Hattest du sie in deiner Aktentasche drin? Was ist das für ein Trick, wie geht das, hast du sie aus Latex gemacht mit Microchips, gibt es eine Fernsteuerung, hat jemand anderes auf dem Dach gesessen, uns alle beobachtet und diese Zwerge gelenkt? Wie viele gibt es denn? Ist das künstliche Intelligenz, sind das Roboter beziehungsweise Humanoiden? Ich weiß nicht, auf mich wirkten sie wie echte kleine Menschen, auch wenn das nicht sein kann, eine großartige Illusion, Mensch, du Magier, du! Und dann, wenn ich mir vorstelle....." Machli schnappt den Freund bei den Schultern. „Wo hast du das gelernt? Wo warst du die ganze Zeit? Während wir dachten du seist vielleicht tot, bist du in Wirklichkeit in einer Zauberschule. Hattest du England verlassen........"

Horatio merkt selbst, sein Lachzwang muss sich in einen Redekrampf verwandelt haben. All sein Aufgestautes bricht sich Bahn, kann nicht aufgehalten werden. Horatio schwitzt. „Komm mit, es gibt eine Möglichkeit, ungestört zu reden. Wir dürfen uns nur nicht erwischen lassen. Wenn wir auffliegen gibt es eine Menge Ärger, nicht nur für uns. Los komm!" Unter den Augen der Menschentraube die sie mittlerweile umringt packt Machli den Dauerredner energisch bei den Schultern, zischt ihm so laut er kann ins Ohr. In der Hoffnung, niemand der Umstehenden versteht ein Wort. „Wir müssen gehen. Mein Freund verträgt das Frittierfett nicht, er ist allergisch und redet dann leider eine Menge dummes Zeug. Entschuldigen sie bitte, mein Freund muss an die frische Luft und dann ins Bett!" Zeitgleich zu den entschuldigenden Worten bugsiert er Horatio durch die kopfschüttelnde kleine Menge, zieht ihn in raschem Tempo mit sich. Mit schnellen Schritten entfernen sie sich vom Pier. „Tut mir leid, Mann, das musste sein!" Machli hat das Gefühl, sich bei Horatio entschuldigen zu müssen. „Ach, schon gut. Wo gehen wir hin?" „Erst einmal durch die frische Luft, wir müssen aus dem Gesichtsfeld der Neugierigen verschwinden, uns eine Weile unauffällig verhalten und schon werden sie uns vergessen." Würgende Geräusche aus den Hecken am Wegesrand lassen ihn erschrocken aufhorchen. Was war jetzt schon wieder los? Horatio, der wie ein Spuk in die Hecken gesprungen war, tauchte eben mit spitzbübisch lachendem Gesicht wieder auf. Machli schaut sich argwöhnisch um. „Was machst du, Mann? Was hast du getan? Ist das unauffällig? Kannst du nicht gehen wie ein normaler Mensch...?" „Gekotzt habe ich". Horatio wischt sich wie selbstverständlich Gesicht und Hände am nassen, verbrauchten Gras ab. Und grinst. „Beziehungsweise so getan als ob. Das ist mein Alibi. Bei einer Allergie kann man auch kotzen. Entweder habe ich das schon einmal gehört, oder gelesen oder was weiß ich was, ist ja auch egal. Jetzt kann ich wieder normal atmen und..." Sich über Belangloses austauschend spazieren sie wie zwei 'normale Jungs' um das gesamte Hafenbecken herum, bis zu der Stelle, an der Machli plötzlich aufgeregt flüstert: „Hier ist es, hier können wir reden. Auf jetzt, täuschen, ducken, durchgehen. Auf LOS!" Der Schlüssel in Machlis Hand passt, dreht sich sofort im Schloss.

20.

Dumpfer Geruch schlägt ihnen aus dämmrigem Licht entgegen. Machli stößt eilige die schwere Schiebetür wieder zu, verschließt sie umgehend und prüft sorgfältig, ob sie auch wirklich zu ist. Wackelt einige Male mit dem Türgriff hin und her. Horatio sieht sich während dieses kurzen Momentes um. „Wow!" Mehr sagt er nicht. Sie stehen beide in einer Art Diele, einem Vorraum, von dem aus weitere dunkel geschnitzte Holztüren mit Figuren aus Legenden oder Märchen, so genau kann Horatio dies beim Überblicken nicht definieren, abgehen. Auf einer jedenfalls sind bewaffnete Reiter in lange Gewänder gehüllt abgebildet. Ihre Gesichter sind bis auf Augenschlitze ebenfalls mit Tuch verhüllt und deshalb nicht näher zu erkennen. Der Ausdruck ihrer Augen jedoch lässt ihn frösteln, jagt ihm unbekannte Schauder über den Rücken.

Dampfende Pferde mit weit aufgerissenen Augen und Nüstern schlagen im Galopp mit glühenden Hufeisen Funken so groß wie kleine Sterne. Horatio meint fast, Schlagen der Hufe und wildes Waffengeklirr, verbunden mit kriegerischen Rufen der Reiter zu hören. Und deren zornigen Schweiß zu riechen. Aufgewirbelter Staub kribbelt ihn in Augen und Nase. Das Motiv der nächsten Tür kommt ihm sehr bekannt vor. Ein riesiger Feuer speiender Drache steigt aus dunklen Wäldern auf, entwurzelt mit starken Schwingen achtlos Baum um Baum, umkrallt mit ekelhaften Klauen eine schreiende junge Frau, die mit Todesmut versucht, sich zu befreien. Die das Risiko eingeht, aus hohen Lüften abzustürzen und zu zerschellen. Ob die Kreatur, während sie von Blitzen fast erschlagen durch Hagel und schwarze, gewittrige Wolkenformationen fliegen wird, das Menschenwesen vertilgen oder retten will, bleibt auf diesem Bild offen. Horatio wundert sich über die rostfleckigen massiven Türklinken, die aus einem ihm unbekannten Metall bestehen. Sie müssen uralt sein. Boten aus einer anderen Zeit. Wie mögen sie an einen solchen Ort gekommen sein? „Ist das der Haupteingang?" Flüstert er Machli zu. Die Antwort kommt kurz und konzentriert. „Nein, der ist ein Stückchen weiter vorne. Das hier ist nicht für alle Leute". Horatios Blick bleibt an einer weiteren Tür hängen. Ein seltsames Gefühl beschleicht ihn. Im Gegensatz zu den eher aufwändig gestalteten Schnitzereien der übrigen Türfüllungen ist diese hier schlicht. Fast karg oder sogar kahl zu nennen. Und trotzdem von beeindruckender Präsenz, die Horatio sofort in den Magen fährt.

„Los komm!" Machli schubst ihn von hinten leicht in den Rücken. Sein dichtes schwarzes Haar glänzt geschmeidig. „Wer ist das?" Horatio starrt unbewegt auf die hohe, barfüßige Gestalt mit den kräftigen gepflegten Händen, deren Gesicht und Körper still und bescheiden in eine bodenlange Kutte gewandet ist. Stumm steht sie in einer Türfüllung oder in einer Landschaft, in der außer ihr nichts, das heißt fast nichts, vorhanden ist. Horatio kneift seine waldmeistergrünen Augen zusammen. Beugt den Kopf vor, bis seine Nase die Gestalt in der Kutte fast berührt. Doch ja, der erste Eindruck scheint ihn nicht getäuscht zu haben. Obwohl der Hintergrund aussieht wie nichts, versteckt sich ein Schatten hinter dem schlanken Rücken. Horatio, der sonst auf seine Luchsaugen stolz ist und seinen scharfen Blick rühmt, kneift die Augen derart zusammen, dass die Lidränder miteinander verschwimmen. Etwas ist da. Kleiner, gekrümmter, es scheint Haare zu haben und das Etwas macht seinem Namen Ehre. Etwas ist etwas zu sehen, aber nur etwas zu erkennen, kein bisschen einzuordnen. Etwas merkwürdig. „Bist du endlich soweit?" Machli knurrt ungeduldig, drückt die glänzende Türklinke nach unten. Ausgerechnet diese, entzieht das Bild damit weiterer Betrachtung.

„Was, hier gehen wir durch? Machli, wer ist das?" „Ra...., ach was, sein Name tut nichts zur Sache. Du musst dir seinen Namen von ihm selbst nennen lassen. So lautet die Regel. Das heißt, wenn du ihn überhaupt jemals persönlich kennen lernst." Spricht's und macht die ominöse Türe hinter ihnen wieder zu. Schlagartig befinden sie sich in einem schummrigen Treppenhaus. In einer Art Treppenhaus zumindest. Vermutlich steigen sie in den Keller hinab. Schwere Schläge treffen das Bauwerk regelmäßig von außen. Sich mit flachen Händen an den Wänden entlang tastend tapsen sie schmale hölzerne Stiegen hinab. Erst eine. Horatio schnüffelt. „Mann, diese Luft hier! Gibt es kein Licht? Das ist ja finster wie in einer Grabkammer". Diffuses Licht dringt durch schmale verglaste Rechtecke in der Außenwand. „Ach das reicht". Machli fühlt sich vertraut und sorglos. „Du musst dich nur mit den Augen einen Moment daran gewöhnen. Wir dürfen von außen nicht gesehen werden. Eine Treppe noch, dann sind wir unten". Ein Geräusch. Fast unhörbar, aber da. Horatio zieht scharf die Luft ein. Schüttelt sich. Tätschelt sich mit beiden Händen die Wangen, atmet mit offenem Mund tief ein und aus. „Etwas hat mich berührt, eben. So eklig. Etwas hat mich an der Wade angefasst!" „Komm' weiter. Vielleicht war es eine Ratte. Die gibt es hier. Manche sind so groß wie kleine Kinder. Aber sie laufen weg". Machlis gleichmütiger Ton weist ihm den Weg. Trotzdem merkt Horatio ganz deutlich: Rattenviecher, so groß wie kleine Kinder, sind absolut nicht sein Ding. Später kann er nicht mehr genau sagen, wie es geschehen ist. Vielleicht hat er sich argwöhnisch umgedreht oder das Leben spielt ihm einen Streich und lacht sich kaputt darüber. In dem Moment, wo Machli eine knarzende Tür einen Spalt breit öffnet, zieht es ihm die Füße weg. Komischerweise nach hinten. Auf dem Bauch liegend rutscht er die letzten Stufen nach unten und landet mit den Händen voran in einer klammen Masse, die kein Mensch mit Worten beschreiben mag.

„Oh pfui Teufel!" Horatio keucht. „Ich glaube, ich kotze. Aber diesmal wirklich. Mann, was ist das hier für ein Laden? Was geht hier ab? Brrrh, wie ekelhaft! Ich muss dringend meine Hände waschen!" Diesmal ist es an Machli, herzhaft zu lachen. Voll aus dem Bauch heraus. Horatio stutzt. Im selben Moment fällt ihm auf, dass er dieses Geräusch nicht kennt. Niemals im Leben hatte er Machlis Lachen gehört. Mit gespreizten Fingern an hoch erhobenen Händen steht er da und lauscht. Lustig, befreit, herzlich und fröhlich. Ja, so klingt dieses Machli-Lachen. Er wartet. Horcht und wartet. Irgendwann ebbt die Kaskade ab, verläuft sich in Kichern. „Weißt du was?" Machli japst nach Luft, stützt sich erschöpft vor Lachen auf der Schulter seines Freundes ab. „Dein Problem hat sich geklärt. Das Zeug, in dem du eben gelandet bist, ist ganz klar Katzenfutter. Ich selbst habe das Schälchen heute morgen gefüllt. Es gibt so einen Streuner, der hat sich hier eingenistet. Wir haben beschlossen, ihn ab und zu zu versorgen. Wir nennen ihn einfach ‚Kater‘.“

Wir? Horatio hebt sich die stille Frage für später auf.

Machli spinnt den Faden weiter. „Er wird wohl an dir vorbei gehuscht sein, weil er mich begrüßen wollte. Manchmal macht er das. Wenn er nicht gerade seinen Job erledigt.“ Machli grinst. „Nun ja, ich habe ihn schon einmal beobachtet. Er ist groß, ziemlich muskulös und sieht mit seiner Zahnlücke fast aus wie ein Dämon. Auf jeden Fall bringt er Ratten und Mäusen, wie du siehst mitunter auch Menschen, das Fürchten bei“. Die Jungs betreten einen dämmerigen Raum, in dem muffige Luft steht. Machli öffnet eines der beiden runden Fenster, sofort danach das andere auch. „Stoßlüftung, damit es nicht ganz auskühlt. Nachts geht das nicht“. Die Tür dieses Zimmers verschließt er auch. Eilig huscht er durch den Raum, öffnet eine schmale Tür. „Hier kannst du dir die Hände waschen! Komm herein, das ist ein kleines Badezimmer. Zumindest duschen und Klamotten auswaschen kann man hier“. Gurgelnd rauscht das Wasser der Toilettenspülung in die Tiefe. Horatio schaut sich verwundert um. Machli kennt sich hier aus, als wäre es sein Zuhause.

Während das Wasser aus dem Hahn plätschert, hantiert Machli klappernd mit Geschirr und einem verbeulten Wasserkessel, den er auf eine rostige Kochplatte stellt, an deren Emailkörper etliche Stellen abgeplatzt sind und die metallene Unterhaut freigeben. „Ich koche uns Tee“. Horatio lässt sich auf die abgeschabte Couch fallen, den alten Sessel mit der bunten Karodecke, deren Zipfel auf Machlis aufgedecktem Bett liegen, überlässt er dem Freund. Ein kleines antikes Holztischlein steht als Verbindungsglied zwischen den Möbelstücken. Schranktüren stehen offen. Zwischen verschmutzen Schuhen liegt ein glänzendes Laptop. Sogar Bücher hat der Kerl hier! Horatio nickt anerkennend. Auf einem schmalen Bord längs der Wand stapeln sich tatsächlich Bücher, die den Eindruck vermitteln, gelesen zu werden. Eine Stehlampe soll wohl am Abend genügend Licht verbreiten, der bunte Teppich auf den abgenutzten Planken des Fußbodens sieht überraschend neu aus, jemand hat das Bettzeug gebügelt. Papierrollen sind in die Ecke zwischen Schrank und Wand gequetscht. Horatio weist mit dem Daumen darauf. „Was machst du mit dem Papier? Willst du anfangen, zu zeichnen?" Ach was, Poster wären das. Zum Aufhängen. Damit das Zimmer wohnlicher wird.

„Kannst du Musik hören?" Klar, kann Machli auch. Die im Zimmer verteilten CD's zeugen davon. So ein Laptop ist im Notfall auch ein Wunderwerk. Mit anderen Worten, Machli hat hier alles was er braucht, vielleicht sogar noch mehr. Sorgsam balanciert er Geschirr und die heiße Teekanne zum Tischlein, pustet noch einmal drüber, bevor er alles abstellt und mit Kennerblick begutachtet. Erstaunt hebt Horatio die Tasse an um festzustellen, ob er gesehen hat was er gesehen hat. Beeindruckt schüttelt er den Kopf. So was!

Hat doch dieser erstaunliche Kerl Filzplatten unter sein Geschirr geklebt, damit der Holztisch keine Hitzeflecken bekommt. Der denkt doch wirklich an alles. Nicht genug damit. Stolz und mit einer gewissen Zärtlichkeit stellt er eine große Tonschale mit Gebäck in die Mitte. „Hat mir...hat man mir gebacken. Weil doch bald Weihnachten ist". Horatio hat schon zugegriffen, sich zwei Kekse auf einmal in den Mund gestopft. „Deine Mum?" Machli schaut betreten zu Boden. Andere Menschen seien das gewesen. Andere halt. Horatio lädt sich sein Untertellerchen voll, türmt das Gebäck kunstvoll auf. Geschickt hält er in der anderen Hand die randvolle Teetasse, klaubt die Kekse mit dem Lippen vom Stapel herunter. Obwohl es nahezu unmöglich scheint, stützt sich sein Oberkörper gemütlich an die Lehne, während seine langen Beine um den Tisch herum drapiert sind. „Also was ist nun mit dir und deinen kleinen Kerlen? Was ist mit dir geschehen? Komm Machli, erzähl deine Story.....Wo hast du die kleinen Dinger eigentlich hin?" Neugierig wandert sein Blick unter das Bett, in den offenen Schrank, in Ecken und Nischen. Fröstelnd springt Machli auf, schaltet die Stehlampe ein, verschließt die runden Fenster und lässt deren Griffe fest einrasten. Liebevoll zieht er die dicken, runden, tiefroten Samtvorhänge über die Scheiben, verschließt achtsam den goldenen Reißverschluss, der Wand und Vorhang untrennbar miteinander verbindet. So bleiben die Gefährten unbeachtet. Machli trinkt noch einen Schluck, hockt sich im Schneidersitz in seinen Sessel und erzählt.

21.

Voller Ingrimm, beleidigt und erniedrigt bis auf die Knochen, bis in den Kern seiner Seele stürmte Machli Pott an jenem denkwürdigen Tag aus dem Schulgebäude. Niemals mehr würden sie ihn wiedersehen! Diese Verräter, diese Scheusale menschlicher Existenzen, die sein Leben in einen Trümmerhaufen verwandelt hatten. Machli spürte, wie sich Zorn, erbarmungsloser Zorn und verzweifelte Traurigkeit mit hemmungslosem Vernichtungswillen vermischten. Seine Tränen waren nicht mehr aufzuhalten.

Sie quollen aus den Augen, tropften von den Mundwinkeln, spülten das Opalblau aus, bis nur noch ein weit entferntes Himmelblau übrig blieb. Oh und seine Beine! Statt ihn rasch und in gerader Linie davonzutragen, spreizten sich die Knie um kurz danach schmerzhaft aneinander zu schlagen. Machli erwartete, im nächsten Moment unwilliges Knirschen schlecht oder überhaupt nicht geölter Scharniere zu hören. Wie eine betrunkene Spinne wankte er durch die Gänge. Vorbei an den entsetzten Gesichtern der Honoratioren, die nur darauf zu warten schienen, dass er der Länge nach hinschlug. Mummi! Sein Herz schrie zuerst. Dann pressten sich die Laute gewaltsam durch seine Lippen. Mummi! Machli heulte. Der menschenleere Schulflur verfolgte ihn höhnisch mit seinem Echo.

Mummi, Mummi, Mummi....!

Auf der obersten Stufe der letzten Treppe verhakten sich seine Beine, kündigten ihm den ohnehin nur spärlichen Dienst auf. Machli Pott stürzte ab.

Nach einer zeitlosen Weile rappelte er sich unten wieder auf. Schluchzend, tränenüberströmt, am Ende. Ja, Schluss machen, allem ein Ende machen. Jeden Tag wurde doch nur alles schlimmer. Einer wie er hatte doch nur ab und zu einen kleinen Glanzpunkt, nur dazu angetan, sein Elend zu vermehren. Ja, richtig verelenden, das würde er. Glasklar lag seine beschissene Zukunft vor ihm. Aussichten? Klar. Miese. Jetzt auch noch das Ding mit der Wohnung.

Wem hatte er die krakeligen Beine, die ihn für alle Zeit von seinem männlichen Ideal ausschlossen, zu verdanken? Machli dachte nur noch wütende Gedanken. Seiner Frau Mutter hatte er die zu verdanken. Scheiß Alkohol. Scheiß Drogen. Überhaupt alles Scheiße. Hatte sie sich um ihn gekümmert? Ja, früher. Da schon. Vielleicht wäre sonst alles noch viel schlimmer gekommen. Und dann? Abgestürzt. Wie er jetzt. Vielleicht hatte sie sich in besseren Tagen für sich selbst geschämt. Später für ihn, der doch so vieles herausreißen sollte. Noch später war ihr alles egal geworden. Nicht einmal um sich selbst kümmerte sie sich. Mummi!

Dem Wahnsinn nahe schrie sich Machli in dem kleinen Wäldchen hinter der Schule die Seele aus dem Leib. Und lauschte. Klar, vergeblich. Für ihn, den Versager, gab es keine Antwort. Was hatte er sich bemüht, trotzdem alle seine Dinge zu tun. Den Haushalt zu führen, alles sauber zu halten, zu lüften, warme Mahlzeiten auf den Tisch zu bringen? Möglichst so zu leben, wie der Durchschnitt der Menschen auch? Das alles zu tun, was für ein Menschenleben nötig war. Was war das für eine Anstrengung, unter Androhung von Prügeln heimlich den Inhalt der Flaschen aus dem Fenster, in die Spüle, ins Klo, in die trockenen Zimmerpflanzen zu kippen. Seine Mutter anzuflehen, zu rütteln und zu beknien, doch bitte wieder am Leben teilzunehmen! Was hatte er erreicht? Nichts.

Oh doch, das Gegenteil dessen was er so gerne wollte hatte er erreicht. Stets verdächtig war er nun zum Schuldigen geworden. Hätte er besser aufgepasst, hätte er dies, hätte er jenes, hätte er bessere Noten, wäre er beliebter, fleißiger und was sonst noch alles, hätten sie wenigstens ihr lausiges, kleines Leben behalten können. Nun würden sie in absehbarer Zeit vor aller Augen aus ihrer Wohnung fliegen, um endgültig, vielleicht in einer anderen Stadt als Aussätzige in einem sozialen Ghetto zu landen. Hätte er doch nur, wie er es früher regelmäßig getan hatte, die Kontoauszüge kontrolliert. Vielleicht wäre noch etwas zu retten gewesen. Vielleicht wäre er zum Pfarrer gegangen oder hätte anonym beim Bürgermeister angerufen. Sie kannten ja niemanden. Aber, Machli kotzte fast vor Bitterkeit, er musste ja in der Schule auch noch versagen! Dämlack, blöder! Hätten ihm die kleinen Kerle und der Kuttenmann nicht geholfen, wäre er sicher schon früher verreckt. Machli redete sich innerlich immer mehr in Rage. Alles, was er jemals Schlechtes über sich gedacht hatte, fand jetzt Worte. Treffende Worte. Mühelos. Wen sollte er um Hilfe bitten? Witzlos das alles. Auslachen würden sie ihn.

Leise Schritte einer hohen Gestalt schlichen hinter ihm her, raschelten im Laub. Machli war taub. Nackte Füße sprangen vor seine Schuhe. Machli war blind. Tränenblind. Gedankenblind. Kräftige Hände packten ihn bei den Schultern. Wollten ihn halten, bewahren, zur Umkehr bewegen. Machli war fühllos. Nackte Füße rannten mit wehender Kutte zu dem, der helfen konnte. Besorgte Augen brannten vor Schmerz. Währenddessen wurde Machli zielsicher fündig.

Während bei dem einen die Klingel fast aus der Verankerung gerissen wurde, bevor einer wie ein Schemen durch die Wand trat, fand der andere die Scherbe seines Lebens. Glücklich barg er sie in den Händen. Küsste sie. Endlich. Eine feste Hand umklammerte sein linkes Handgelenk. Wie schon manchmal zuvor. Heute jedoch besonders fest. Ja, eine starke, unausweichliche Hand.

Seine. Die feste Hand um seinen linken Arm lockerte sich. Sicher, dass er nicht flüchtete. Dass er standhielt. Aushielt. Achtsam griff sie nach dem Instrument. Vorsicht jetzt, das wurde gefährlich. Jemand kicherte spöttisch. Machli achtete nicht darauf. Konzentrierte sich mit angstvoller Erwartung auf die scharfe Rasierklinge, deren blitzende Schneide sich unaufhaltsam mit direktem Ziel auf die weiche Haut seines Armes senkte. Nur dass es heute eine schmutzige Scherbe war. Mit grausamer Präzision schnitt sie. Ritzte Pore um Pore auf, bis eine lange tiefe Spalte entstand. Machli atmete stoßweise. Ein pfeifender Laut stieß aus seiner Kehle. Tiefer! Die Stimme in ihm befahl. Gnadenlos, kompromisslos. Die Töne aus seiner Kehle wurden mit jeder Sekunde höher. Endlich. Karmesinrotes Leben verließ seinen Körper. Der unerträgliche Schmerz um seine Seele lockerte sich. Lies nach. Machli konnte das voller Erleichterung spüren. Tiefe Ruhe breitete sich in ihm aus. Wie schade, dachte er still. Wie schade.

Äste brachen. Schnelle kräftige Schritte langer Beine, rasche stapfende Schritte vieler kleiner Beine und zahlreiche aufgeregte Stimmen kämpften sich durchs Unterholz. In einem Anfall diebischer Schläue hatte Machli den Weg verlassen. Eine kleine Pfütze bildete sich unter seinem Handgelenk, versickerte im weichen Waldboden. „Männer, geradeaus, ich sehe ihn! Machli, wir kommen, halte durch!" „Machli, mein Junge, wir sind gleich bei dir!"

„Alles wird gut, mein Kind. Du wirst sehen..." Wie durch einen Nebelschleier gewahrte Machli plötzlich die kleinen Kerle, Rüzgar Raphael Amerspoth und den Kuttenmann, der zuerst bei ihm war und ihn in die Arme nahm. Machli dachte, er habe Halluzinationen. Hervorgerufen durch seinen lodernden Wahnsinn und den Blutverlust. Was dann kam, ging alles sehr sehr schnell. Der Kuttenmann hielt ihn, Machli konnte ihn in seinem Rücken spüren, Amerspoth drückte zielsicher die Schlagader ab, die kleinen Kerle warfen den Verbandskasten auf den Boden und öffneten ihn. Binnen einer Sekunde. Mit lange eingeübter unglaublicher Präzision flößten ihm zwei Johannisbeersaft ein, die anderen reinigten und verbanden seine Wunde. Amerspoth strich mit seiner schwieligen freien Hand über die blasse Wange des

Jungen, der vor Erstaunen nicht wagte, sich zu rühren. Im Wald war es ganz still.

„Eine Decke!" Ruckzuck fühlte sich Machli von zahlreichen kleinen Händen aufgehoben und in eine dicke Decke gehüllt. Erst jetzt merkte er, dass er vor Kälte zitterte und bibberte. Gemeinsam schleppten sie ihn zum Wagen des Meisters, der reglos wie das letzte Mal hinter dem Steuer saß. Wie das? Mehr tot als lebendig riss der Junge die Augen auf. Hatte er nicht Amerspoth im Stillen für den Meister gehalten? Dieser folgte lächelnd seinem Blick. Paß' auf, schienen seine Augen zu sagen, ich bin es wohl, aber dennoch sind die Dinge nicht wie sie aussehen. Sanft wurde Machli im Innenraum des wartenden Fahrzeuges verstaut, Amerspoth drückte sich neben ihn, der Kuttenmann kletterte zur allgemeinen Überraschung auf den Beifahrersitz. „Aber Ramiel, mein Freund, ich denke, du hast andere Wege und Möglichkeiten?" Amerspoths Stimme war bei dieser Frage mit einem besonders weichen Wohlklang unterlegt. „Stimmt". Die Machli wohlbekannte Stimme, die ohne Stimmbänder produziert wurde, schien in der Kehle zu lachen. „Heute jedoch, an diesem besonderen Tag will ich es mir geben und eurem Schauspiel beiwohnen". Amerspoth lachte und stieß Machli vorsichtig an. „Bist du wach, Junge?" Er nickte schwach. „Okay, dann halte die Augen offen". In der nächsten Sekunde erteilte er den Auftrag.

„Auf geht's Jungs, wir fahren los!" Offensichtlich waren die Spezialisten auch auf diesem Sektor ein eingespieltes Team. Machli bemerkte sofort, dass der Meister hinter dem Steuer, der mit endloser Geduld nachts im Regen warten konnte, nicht mehr war, als eine Holzfigur mit beweglichen Teilen, mit Gesicht, Händen und Schultern aus Latex. Was sich nicht in Machlis Blickwinkel befand, konnte er hören:

„Rüzgar Eins und Rüzgar Zwei ans Lenkrad, Rüzgar Drei ans Gesicht und in den Ausguck, Rüzgar Vier und Rüzgar Fünf an die Außenspiegel, Rüzgar Sechs an den Anlasser, Rüzgar Sieben: Radio aus!, Rüzgar Acht und Neun an Bremse und Kupplung, Rüzgar Zehn ans Gaspedal und Rüzgar Elf an die Gangschaltung. Rüzgar Zwölf für den

Notfall an die Hupe und den Rückspiegel. Und los geht's!". Und so erfuhr Machli Pott an jenem Tag, dass es zwölf kleine Kerle benötigte, um einen Personenwagen zu fahren. Mit allen Schikanen!

22.

Auf ein geheimes Signal hin öffnete sich die Zimmertür von außen. Machli hatte die schweren Schritte, die müde die Treppe hinaufkamen, nicht gehört. Amerspoth streckte den Kopf ins Zimmer. Seine fragenden Augen erfassten die Situation sofort. Sein Vertreter hatte offensichtlich alles recht gut im Griff, der Junge lag ordentlich verpackt im Bett und schien gut versorgt. „Na, mein Junge, wie geht es dir?" Rasch schlüpfte er hinein, etwas wie ein Schatten folgte ihm. Machlis Augen und vor allen Dingen sein gequältes Gehirn waren noch nicht in der Lage, jede Einzelheit zu erfassen. Leichter Zigarettenrauch zwängte sich zwischen Truthahn und Cranberries. Amerspoth musste hinter dem Haus eine geraucht und vergessen haben, seine geheimnisvolle Maschine einzuschalten. Möglicherweise, überlegte Machli lahm, hatte er sie im Schulgebäude in den Räumen des Pedells liegen gelassen. Amerspoth lies sich sachte auf der Bettkante des Patienten nieder, ergriff mit warmen, schwieligen Händen die schlaffe Hand des Jungen. Der kleine Kerl verzog sich schweigend ans Fußende, verschränkte dort Arme und Beine. „Nun?" Amerspoths Blick erwartete freundlich und doch mit gewisser Strenge eine Antwort. „Ach Sir", Machlis Stimme rutschte über Sandpapier, „ich weiß es nicht". Schluchzen stieg in seiner Kehle auf. „Ich habe, Sir, keinen Überblick. Sie und ihre Zepse", versehentlich rutschte ihm dieses Wort heraus. Der Kleine am Fußende kicherte gemütlich, schien es nicht übelzunehmen. Vermutlich hatte man in diesem Haus Verständnis für arme Seelen und entgeisterte Verrückte, die nicht mehr in der Lage waren, jedes Wort auf die Goldwaage zu legen.

Liebe für Vergessene, die niemand mehr lobte. „Also sie haben mich gerettet". Machli seufzte tief. „Ich weiß jedoch noch nicht, ob ich darüber froh sein soll. Ich mache Ihnen Mühe und sollte mich für alles bedanken. Aber Sir, ich wollte tot sein, weg von allem sein. Ich konnte das alles nicht mehr aushalten. Jetzt bin ich zwar in ihrem Haus, aber doch wieder da, wo ich nicht mehr sein wollte. Ich habe, ich habe...." Machli kämpfte mit den passenden Worten, die zum Ausdruck bringen sollten, wie er sich fühlte. Amerspoths klarer ruhiger Blick aus Augen, deren Farbe kein Mensch definieren konnte, duldete kein Drumherum, keine Ausflüchte oder Geschwafel. Er würde jedes erdachte oder unwahre Wort augenblicklich als Lüge entlarven. Die Atmosphäre hinter seinem Rücken verdichtete sich allmählich.

„Ich habe furchtbare Angst davor, Sir, dass alles so weitergeht, dass es vielleicht noch schlimmer wird, dass mich alle auslachen, wo ich doch sowieso schon zum Gespött geworden bin. Ich kann nicht mehr zur Schule gehen, die werden doch alle hinter meinem Rücken lachen. Oder vor meinem Gesicht. Und ich werde es nicht mehr aushalten können. Sir!" Machli schrie fast. „Ich bin ein Krüppel! Sehen sie doch! Zum Wegwerfen. Zu mehr tauge ich doch nicht". Die Stimme des Jungen versteckte sich müde unter dem Deckbett. Um gleich darauf mit neuem Elan wieder zum Vorschein zu kommen. „Ich bin verrückt, habe alles kaputt gemacht, nichts kriege ich hin! Vor allen Dingen, wenn ich lebe, muss ich in diesen ganzen gottserbärmlichen Mist zurück! Wie stellen sie sich das vor, Sir?"

Machli spürte allmählich wieder seinen unglaublichen Zorn aufsteigen. In seiner Brust wütete und kochte es. Besinnungslos vor Wut sahen seine Augen doppelt. Direkt hinter Amerspoth stand der Kuttenmann. Gesichtslos, ruhig. Die großen Hände lugten aus den langen Ärmeln des Gewandes. Bewegten sich nicht. Nackte Füße standen sicher. „So, du meinst der Einzige zu sein, der so etwas erlebt?" Amerspoths sonderbarer Blick fixierte ihn, starrte einen Moment durch ihn hindurch und dann zum Fenster hinaus. In der nächsten Sekunde lächelte er ihn an. Krempelte schweigend den grauen Kittelärmel über seinem linken Unterarm hoch. Sah ihm wortlos ins entsetzte Gesicht. Dort, in der weichen Innenhaut des kräftigen Armes, dort wo keine Haare wuchsen, zogen sich zwei lange wulstige Narben vom Handgelenk bis zur Beuge des Ellenbogens hoch. Rüzgar Raphael Amerspoths Blick loderte.

„Ich war erst zwölf". Mehr sprach er nicht. Im Bruchteil eines Augenblickes verstand Machli. Von tiefer Zuneigung erfasst entließ er die Spannung aus seinem Körper. Ihm war, als kehrte Stille in seinen Brustkorb ein. Langsam wanderte sein Blick von Amerspoth zu der verhüllten Gestalt. Zwischen beiden bestand eine unbekannte Verbindung, der Junge konnte diese förmlich spüren. Wie kam es, dass der Kuttenmann, wie er ihn für sich nannte, auch in sein Leben getreten war? Plötzlich und unerwartet wie ein Gespenst auftauchte, wie ein Schemen aus der Wand gleiten konnte und wieder zurück, für den Türen und Mauern keine Hindernisse sind? Der, der heimlich bleiben wollte und doch von ihm, Machli Pott, gesehen wurde? Der ihn verfolgt und belauert hatte, der sich bei seinem vergeigten Referat als wunderbarer, geistvoller Mentor erwies? Was hatten sie alle drei miteinander zu tun? Machli war sich völlig sicher. Bei allem was er getan hatte, das konnte er unmöglich eingefädelt haben. Der kleine Kerl hockte mit vorgebeugtem Oberkörper gespannt am Fußende des Bettes, verfolgte mit neugierigem Gesichtsausdruck jedes ihrer Worte, jede ihrer Regungen. Vor Aufmerksamkeit waren seine Wangen in die Mundhöhle geschlüpft, sodass er ausgezehrt und hohlwangig aussah. Wie hatte Amerspoth den anderen genannt? 'Mein Lieber'? Also kannten sie sich, hatten, wie man so sagt, ein vertrautes Verhältnis. Machli Pott und Mr. Amerspoth hatten das jetzt auch. Da war sich der Junge sicher. Zumindest fühlte er sich unter Freunden.

„Wer bist du?" Die Kutte bebte vor unterdrücktem Gelächter. Zumindest zeigte diese Figur Humor. „Ich dachte schon, du traust dich nie, mich zu fragen. Nachdem du mir in deinem Zimmer schon ziemlich auf die Füße getreten bist". Die hohle Stimme gewann etwas an Kontur, das Wesen schien sich über Machlis Ansprache zu freuen. Der Junge kniff die Augen zusammen. Meinte er doch, den Gesichtslosen breit grinsen zu sehen. „Nun, du weißt, einer wie ich ist es nicht gewohnt, gesehen oder gar angesprochen zu werden. Damit bringt man einen wie mich in große Verlegenheit. Mein Auftrag spielt sich im Verborgenen ab. In gewisser Weise kann ich in die Herzen und Gedanken der Menschen hineinsehen. So weit sie mich sehen lassen wollen. Die meisten merken sowieso nicht, wenn einer in sie reinguckt. Oft kriegen sie auch nicht mit, ob sie sich dafür oder dagegen entschieden haben. Ich habe dann die Pflicht, in einer Nanosekunde zu entscheiden, ob ich gebraucht werde, was ich veranlassen muss oder ob ihr es alleine schafft. Was immer das Beste ist, denn ihr seid viele. Ihr Menschen beschäftigt euch mit allerhand Dingen, könnt nicht vom Morgen bis zum Abend sehen, wurstelt aber überall rum, könnt oft eure tollen Dinge nicht schätzen, verkennt sie und reißt wieder ein, was nicht nur für einzelne von euch nützlich gewesen wäre. Manche glauben an solche wie mich oder halten uns grundsätzlich für möglich. Uns ist das egal, wir sind. Ganz wenige von euch denken tatsächlich über uns nach. Nur eine geringe, weltweite Minderheit ganz Besonderer ist in der Lage, uns zu sehen. Die Anzahl derer ist dermaßen minimal, dass ich sie, um in euerer Sprache zu reden, nicht auf der Rechnung hatte. Deshalb fehlten mir bei dir buchstäblich die Worte. Einer wie ich ist in Gesprächen nicht geübt".

Ein Geräusch wie Räuspern drang aus den Falten des Gewandes. Also ist er kein Mensch, dachte Machli. Er ist ein Außerirdischer, der über Teleportation seine Moleküle von einem Ort zu anderen schaffen kann. Sonst käme er weder durch geschlossene Türen noch nur Mauern. Lautes Gelächter erfüllte den Raum. Sogar Amerspoth kicherte. Er musste in Machlis Mienenspiel gelesen haben. Die Kutte wackelte jetzt richtig. „Weit gefehlt mein Junge! Du ahnst nicht, wie weit den Herz und dein Geist mir gegenüber offen sind. Dein Gedanke ist nicht schlecht, überhaupt nicht. Nein, im Gegenteil, er zeugt von Kreativität und einem Haufen Grips, den du sehr gut einzusetzen weißt". Der Kleine war vom Fußende des Bettes neugierig hochgerobbt, hatte sich unauffällig wieder auf Machlis Brust gesetzt, zwischendurch sorgenvoll Rüzgar Raphaels wüste Narben betrachtet. Schritte, Geschirrgeklapper und intensive Gerüche, die sogar einem Halbtoten das Wasser im Munde zusammenlaufen ließen, näherten sich von unten. „Jetzt 'mal im Ernst mein Junge. Darf ich mich dir vorstellen, ich dürfte es nicht, hättest du mich nicht gefragt, solche wie ich halten die Grenzen ein, also: Mein Name ist Ramiel. Frage meinen Freund Amerspoth, was das bedeutet. Ich werde auch der Engel der Hoffnung genannt. Und Junge, ich sage dir eines: So dunkel, dass du mich nicht mehr sehen kannst, können deine Zeiten nicht werden. Auch im Wäldchen war ich bei dir. Überall, auch als du mich für einen üblen Spuk hieltest. Ich rate dir, verbanne mich niemals aus deinem Leben, denn du und ich, wir werden notfalls die letzten sein, die zusammenhalten".

Lärmend öffnete sich die Tür. Kleine Kerle mit Geschirr und Bestecken, Tellern, Gläsern, einer Tischdecke, dampfenden Schüsseln quollen herein. „Ich bin der Erste. Mach dich nicht so fett, Mann! Kipp dir die Soße doch selbst ins Hemd!" Machli musste lachen. Da waren sie, die unzähligen Gleichgesichter der Amerspoths mit ihren unverwechselbaren Kommentaren.

Ramiel zog sich gerade wie ein Schemen unsichtbar und lautlos zurück. Amerspoth beeilte sich, Machli, dem dann doch neue Lebenskräfte zuflossen, im Bett aufzusetzen und ein Kissen in den Rücken zu stopfen, damit er seine Mahlzeit genießen konnte.

„Hörst du, mein Junge? Vergiss es nicht!"

Machli nickte, er hatte den Abschiedsruf seines neuen Freundes gut verstanden. Überall im Zimmer wurde gedeckt. Laute Schritte, sportlich und rasant, polterten die Treppe hinauf. Schwer und trotzdem schnell wie eine Maus. „Tättä!" Wieder sprang die Türe auf, ein kleiner Kerl im grauen Kittel balancierte die Geflügelschere auf dem Daumen.

„Platz da, der Truthahn kommt!" „Ich muss doch sehr bitten, mein Herr!" Schnaufend, streng frisiert wie immer, schleppte Gwendolyn Spark mit gespielter Würde den gebratenen Riesenvogel von der Küche durchs Treppenhaus im ersten Stock durch den Türrahmen. Machli Pott fielen alle seine Sünden auf einmal ein und die Augen fast aus dem Kopf. Was um alles in der Welt.... Amerspoth nahm ihr die schwere Platte ab, stellte sie auf Machlis schmalen Nachtschrank, lächelte die Frau an, die Machli vom Bett aus anstarrte wie eine Erscheinung. „Darf ich vorstellen?" Der Pedell verbeugte sich schelmisch. „Meine hochgeschätzte Schwester Gwendolyn. Ich nenne sie immer Gwenni. Schließlich bin ich älter". Die Erscheinung schüttelte dem fassungslosen Machli herzlich die Hand. „Willkommen in unserem Zuhause, mein Junge. Wir würden uns freuen, dich eine Weile bei uns zu wissen. Alles weitere können wir in den nächsten Tagen besprechen. Wir hoffen jedenfalls, du fühlst dich wohl bei uns". Sie klatschte gebieterisch in die Hände. „Als einzige Frau im Haus muss ich das so tun!" Feixend flüsterte sie in Machlis immer noch erstaunte Ohren. „Hört alle auf jetzt mit den Faxen und lasst uns essen! Wehe euch, der Fraß wird kalt, dann setzt es was. Wer tranchiert den Truthahn? Ah, Brüderchen, heute gebührt dir die Ehre!" Sprüche und wüste Witze, die man am besten selbst hört, machten die Runde. Gläser und Gabeln klirrten, 'ein Lob der Köchin!' schallte durch den hellen Raum. Machli Pott saß strahlend wie ein Prinz, umgeben von seinem Hofstaat im Bett und feierte seine Party. Es war die erste seines Lebens. Er beschloss, die anderen nicht alles wissen zu lassen. Was das mit dem viel gerühmten 'Mantel des Schweigens' auf sich hatte, durfte er im Laufe seines Lebens bereits entschlüsseln.

23.

Draußen bricht die frühe Nacht herein. Bis auf das stete Bollern an die Wände des Gebäudes sitzen die Jungs in völliger Stille. Hellwach und konzentriert vergisst Horatio sogar, die leckeren Kekse zu essen. Beide hocken sich mit angezogenen Knien im Schneidersitz gegenüber. Im Zimmer ist es warm. Für Machli ist es nicht so einfach, seine Geschichte zu erzählen, ohne die kleinen Kerle direkt beim Namen zu nennen. Auch Ramiels Namen spart er aus. Er hat sich fest vorgenommen, seine neuen Freunde nicht zu verraten. Horatio erfährt vorläufig nur von den einzelnen Gestalten. Näher wird sich Machli dazu nicht äußern. Er reckt seine Gliedmaßen. „Ich muss mal aufs Klo und mich bewegen, sonst roste ich ein". Ächzend stemmt er sich aus dem Sessel, lässt die Toilettenspülung gurgelnd in die Tiefe rasen. Als er zurück kommt, hockt Horatio immer noch unbeweglich auf seinem Platz, starrt in den ruhigen Schatten, den das Licht der Stehlampe in den kleinen Raum wirft. Machli grinst. „Draußen wird es stockdunkel, Mann. Wann musst du denn zuhause sein?" „Ich, zuhause?" Horatios waldmeistergrüne Augen erwachen aus einem fernen Traum. Er räuspert sich. „Ich, äh, würde eigentlich gerne deine Geschichte weiterhören. Ich wusste nicht, dass du so gut erzählen kannst." Er streckt sich und trinkt einen langen Schluck. „Brrh, entschuldige bitte, aber die Brühe ist ja kalt". Er schüttelt sich. Überlegt. Fährt sich durch die Haare. Geht mit langen Schritten durch den Raum. Machli ahnt, was nun kommen würde.

„Wenn ich deine kleinen Dinger nicht mit eigenen Augen gesehen hätte, würde ich deine Geschichte für ein Märchen halten, für Angeberei. Aber ich kenne dich besser. Bei Amerspoth warst du also, ich hätte nicht geglaubt, dass dieser Typ, der aussieht wie ein verunglückter Waldschrat, so so ...." er sucht nach dem passenden Wort, „so, na ja, so erfindungsreich und klug sein kann. Im Grunde genommen, habe ich mich nie weiter mit ihm beschäftigt. Er war für mich einfach nicht wichtig. Und was du da im Wald erlebt hast", Horatio atmet tief durch, „meine Fresse, das war ja schlimmer als im Film. Du kannst froh sein, dass sie dich gefunden haben! Aber siehst du, mit meinen Ahnungen habe ich nicht so daneben gelegen". Wortlos verschwindet er hinter der schmalen Schiebetür, die die Toilette vom Wohnraum trennt. Abermals saust die sonderbar gurgelnde Spülung in die Tiefe. „Die Wahrheit ist", Horatio schiebt die Türe wieder zu, „dass ich nicht nach Hause gehen kann. Ich muss deine Story einfach hören". Beschämt senkt er den Kopf, schaut Machli unter gesenkten Lidern an. Schnauft. Obwohl er doch ein Sportler ist. Verlegen windet er sich. „Nicht dass du meinst, ich wäre neugierig. Doch, ich bin es schon, aber nicht so, wie andere neugierig sind. Also, wenn du mir vertrauen würdest, wo wir doch jetzt Freunde sind, dann wäre es gut, wenn du mit mir reden würdest." Machlis opalblaue Augen fixieren ihn mit weitem Blick. Die Jungs stehen sich gegenüber, beide sind gleich groß. Ihre junge Freundschaft scheint an einem weiteren entscheidenden Punkt angekommen zu sein. Eine Vertrauensprobe. Ein Kräfteausgleich. Eine Mutprobe. Beide starren sich gegenseitig in die Pupille, um sich in diesem Augenblick zu erkennen.

„Okay", Machli ergreift das Wort als erster, „ich habe etwas gelernt, Mann. Ja, ich vertraue dir, aber nur deshalb, weil ich mich auf mich selbst verlassen kann". „Gut", Horatio spürt sein Herz wild pumpen, es scheint aus einem Brustkorb fliehen zu wollen. Wie ein junger Hengst rudert es kraftvoll mit allen Läufen, „dann ist es Zeit, dir auch etwas zu sagen. Als Gegenleistung. Damit du siehst, dass auch ich Vertrauen nötig habe". Er schluckt. Leichte Röte steigt unaufhaltsam an seinem Hals hoch, wischt einen raschen Schatten über sein Gesicht. „ich sage dir mein Geheimnis. Die Geschichte dazu erzähle ich dir später. Ich glaube, du könntest ein guter Ratgeber sein". Horatios Kiefer mahlt. „Die Sache ist nämlich die: Keinem Menschen habe ich es erzählt, aber", Horatios Schultern heben und senken sich. Und mit einem

Mal ist es raus: „Mum und Dad sind nicht meine Eltern. Jetzt weißt du es".

Machli nickt schweigend. Hebt nur kurz den Finger. Dreht sich rasch um, wühlt unten im Schrank. Flaschen klirren. Gleich darauf taucht sein wirres, dichtes schwarzes Haar wieder auf. „Wusste ich's doch. Ich war doch einkaufen." Mit rascher Handbewegung wirft er seinem Freund eine Flasche zu. Ginger Ale, endlich! Horatio hatte sich im Stillen schon überlegt, ob er demnächst im Tee auch noch baden soll. Sie stoßen mit den geöffneten Flaschen an und trinken auf einen stillschweigenden Pakt. 'Schweigepflicht' heißt er. Man muss es nicht noch extra betonen. „Was ist, bleibst du nun hier, hast du ein Handy?"

Klar hat Horatio ein Handy, wie alle an der Schule. Machli dürfte der einzige sein, der keines hat. Machli bemüht sich, dem Gespräch zwischen Horatio, der sonst zu den üblichen Zeiten zuhause zu Tee und Gebäck erwartet wird, nicht direkt zuzuhören. Einige Fetzen jedoch fliegen wie von selbst zu ihm hinüber. „Ja Mum, er ist wieder aufgetaucht, es geht ihm gut, braucht noch jemanden, der ihm zuhört, nein, Ehrenwort, wir machen keinen Blödsinn, ja ich habe gegessen, ich bin hier bei Machli, wir streifen nicht durch die Gassen, nein Mum, du kannst dich auf mich verlassen, ich lasse mein Handy an, du kannst mich erreichen, danke Mum, grüße Dad". Aufseufzend dreht er sich wieder um. „Alles erledigt. Du kannst weitererzählen, unsere Nacht kann beginnen".

24.

Die Nacht nach dem Festmahl verlief traumlos und ruhig. Machli Pott lag zwischen dicken Daunen und schlief wie ein Stein. Am nächsten Morgen klopfte es schon recht früh an seine Tür. Amerspoth streckte den Kopf herein. „Guten Morgen mein Junge, ich hoffe, du hast gut geschlafen. Gwenni und ich müssen zum Dienst. Ein paar meiner

Jungs bleiben hier bei dir. Sie haben noch einige Dinge zu erledigen. Dein Frühstück steht unten in der Küche auf dem Tisch. Nach Schulschluss kommen wir zurück, dann möchte ich noch einiges mit dir besprechen. Bitte verlasse das Haus nicht, wir müssen erst klären, wie das alles weitergehen soll. Du kannst dich frei hier bewegen. Alles klar?" „Ja, Sir!" Machli strahlte fröhlich und ausgeruht aus den Kissen. „Ich danke ihnen, Sir!" Amerspoth winkte freundlich. Kurz darauf hörte Machli dessen Schritte die Treppenstufen hinunter gehen, die Haustüre fiel ins Schloss, zwei Stimmen verließen das Haus. Machli verschränkte die Arme hinter dem Kopf. Wie gemütlich! Gestern noch steckte er bis über die Haarwurzeln im Sumpf, heute schon hauste er wie ein Prinz. Vorsichtig hob er das Deckbett an. Richtig, er steckte in einem Schlafanzug. Irgend jemand hatte ihm die Hosenbeine zurückgeschlagen, das Oberteil schien reichlich lang. Egal. Schwungvoll hob er die Beine aus dem Bett, zog die lindgrünen Gardinen zurück und riss die Fenster auf. Ah, frische Luft! Echter, reiner Nebel aus Foggy Annexe stob in seine Nase. Machli rieb sich genüsslich den Bauchnabel. Hunger. Ja, dieses Gefühl musste Hunger sein. Wie ein sprungbereiter Tiger lauerte er in seinen Eingeweiden. Merkwürdig, wo er doch gestern dermaßen zugeschlagen hatte. ‚Dein Frühstück steht in der Küche auf dem Tisch'. Mann, welch ein Satz! Sein Satz. Für ihn gesprochen.

Seit Jahren vergessen, vermisst, ungehört verschollen. Aus dem Nichts aufgetaucht. Köstlich. Stimmengewirr aus dem Nachbarzimmer holte ihn in die Gegenwart zurück. Leise schloss er die Fenster. Guckte vorsichtig unter das Bett, ob das gnädige Schicksal Hausschuhe für ihn zurückgelassen hatte. Tatsächlich. Ausgelatscht und fleckig standen sie da. Machli schlüpfte mit bloßen Füßen umgehend hinein. Sah an seinen Waden hinunter. Ziemlich lang waren sie, diese Teile. Egal. Konzentriert, nicht über sein extravagantes Outfit zu stolpern, öffnete er leise die Türe seines Zimmers und schlich davon. „Hey, vorsichtig, alles an seinen Platz! Kannst du nicht aufpassen, wo du dich mit deinem Fettarsch hinsetzt? Die Feile brauche ich! Blödmann, lass' gefälligst den Kleber offen! Mann, sind diese Teile strack. Pfui Donner, wie kann man so etwas im Mund tragen? Das riecht ja schon schimmelig. Jeder ausgegrabene Dinosaurier hat bessere Zähne! Finger weg und obacht!" Diese und ähnliche Sätze schallten durch den Flur. Aha, Amerspoths Spezialisten waren also bereits am Werk. Flüche und Gelächter vermischten sich mit stählernem Klirren und Kratzen von Werkzeug. Jemand lies kurz einen Bohrer röhren. „Absaugen!" Machli horchte gespannt. Spitzte die Ohren, ob Schmerzenslaute zu hören waren. Wer weiß, wen diese erstaunlichen Kerle noch im Wald gefunden hatten und gerade einer zahnärztlichen Behandlung unterzogen. Genau, es klang nach Zahnarzt. Noch bevor Machli die Türe einen Spalt breit öffnen konnte, ging die Schreierei schon los. „Bah, du bösartiger Wicht, musst du mich mit diesem stinkigen Ding beißen? Zieh' doch den Hintern ein! Jetzt hast du mir auch noch den Finger eingeklemmt! Feigling, huh, ich will zu meiner Mummi!" Rennen und Scharren, Gelächter und ein Bumms. Stille. Offensichtlich war eben ein Möbelstück wenn nicht gar zu Bruch gegangen so doch mindestens umgefallen. „Mist, ein Zahn war doch noch locker". Der Große inspizierte gerade mit kritischem Blick den Gegenstand, den er gerade vom Fußboden aufgehoben hatte. Ein anderer rieb sich mit verkniffenem Gesicht sein graues Hinterteil, ein wieder anderer hielt sich immer noch die Nase zu, die restlichen kicherten. Machli öffnete entschlossen die Türe, riss die Augen auf und erfasste die Situation mit einem Blick. Das, was Der Große in der Hand hielt, war, und da war sich Machli Pott ziemlich sicher, die zersprungene Prothese des alten Honorationen, die ihm im Eifer des Gefechtes nicht nur aus dem Mund, sondern gleich komplett aus dem Portrait gefallen war. Offenbar hatten die Zepse, wie Machli sie in Gedanken immer noch nannte, herumgealbert und versucht, sich gegenseitig zu beißen. Bei Machlis Anblick prusteten sie wieder los.

„Weißt du, wir brauchen auch ein bisschen Spaß bei der Arbeit!"

Der Große grinste. Machli sah sich um. So etwas von Werkstatt hatte er in seinem ganzen Leben noch nicht gesehen. Überall glänzte und spiegelte es. Seine Nase roch Öle und Fette, Neues und Altes, Staub und gebügelte Kittel. Mitten im Raum standen ein langer niedriger Metalltisch. Genau so hoch, dass die kleinen Kerle darum herumgehen und arbeiten konnten. Deckenhohe Regale mit Kisten, Tiegeln, Gläsern mit Nägeln und Schrauben, Dosen und verkorkten Flaschen säumten die Wände. Überall waren bewegliche Leitern angebracht, über die die Spezialisten pausenlos hoch- und runter stiegen, Pasten, Scharniere und verschiedene Gipssorten holten. Schraubzwingen, Äxte, Feilen, Schraubenzieher, elektrische Bohrmaschinen und Sägen, sogar ein kleiner Staubsauger mit Beutel lagen kreuz und quer auf dem Arbeitstisch. „Alles selbst gebaut! Wir sind großartig! Was uns das Schulgebäude zu bieten hat, reicht uns nicht aus. Hier im Haus machen wir die richtigen Arbeiten!" Stolz strahlte aus allen Gesichtern. „Ja, hmm, uns ist fast kein Ding unmöglich! Aber einsetzen soll er ihm das selbst". Keine Frage, wer damit gemeint war. „Sagenhaft!" Machli blieb fast die Spucke weg.

„Hier haben wir auch die Figur des Meisters für das Auto gebaut. Amerspoth hat ganz schön gestöhnt, als er für die Latexmaske Modell sitzen musste. Wir hätten das ganz klar auch berechnen können", der Redner grinst listig, „aber ein bisschen einbeziehen wollen wir ihn doch. Das ist besser für die Arbeitsmoral!" „Komm, geh' lieber aus dem Weg mit deinen großen Latschen! Wir müssen die Reparatur noch zu Ende bringen. Amerspoth hat dem alten Zausel die künstliche Kauleiste für heute versprochen. Und wir halten immer Wort! Raus jetzt!" Zufrieden trollte sich Machli die Treppe hinunter und suchte die Küche. Tatsächlich. Ein Lämpchen brannte, Frühstück stand auf dem Tisch, eine brennende flackernde Kerze zeigte seinen Platz an. Machli Pott spürte seinen Hunger und tat umgehend, was er sich vorgenommen hatte. Er schlug wieder zu.

Am Nachmittag, als alle wieder im Haus waren, setzen Amerspoth und er sich hinter verschlossenen Türen zu einem streng vertraulichen Gespräch zusammen. Anschließend zog sich der Meister seinen feinen Anzug an und fuhr mit dem klapprigen Auto - diesmal übrigens selbst - zu Mrs. Pott und klingelte so lange unnachgiebig an deren Türe, bis sie öffnete. Am Abend kehrte er zurück. In der Hand schwenkte er einen Entschuldigungsbrief, den er seiner Schwester sofort für die Akten in die Hand drückte. Mrs. Pott hatte ihren Sohn krankgemeldet. Was diese beiden besprochen hatten? Keine Ahnung, das war streng vertraulich.

25.

Später hätte Machli Leander Pott nicht mehr sagen können, wie sein erster voller Tag im Hause Amerspoth vergangen war. Er hatte viel geschlafen und ausgesprochen wirres Zeug geträumt. „Tja, mein Lieber, irgendwann demnächst musst du dir überlegen, was du willst und wie das alles hier weitergehen soll". Mr. Amerspoth hatte nach dem Besuch bei Machli seinen haarigen Kopf mit dem strähnigen Pferdeschwanz durch die Türe gestreckt. Der Junge lag gerade mit gemütlich hinter dem Kopf verschränkten Armen auf dem Bett und starrte mit winzig kleinen Pupillen in die orangefarbene Lampe. „Ja, Sir". Mehr als dieses wirklich Konturlose brachte er nicht heraus. Merkwürdig war das mit seinem Kopf. Er war knallvoll und leer gleichzeitig. Wie sollte er da herausfinden, was er wollte? Gestern noch allem für immer den Rücken kehren und heute? Was war mit dem Heute? Machli kam immerhin zu dem Schluss, keine Ahnung zu haben.

Nach einem wilden Abendessen schlurfte er müde unter die Dusche, zog die lindgrünen Gardinen eng zu, tappte ins Bett, wühlte sich dort ein und löschte das Licht. Blicklos starrte er ins Dunkel. Die Geräusche des Hauses verebbten allmählich. Jede Person zog sich anscheinend in ihren Bereich zurück. Amerspoth in sein Lesezimmer,

Gwendolyn Spark vor den PC. Das hatte sie während des Abendessens angekündigt. Ob die wüsten Kerle, die in der Küche unten lärmend ihren Dienst zu Ende brachten, alle in einem Schlafsaal hausten oder jeder für sich in einer Kammer?

Ach egal. Machli atmete müde tief aus. Im Moment war das wirklich egal. Vielleicht würde er dieser Fragestellung morgen oder übermorgen nachgehen. Wenn sie dann noch wichtig war. Träge forschte er in seinem Inneren. Stieg hinab in seinen eigenen Keller. Ausgetretene Stufen bogen sich unter seinem Gewicht. Schnell stellte er fest, an diesem unwirtlichen Ort war es mehr als duster. Er hätte eine Taschenlampe oder eine Fackel mitnehmen sollen. Staub kitzelte seine Nase. Bei jedem Schritt stieben feine Wölkchen auf. Hie und da huschte Unsichtbares unter seinen Füßen. Jemand wisperte Unverständliches in sein Ohr oder blies eklen Brodem unter seine Nüstern. Mist! Ständig stieß er an eine andere Wand, Metallteile und Steine rollten unter seinen Schuhen. Waren das umgestürzte Möbel oder was? Machli Pott kannte sich in seinem Keller nicht aus. Wie ein Fremder im eigenen Haus stapfte und kroch er durch die modrige Dunkelheit. Ja kroch.

Kroch im fensterlosen Kreis umher. Weil er die Stufen nicht mehr finden konnte, ließ er sich vorsichtshalber auf alle Viere nieder. Tastete und strich mit offenen Handflächen über den rissigen, unebenen Boden, um sich nicht die kostbare Haut aufzureißen. Keine Verletzung mehr. Das war sicher.

Kein Blut mehr von Machli Pott.

Ein müder Lichtschein streifte sein Gesicht. Es war nicht auszumachen, wo er herkam. Staubkörner und Fledermäuse, die sich gerade zur Jagd rüsteten, tummelten sich in seinem Kreis. Jedoch nur kurz, denn die matte Helligkeit zog weiter. Machli stemmte alle Viere fest auf den körnigen Untergrund, folgte dem geheimnisvollen Licht langsam mit dem Kopf. Überlegte, ob er es ulkig finden sollte. Sie hatten sich stillschweigend abgewechselt, jetzt kroch das Licht, dessen Quelle nicht festzustellen war über den unebenen Fußboden, alte faulige Bohlen, die achtlos über tiefe Löcher gelegt waren, kroch an den Wänden auf und nieder, wühlte sich lautlos in Ecken die keine waren, weil ein Haufen Gerümpel die eigentliche Architektur des Raumes völlig anders darstellte. Schwarze, an etlichen Stellen verschimmelte, fleckige große Koffer bauten sich vor dem Jungen auf, während sich der Schein gerade durch ein perfekt gewobenes Spinnennetz schmiegte. Staubablagerungen und Schimmel bildeten eine schreckliche Mixtur. Machli spürte beinahe Übelkeit in sich aufsteigen.

Das Zeug war feucht!

Direkt vor seinen Augen stoppte der Lichtschein. Zeigte ihm gnadenlos, wie eine fette Assel auf der Suche nach Nahrung unbeeindruckt durch eine Schleimspur kroch. Jetzt hörte er es auch. Mit der Regelmäßigkeit eines leisen geduldigen Pendels fielen schwere Tropfen zu Boden.

Schwer, dick und klebrig.

Der dumpfe, modrige Kellergeruch verdichtete sich. Machlis Lungen rasselten. Sein Magen stülpte sich um, würgte ihn fast. Nichts wie weg hier! Machli Pott jedoch spürte genau, dass er gefangen war. Gefangen in dieser schmierigen Dunkelheit würde er den Ausweg nicht finden. Nicht alleine finden. Es müsste einen Weg geben, sich mit diesem eigenwilligen Lichtschein zu verbünden.

"Hallo?" Machli Pott fühlte sich krank. In eine fremde Welt verschleppt, ausgesetzt, dem Verrotten preisgegeben. Da hockte er nun auf allen Vieren in dieser finsteren, schimmelfeuchten Widerwärtigkeit, die von WerweißwasdaaufdenBodentropfte auf scheußliche Weise genährt wurde. Was um alles in der Welt ließ ihn so hirnverbrannt aus eigener Kraft achtlos diese vermaledeiten Stufen hinabsteigen?

Der Lichtschein hatte sich ins oberste Fach eines zerfallenen Holzregales verzogen und rührte sich nicht mehr.

„Bitte!" Machli Pott zitterte. Die Augen fest auf das eigenwillige leuchtende Etwas geheftet, spürte er heißen Zorn unter seiner Verzweiflung. Einer Flamme gleich schoss er hoch. Unfair war das. Jawohl, unfair, ungerecht. Unrecht! Was hatte ein Junge wie er in einer solch ekelhaften Katakombe zu suchen? In einem unterirdischen, scheinbar tür- und fensterlosen Gewölbe, aus dem sogar die Ratten flohen? Nein, oh nein, nicht mit ihm.

Entschlossen und atemlos sah er sich um. Erhob sich auf die Knie, streckte die Arme hoch und tastete mit den Fingern nach oben, ob es sich lohnte, aufzustehen. Er kriegte weder eine Betonverstrebung noch einen Mauerbogen oder scharfe Gegenstände zu fassen. Mühsam rappelte er sich hoch, bog langsam den runden Rücken gerade, spannte die Schultern nach hinten, bevor er schildkrötenartig Hals und Kopf zaghaft ausfuhr. Nichts geschah. Das Licht beobachtete ihn schweigend von der zerfallenen Latte aus.

Zu voller Größe aufgerichtet bebte Machli vor Wut. Wut über diese Anhäufung von Unzumutbarkeiten.

„Okay, bewege dich!", zischte er mit zusammengebissenen Zähnen dem Schein zu. Sauer, weil dieser es war, der diese abartige Rumpel-kammer erleuchtete. Das Licht rührte sich nicht. Machli vermeinte fast, zierliche Beine gelassen wippen zu sehen.

Mit einem Mal brüllte er los. „Willst du mich verscheißern? Tust so, als wolltest du mir helfen und dann, im entscheidenden Moment, ziehst du dich zurück und lässt mich auflaufen? Nur weil ich von dir abhängig bin? Ist es das, was dir Freude bereitet? Ich sage dir etwas, du bist in meinem Keller. Ich bin hier der Hausherr. Auch wenn es aussieht wie in einer Kloake. Ich habe dich gebeten, und du rührst dich nicht. Also gut. Deshalb befehle ich dir, mir zu Diensten zu sein. Zeige mir, was ich zu sehen habe und dann bringe mich hier raus!"

Seine Wut brachte ihn fast um den Verstand. Sein Herz raste wie eine wilde Rinderherde, er schnaubte. Schnaubte laut und verächtlich, als er sah, dass das Licht heller wurde. „Aha, du kannst also noch mehr! Danke, warum nicht gleich!"

Wo war seine Höflichkeit geblieben? Wer in diesem dunklen Loch sollte danach fragen? Ich. Sagte er sich im Stillen. Ich sollte danach fragen. Ein abgrundtiefer Seufzer stahl sich aus seiner Brust.

Der Schein wurde noch heller. Goldenes Licht mehrte sich. Mit dem Licht kam die Ruhe. Asseln und sonstiges huschendes Geziefer zogen sich in die Ritzen und Löcher des Gewölbes zurück. Felder grau-weißer Staubkörnchen legten sich auf Regalen, Möbeln und Koffern zur Ruhe. Machlis Herzschlag verlangsamte sich zu einem gangbaren Tempo. Einem Lächeln gleich hüllte das Licht ihn ein.

„Meister, du willst sehen, was ich dir zu zeigen habe?" Machli nickte bereitwillig. Er wunderte sich über nichts mehr.

Ein Strahl verselbstständigte sich, enthüllte aus nachtschwarzem Dunkel eine schmale rostige Türe, die vorher nicht zu sehen war. Mit Moos bewachsene Stufen, die seit langer Zeit kein Mensch betreten hatte, grünten im Lichtkegel.

„Komm!" Die Stimme flüsterte. Behutsam schob der Schein den Jungen durch den Raum, während sein abgesandter Lichtstrahl schon aufgeregt an der Türklinke zu rütteln schien. Rötlicher Schein drang durch die Ritzen.

Machli Pott wurde von einem unheimlichen, ängstlichen, sehr persönlichen Gefühl ergriffen. Von einem Gefühl, als hätte das jetzt folgende mit ihm selbst zu tun. Nur auf welche Weise? Machli schauderte.

Zögernd trat er einen Schritt auf die Stufen zu. Fixierte die Klinke mit aufgeregt pochendem Herzen. Wartete einen Moment.

„Sagtest du nicht......?"

Der Lichtstrahl huschte wie ein Kobold hin und zurück. Doch, ja. Machli Leander Pott mit den opalblauen Augen, die bei Tag so eindringlich leuchteten, stand zu seinem Wort. Wenn nicht er wer sonst sollte sehen, was diese geheimnisvolle Türe zu verbergen hatte?

Entschlossen nickte er dem Lichtschein zu. Mit wenigen Schritten stand er auf dem weichen Untergrund, der so angenehm unter seinem

Tritt nachgab. Mit kräftiger Hand umfasste er die Klinke, drückte sie nach unten und öffnete die Tür.

„Oh Gott!" Erschrocken fuhr er zurück, schlug sich mit der Hand vor den entsetzt geöffneten Mund. Später wusste er nicht mehr zu sagen, was er erwartet hatte. Ob er überhaupt etwas erwartet hatte. Egal wie, dieses bodenlose Grauen war als Vorstellung in seinem Gehirn bis dahin nicht enthalten. Vor seinen weit aufgerissenen Augen öffnete sich ein kleiner fensterloser Raum mit einem runden Loch in der Decke, hinter dem sich offenbar ein Luftschacht verbarg. Er schloss dies aus dem leisen Windhauch, der hindurch pfiff. Im Vordergrund stapelten sich stinkende, vermoderte Matratzen, deren übler Dunst gleichzeitig mit dem Luftzug nach oben durch das Loch gezogen wurde. Auf dem Boden gewahrte er drei verbeulte blecherne Eimer, deren Sinn ihm bei näherer Betrachtung sofort ersichtlich wurde. In einem spiegelte sich klares Wasser, der andere enthielt Reste unappetitlicher Nahrung, der dritte war für die Notdurft.

Machli Pott zwang seine erschütterten Augen, hinzusehen, sie nicht aus Angst und Schrecken zuzukneifen. Die Quelle rötlichen Lichtes, welches ungehindert durch die metallenen, eng gefassten Stäbe floss, war ein Junge seiner Größe und seines Alters, der ihn mit stummen, leidvollen Blicken aus dem Kerker ansah, mit dem er an die mit Salpeter bedeckte Wand geschmiedet war. Weißliche Krümel legten Zeugnis darüber ab, was geschah, wenn der Junge versuchte, sich zu bewegen. Ihre Blicke trafen sich. Opalblaue Augen, die durch die Brillengläser wirkten wie Eulenaugen, sahen sich an. Machli Pott hatte niemals zuvor in seinem Leben solche Gefühle gekannt, nur darüber gelesen. Und doch konnte er sie blitzartig einordnen.

Grenzenloses Mitleid und Erbarmen überflutete ihn. Verbunden mit tiefster Zuneigung für diese geschundene Kreatur, die in Wirklichkeit ein Mensch war. Im Kerker steckte Machli Pott. „Ich hole dich hier raus!" Flüsterte er mit trockenen Lippen. Seine Finger fuhren aufgeregt über die Gitterstäbe, auf der Suche nach einem Schloss oder einem verborgenen Mechanismus, der das Gestänge öffnen wurde. Die Blicke des Machli verfolgten ihn gequält und stumm. Leise schüttelte der andere den Kopf. „Kannst du hier nicht raus?" Der im Kerker nuschelte des Sprechens ungeübt mit tonloser Stimme. „Jeden Tag eine Stunde. Dann gehe ich zu den Eimern".

Fassungslos sah Machli Pott sich um, hätte die ekelerregenden Gefäße am liebsten mit einem Tritt in den Orkus geschleudert. Voller Abscheu sah er sie an. Vielleicht erwischte er den Kerl, der dem Jungen das antat. Dieses Ungeheuer. Ob das Amerspoth........ Ungeheuerliches Misstrauen beschlich Machli Leander.

"Sag' wer füttert dich mit diesem Fraß?" Seine Stimme war rau und holperig vor Anspannung. Unvermittelt traf ihn ein Blick aus opalblauen scharfen Eulenaugen, die einfach nur mitteilten, was er im Grunde wusste.

„Du".

Im Abglanz des Lichtes raste Machli Pott schreiend davon, ungeachtet der Widrigkeiten auf seinem Wege. Schweißgebadet, in Tränen aufgelöst erwachte er mit hämmerndem Herzen und verkrampften Fäusten in seinem behaglichen Bett unter den dicken Daunen. Mit zittrigen Fingern suchte er den Lichtschalter, knipste das orangefarbene Licht an. Machli Leander Pott wusste nun, was er zu tun hatte. Wie er am nächsten Morgen schon die Frage des Pedells beantworten würde:

Kein Blut mehr würde zukünftig fließen dürfen.

Machli Pott sollte aus dem Käfig befreit werden.

Er selbst würde dieses unsägliche Loch entrümpeln und aufräumen, diese komischen Koffer inspizieren und wegwerfen. Er hatte den strengen Verdacht, dass diese ohnehin nicht seine waren. Wie sollte er denn in seinem kurzen Leben uralte modrige Teile ansammeln, die zum Verrotten viel länger bräuchten als er alt war? Fort damit.

Eine helle, leuchtende Villa würde er aus dieser Grabkammer machen! Feste feiern würde er!

Und noch etwas wollte er in seinem Leben haben. Jetzt plötzlich, mit einem Mal, wusste er es. Und dann würde er dies und das und jenes und...

Seine Wunschvorstellungen, optimistisch durchzogen von der Gewissheit absoluten Gelingens, verloren sich im Unermesslichen.

Nun gut, auch wenn ihm aus dem Entsetzen heraus Löwenmut erwachsen war: Er brauchte Hilfe!

26.

Horatio hockt mit offenem Mund angespannt im Sessel, die Flasche Ginger Ale stockt auf halber Höhe. „Mann, ist das gruselig! Aber erzähle weiter, und wenn wir die ganze Nacht hier sitzen. Warte mal...." Er springt auf wie ein Spuk und huscht auf die Toilette. Die gurgelnde Spülung klingt in seinem Ohr wie ein überlanger Schlund, der gierig schluckt. Schaudernd schlüpft er zurück in seinen Sessel, schlägt eine der Decken um sich. Machli Pott wühlt derweil in den Tiefen seines Schrankes nach den letzten Reserven, die er klirrend zu bieten hat.

Grinsend öffnet er zwei weitere, damit sie anstoßen können, bevor fortfährt.

Draußen ist bereits stockdunkle Nacht, bis auf das Brummen der Heizung und das regelmäßige Bollern an die Wände des Gebäudes ist kein Geräusch zu vernehmen.

27.

Am nächsten Morgen erwachte Machli mit verquollenen Augen, die er heftig rieb, weil sie seiner Ansicht nach ziemlich juckten.

Als ihn die kleinen Kerle zum Frühstück abholten, waren Amerspoth und Gwendolyn Spark bereits gegangen. Nachdenklich und schweigsam löffelte er seinen Porridge.

Vergeblich versuchten die Spezialisten, ihn in ein Gespräch zu verwickeln. Bis auf ein 'Hm', ein ‚Kann sein' oder ein 'Vielleicht' brachten sie kein Wort aus ihm heraus.

Ob er schlecht geschlafen habe, abgelenkt sei oder der Porridge zu kalt?

Machli Pott starrte geistlose Löcher in die Luft, seine Gedanken waren sozusagen ohne ihn fort. Nach dem letzten Schluck aus der Tasse schien er plötzlich zu erwachen, rieb sich die Hände, schob das Geschirr von sich und wischte sich mit der Serviette den Mund ab. Wortlos stand er auf, schlüpfte in seine Schuhe, zog die Jacke über und wollte hinaus in den kalten Morgennebel von Foggy Annexe.

Erst als er mit Macht zur Türe hinausdrängte, spürte er heftige Gegenwehr muskulöser kurzer Körper.

„Sag mal, spinnst du? Sind wir durchsichtig? Du stehst auf meinem Strumpf, du Blödmann! Nimm gefälligst dein Knie aus meinem Auge!" Zornige Stimmen und eifrig gestikulierende Arme holten ihn in die Gegenwart zurück. Erst jetzt bemerkte er voller Erstaunen, dass er im Begriff war, einen Haufen Kerle, die die Haustüre verteidigten, zu zerquetschen. Erschrocken aber doch langsam nahm er einen Schritt Abstand. „Entschuldigt bitte, ich wollte nicht...."

„Wo willst du hin?" Respektlos fiel ihm Der Große ins Wort. Die anderen starrten böse, rieben sich demonstrativ die geschundenen Gliedmaßen, stöhnten und ächzten. Irritiert von der Wendung der Dinge, hob Machli hilflos die Arme. „Ich kapiere das nicht. Bin ich denn gefangen oder was? Ich wollte doch nur ein bisschen an die Luft, um meine Gedanken zu ordnen. Die haben es, das kann ich euch sagen, richtig nötig".

Die Kerle sahen sich an. Bezeichnende Blicke wechselten die Besitzer. Einer tippte sich sogar an die Stirn. „Komm, setz dich einen Augenblick. Die Jacke kannst du übrigens wieder ausziehen". Der Große hatte offensichtlich die Verantwortung für die Situation übernommen. Folgsam ließ sich Machli von zwei der Kurzen in den Sessel schieben, der unten in der Diele neben dem hohen Schuhschrank bei der Vase mit den Sonnenblumen aus Kunststoff stand.

Drei andere bildeten bereits eine Pyramide und hängten geflissentlich die Jacke ordentlich auf einen Kleiderbügel. Strichen sogar die Ärmel glatt.

Ehe sich Machli versah, hockten sie alle im Halbkreis um ihn herum. Bis auf Den Großen, der stand. „Hältst du das für eine gute Idee? Denk doch mal nach Kumpel". Seine Augen bohrten sich in den opalblauen Blick des Jungen, um seine Mundwinkel zuckte es. Also war es vielleicht doch nicht so ernst, wie es aussah. Dachte Machli.

„Nun, ich dachte, Bewegung ist doch gesund. Bewegung und frische Luft nach der Action gestern kann nicht verkehrt sein". Die Meute lachte. „Mann, Kumpel, du stehst ganz schön auf dem Schlauch!" Einer der vielen Gleichgesichter ergriff vorwitzig das Wort, um vom Rädelsführer sofort in den Senkel gestellt zu werden. „Schnauze!"

Mit gespielter Geduld wandte er sich dem Jungen wieder zu, sprach langsam. Wie zu einem, der nur schwer begreift. „Nun denn, zu deiner Aufklärung: Nein, du bist kein Gefangener. Natürlich nicht. Du bist unser Gast. Und unser Schutzbefohlener".

Seine Stimme wurde ernst, senkte sich im Tonfall. Die anderen schwiegen. „Der Meister hat uns aufgetragen, auf dich aufzupassen. Er meinte, nach der ersten Nacht könntest du etwas durch den Wind sein. Was du, wie man sieht - bei allem Respekt - auch bist. Wir sollten auf jeden Fall verhindern, dass du aus dem Haus gehst und draußen umherirrst. Außerdem", die Stimme des Großen dehnte sich ein wenig, „ist es sicherlich nicht geschickt, aus der Schule abzuhauen, im Wäldchen eine Riesensauerei zu veranstalten und dann hier in der Gegend herumzulaufen. Du bist krank gemeldet, kein Mensch weiß wo du steckst und es wäre schon gut, wenn dich niemand mit Amerspoth in Verbindung bringen würde. Verstehst du?"

Machli nickte langsam.

„Wir sind auf jeden Fall dazu da, aufzupassen, dass du nicht in Schwierigkeiten gerätst. Und außer dir auch sonst niemand. Die Haustüre bleibt zu, innerhalb des Hauses kannst du tun und lassen was dir beliebt. Den Rest musst du bitte mit dem Meister besprechen".

Machli sah auf die Uhr, die in der engen Diele tickte. Nicht mehr lange und Amerspoth würde zurückkehren. Bis dahin ging er in sein Zimmer und übte Situps. Schließlich musste er sich für seine Vorhaben in Form bringen.

Aus dem Augenwinkel sah er noch, wie sich die kleinen Kerle verteilten, um ihren verschiedenen Aufgaben nachzugehen. Nur ein Misstrauischer postierte sich vorsichtshalber vor der Tür.

28.

Tatsächlich, verführerische Düfte nach Mittagessen und Gebäck durchzogen die Ritzen in Machlis Tür, als Amerspoth und Gwendolyn Spark zurückkehrten. Sein Magen knurrte, als er die Küche betrat. „Na, du klingst, als hättest du einen Wolf verschluckt!" Amerspoths prüfender Blick streifte ihn, er wusch sich gerade in der Küche die Hände. Ein lautes hallendes Geräusch ließ Machli erschrocken zusammenfahren. Einer der kleinen Kerle schlug eben mit Vehemenz den Essensgong, der unmittelbar neben ihm hing und sein Gehirn ins Wanken brachte. „Futter fassen! Alle zu Tisch!" Gelächter und lautes Getrappel vieler Füße, verbunden mit lautem Rücken der Stühle und Geschirrgeklapper erfüllte umgehend die Küche. Nach einem wilden Mittagessen stiegen Machli und der Meister zu einem vertraulichen Gespräch nach oben in das Gästezimmer und verschlossen die Türe hinter sich.

Machli erzählte von seinem nächtlichen Erlebnis. Der Meister nickte wissend.

Machli berichtete von seinen Vorhaben. Der Meister lächelte leise.

„Und dann, Meister Amerspoth, möchte ich noch gerne", in Machli war ein Entschluss gereift, seine Stimme kippte fast über, „wenn es nicht zu vermessen ist", er setzte sich unruhig dicht neben den Pedell und roch dessen Ausdünstung nach Papier, Staub und Klebstoff, die den Kleidungsstücken entströmte. Und einen leichten Tabakhauch. „Also Sir, wenn es nicht zu vermessen ist, dann möchte ich gerne....." Aufgeregt flüsterte er seinen Wunsch in das Ohr des anderen. Der Meister schaute weise. Nickte bedächtig. Dann sagte er streng:

„Vermessen ist nichts an der Sache. Allerdings mein Junge, musst du zuvor eine andere Aufgabe bewältigen. Und zwar allein".

Machli schaute ihn ahnungsvoll an. Diesmal flüsterte ihm der Meister die Aufgabe ins Ohr. „Meinst du, du schaffst das?" Machli nickte mutig. „Ja, Sir, ich schaffe das". „Gut, dann gebe ich dir für alle Fälle und zur Vorbereitung des nächsten Schrittes noch eine geheime Formel mit auf den Weg, die du unbedingt, hörst du unbedingt, beherzigen musst. Bläue sie dir ein, lerne sie auswendig, sie muss dir in Fleisch und Blut übergehen!" Wieder neigt er sich zu dem Jungen, um flüsternd seine Botschaft weiterzugeben. Machli sah erstaunt in sein ernstes Gesicht. „Es gibt da keinen Ausweg, wenn du das nicht beherrschen lernst, wird dein größter Wunsch nicht in Erfüllung gehen".

Auf den Stiegen rumpelten zahlreiche kleine Füße. Sie hatten nicht bemerkt, wie der Nachmittag vergangen war. Machli holte gerade Luft, als der Meister schon zu seinem letzten Satz ansetzte.

„Du kannst hier bleiben, bist du deine grundsätzlichen Aufgaben erfüllt hast. Hier bist du in Sicherheit. Später dann, wenn du dich der Erfüllung deines Planes zuwendest, bringe ich dich an einen verborgenen Ort, den du einnehmen kannst. Kein Mensch wird dich dort vermuten oder suchen. Allerdings drängt die Zeit ein wenig, du kannst nicht ewig wegbleiben. Ich werde dein Mentor sein. Sollte ich dir in Ausnahmefällen eine Anordnung erteilen, stehst du in der Pflicht, diese auch zu befolgen! Alles klar?"

Die beiden reichten sich die Hände, als es auch schon heftig von außen an die Türe klopfte.

Nach einem wilden Abendessen, Machli schwirrten fast die Sinne, kehrte er in sein Zimmer zurück und machte sich umgehend an die Arbeit.

29.

Zuerst lüftete er und übte Liegestützen und Situps, bis ihm der Schweiß in Strömen vom knallroten Kopf rann. Zwischen den keuchenden Atemzügen stieß er jeweils ein Wort seiner Formel hervor. Bis er sie zusammenhatte. Anschließend begann er von neuem. Bis das Innere seines Schädels von nichts anderem mehr erfüllt war.

Machli Pott machte Ernst.

Seine Zimmertür war von innen verriegelt. Er wollte auf keinen Fall gestört werden.

Keuchend aber entschlossen wankte er unter die Dusche, zog später die lindgrünen Gardinen zu, ruhte sich unter dicken Daunen einen Moment aus. So lange, bis sich sein Herzschlag wieder normalisiert hatte.

Dann stapfte er wieder die Stiegen hinab in seinen Keller. Angefüllt mit Löwenmut und Zorn auf diese Zustände. Von weitem schon rief er seinem Gefährten im Verlies zu. „Halte aus mein Freund, ich komme!"

Beinahe wäre er in dieser rutschigen Feuchtigkeit ausgeglitten. Dieses mal jedoch war er schlauer. Einer wie Machli Pott lernt schnell dazu. Er hatte nämlich vorgesorgt. Ausgerüstet mit Fackeln, einem Vorschlaghammer, zahlreichen langen Stahlnägeln und einem Feuerzeug balancierte er die glitschigen Stufen nach unten. Sobald die Türe hinter ihm zuschlug, legte er seinen Beutel langsam hinter sich ab, pulte das Feuerzeug aus der Hosentasche, holte eine Fackel heraus, entzündete sie und nagelte das blakende Ding mit einem kräftigen

Hammerschlag einfach so an die Wand. Das Gewölbe hallte wider von seinen Schlägen, bis jeder Raum von rußigen, flackernden Fackeln erleuchtet war. Das was er gestern im Schein des Eigenwilligen Lichts erblickt hatte, sah heute noch widerwärtiger aus.

Hinter zusammengebissenen Zähnen murmelte er seine Formel. Machli Pott duldete keinen Widerspruch mehr.

Sein erster Gang führte ihn zurück zu der stillen, gequälten Gestalt im Kerker, der heute noch schmutziger aussah. Sogar das Wasser in einem der verbeulten Eimer hatte sich verfärbt. Mit schnellen Griffen inspizierte er die Gitterstäbe, ob einer sich lockern ließe, ob der Käfig zu öffnen sei. Das rötliche Licht war in dieser Nacht intensiver als in der vorigen. Die bleiche Gestalt schüttelte stumm den Kopf. Dichtes schwarzes Haar hing strähnig.

Machli Leander Pott verstand ohne Worte. Grimmig wandte er sich um, achtsam, weder über modriges Gerümpel und schmierige Koffer zu stolpern, noch an dem zerfallenen Regal mit seinem ominösen Inhalt hängen zu bleiben. Das Eigenwillige Licht schien sich verkrochen zu haben. Doch halt. Ein winziges Geräusch zupfte an seinem Ohrläppchen.

Klick.

Sein scharfer opalblauer Blick verfolgte den megakleinen Schall bis zu dessen Ursprung. In letzter Sekunde sah er es. Sah zu, wie das Eigenwillige Licht seinen letzten Strahl wie einen Tentakel einzog, sich in einem Holzkästchen verkroch und leise, leise, leise den Deckel hinter sich schloss. Mit zwei langen schleichenden Schritten erreichte er das zerfallene Regal, in dem das Kästchen Unterschlupf gefunden hatte. Mit einem Ruck lüftete er den Deckel. Da lag es, zusammengerollt zu einer Kugel. „Komm raus!" Entschlossen zischte er dem leuchtenden Ball zu. „Du musst mir helfen. Noch kennst du dich hier unten besser aus. Hilf mir, die Fenster zu suchen. Los jetzt, die Zeit drängt!" Unwillig räkelte sich das Eigenwillige Licht. „Los hopp jetzt!" Machli brüllte. Das half. Flink wie eine Feder schlüpfte es heraus, schwebte elegant durch den Raum, kroch in alle Ecken und Winkel und kurz bevor Machli Leander Pott einen Wutanfall bekam fand es hinter einem Berg von Kisten, verhangen von jahrealten dichten Spinnweben ein kleines Fenster.

Machli schuftete, während der Schein verhalten auf Beifall wartete, wie ein Berserker. Räumte Kiste um Kiste weg, zertrampelte sie zu Kleinholz, um endlich, fast völlig außer Atem die dicke Schicht Gewebe mit kräftigen Armbewegungen beiseite zu wischen. Luft! Himmel, in diesem stinkigen Loch ersticke ich. Machli war gerade noch zu diesem Gedankengang fähig, als seine zittrigen Finger endlich den Riegel fanden und kurz danach mit dem Vorschlaghammer aus seiner Verankerung rissen.

Das Fenster war offen. Frische Luft und vertrauter, lieb gewonnener Nebel von Foggy Annexe strömten in das Gewölbe.

30.

Nebel und Ruß vermischten sich zusammen mit Machlis Ausatemluft zu einem dicken, stickigen Brei, an den sich seine Lungen erst hustend gewöhnen mussten. Trotzdem, der Nebel war für ihn jetzt ein lieber Gefährte aus der äußeren Welt. Jemand, der außer ihm Zugang zu diesem verlassenen Loch gefunden hatte. Schwitzend fuhr er sich mit den Händen durch sein dichtes schwarzes Haar. Wo nur anfangen? Er fühlte sich kaum in der Lage, einen vernünftigen Plan zu machen. Okay. Voller Tatendrang rieb er seine Hände. Das nächste Mal, so schwor er sich, würde er Arbeitshandschuhe in seinen Beutel packen. Wild entschlossen sammelte er das Kleinholz, früher Kisten genannt, ein, packte es zu Bündeln. Immer so viel, wie seine Arme fassten, raffte er und schob es mit aller Kraft durch das geöffnete Fenster nach draußen. Widerborstige Bretter und spitze Späne zerbarsten zwischen seinen starken Händen.

Raus damit! Sollte ein anderer sehen, was er damit anfangen wollte. Machli stutzte, schob seinen Kopf neugierig durch das Kellerfenster, das praktischerweise genau in Augenhöhe angebracht war. Bedingt durch diese kurze Pause war es im Keller hinter ihm still geworden. Machli Pott spitzte die Ohren. Von draußen drang unaufhörlich der schweigsame Nebel zu ihm hinein, sorgte dafür, Machli hatte es wohl bemerkt, dass Staubwolken und Ruß sich zum Abtransport legten und vom Nebel widerstandslos nach draußen verfrachten ließen.

Draußen. Was war draußen?

Totenstille. Anders konnte man es nicht nennen. Kein Laub raschelte trocken im Nebel, kein einsamer Vogel piepte im Schlaf, niemand schlug ein Fenster zu.

Wo waren all seine Holzteile hingefallen? Machli hatte keinen Aufschlag vernommen. Komisch. Nicht zum Lachen, nein, das andere Komisch.

Kein abstürzendes Krachen zerschmetterter Holzteile, nirgendwo der Ruf einer Eule, weder die leisesten Dialoge aus einem Fernsehgerät noch das absterbende Geräusch schnurrender Automotoren. Eine Stadt lautlosen Lebens?

Machli wandte den Blick gen Himmel. Um festzustellen, dass es wohl keinen gab. Unmöglich festzustellen, wo da draußen oben und unten war. Flugzeuge, die nachts ihre Routen flogen, blinkende Satelliten, Sterne, eventuell Wolken unter dem Nachthimmel und der Mond: Alles fehlte.

Machli fröstelte innerlich. Ein kleines zaghaftes Gefühl der Angst quoll rasch zu etwas Namenlosem auf. Seine Hände klammerten sich an der Fensterumrandung fest. Rüttelten daran, ohne es zu wollen. Immerhin, das war stabil.

Machli starrte krampfhaft mit weit offenen Augen. Der Widerschein seiner Fackeln traf dort auf kein Hindernis. Sein Magen revoltierte. Langsam drehte er sich um. Im Inneren seines unsäglichen Raumes sah es noch so aus, wie vor dem Blick aus dem Fenster. Unaufhaltsam schwebte aus dem Nichts Nebel herein, umschmeichelte seine kalten Wangen. Etwas regte sich in seinem Schädel. Drängte pochend hinter seine Stirn. Verlangte Zutritt zu seinem Bewusstsein. Seine Formel! ICH bin...! Mit deutlichen Worten erinnerte sie ihn.

Machli Leander Pott straffte seinen Körper. Schüttelte die grausige Bedrängnis des unbeschreibbaren Draußen ab. Nein, er würde sich nicht ablenken lassen! Mit Schrecken gedachte er der stummen Leidensgestalt im eisernen Verlies. Er stand hier im Wort, das würde er sich nicht nehmen lassen. Seine unmittelbare Zukunft stand auf dem Spiel. Der Meister hatte es im eindringlich gesagt: „Es gibt da keinen Ausweg, wenn du das nicht beherrschen lernst, wird dein größter Wunsch nicht in Erfüllung gehen". Das waren seine Worte!

Dein größter Wunsch! ICH bin....! Zwei Säulen wuchsen in Machlis Brust zu einem starken Stamm zusammen.

„Ich bin die Kraft!", brüllte er in die modrigen Mauern, schrie es hinaus ins Nichts, aus dem der Nebel kam.

„Ich bin die Kraft!" Salpeter rieselte geräuschlos von den Steinen. Ab heute, schwor er sich, würde er nichts mehr vergessen. Nichts. Höchstens mal ablegen in einer seiner Gedächtniskammern. Bei nächster Gelegenheit, sobald er seinen größten Wunsch erfüllt war und er wieder Zeit hatte, in seinen Keller zu gehen, würde er es tun. Würde wieder bei stockdunkler Nacht aus dem Fenster starren und lauschen, feststellen, wo oben und unten dieser merkwürdigen Welt war. Jetzt ließ er sich nicht ablenken. Seine Lippen murmelten die Formel. Die Zeit drängte!

Machli Leander Pott wusste genau, in diesem Moment wusste er es, ohne die näheren Umstände konkret benennen zu können: Sollte er versagen, würde das stille Geschöpf im Kerker sterben. Nur er allein war in der Lage, den anderen Machli am Leben zu erhalten, ihn zu nähren, zu versorgen, zu lieben und auszubilden.

„Okay!" Sein Entschluss war gefasst.

Das Eigenwillige Licht hockte zusammengesunken tatenlos auf

einem alten Koffer. „Du!", Machli zeigte mit dem Finger darauf, „Du wirst dich jetzt bitte sofort in das Fenster setzen und aufpassen, ob jemand oder etwas oder wasweißich kommt. Wenn irgendwie Gefahr droht, musst du mich warnen. Wir müssen dann das Fenster schließen. Hast du mich verstanden?" Es sah so aus, als ob das Eigenwillige Lichtgeschöpf nickte. Auf jeden Fall trollte es sich unverzüglich in eine Ecke des Fensterrahmens, ließ seine langen Tentakel, deren Abglanz sofort in samtigem Schwarz versanken, ins Draußen schweifen.

„Danke". Machli Pott, der schnell gelernt hatte, sich hier unten über nichts mehr zu wundern, lächelte dem Schein zu. „Du bist echt gut!", rief er ihm über die Schulter zu, während seine Hände und Augen den ersten Koffer öffneten um dessen Inhalt zu inspizieren.

31.

Horatio Lithe kauert reglos im Sessel, die waldmeistergrünen hellwachen Augen konzentriert auf Machli geheftet. Auf den Magier Machli Pott, der so gewandt, lebendig und spannend zu erzählen weiß, dass keiner von beiden bemerkt, wie die Nacht sich behaglich ausbreitet, die Tagesuhren ausstellt. Nichts hat mehr Bestand als einzig und allein die Gegenwart der Freunde in diesem Raum, das stete Brummen der Heizung hat sich längst wieder ungehört aus ihrem Gedächtnis geschlichen. Jedes Wort, jede Silbe und jede Modulation der Stimme in all diesen Sätzen werden von Machli zum Leben in die Welt gesetzt.

32.

Machli öffnete den ersten Koffer. Der Überfall der Schimmelsporen! Angeekelt sprang er zurück. In Gedanken fügte er der Ausrüstung für die nächste Nacht noch ein Tuch hinzu. Ein Tuch oder einen Fetzen

Stoff, den er sich vor Mund und Nase binden könnte, um diese kleinen Banditen nicht einatmen zu müssen. Mit rascher Bewegung zog er sich den runden Kragen seines T-Shirts bis über die Nase, nahm sich vor, diesen nicht loszulassen. Morgen würde er es leichter haben.

Langsam beugte er sich über den geöffneten schimmelfeuchten Koffer, lies beide Hälften sorgsam zu Boden gleiten. Im blakenden Licht der Fackeln tanzten winzige Partikel. Argwöhnisch spähte er ins Innere. Klamotten, dachte er. Das müssen Klamotten sein. Mit der Spitze seines rechten Schuhs versuchte er, ein wenig zu wühlen um erkennen zu können, um was es sich handelt. Im nächsten Augenblick lachte er hell auf. Lachte über den unmöglichen, bizarren Schatten, der an der Kellerwand zu einem Scherenschnitt erstarrt schien. Machli Pott, der Akrobat! Mit Absicht wäre ihm ein solches Kunststück nicht gelungen.

Da stand er nun auf einem krumm gebeugten Bein, während das andere spitz im Koffer wühlte. Stand mit krummem Rücken, sich mit dem Shirt die Nase zuhaltend. Zwischen Bein und Rücken die ausladenden Seiten des Koffers, die fast den Eindruck vermittelten, soeben einen Spuk freigelassen zu haben. Oder einen Golem, etwas in dieser Art auf jeden Fall. Winzige Schimmelfünkchen verloschen.

Machli merkte, wie sein Standbein anfing zu wackeln. Lange würde er diese Stellung nicht aushalten können. Mehr Licht! Das war's. Um eine der Fackeln mitsamt dem langen Stahlnagel wieder aus der Wand zu reißen fehlte ihm nicht nur die Kraft, sondern schlicht ein Körperteil. Ein zusätzlicher Arm wäre nötig. Machli seufzte. Müdigkeit breitete sich in ihm aus. Kolossale Müdigkeit. Die Anstrengung verlangte allmählich ihren Tribut. Es gab nur eine Lösung.

„Kommst du 'mal bitte?" Das Eigenwillige Licht hatte sich offenbar an Machlis Stimme gewöhnt. Vielleicht spürte es seine Not. Wer weiß. Blitzartig zog es seine Leuchttentakeln unter dem rundlichen Körper ein, schwebte folgsam in seine Richtung. „Bitte, ich muss mich beeilen. Wenigstens den muss ich noch schaffen bevor ich umfalle.

Guck doch du mal mit mir hier rein, damit ich besser sehen kann". Machlis erschöpfte Stimme war zu einem Flüstern geworden. Schneller als Machli es gewohnt war schlüpfte der Lichtschein in die offenen Hälften, glitt über Seitentaschen, quetschte sich in die modrigen Falten uralten Stoffes. Soweit es dem Jungen möglich war, hob er mit spitzem Fuß das ein oder andere Ende an. Wendete etwas, wo es möglich war. Nahm in Augenschein, was im Licht der Fackeln, die zu seinem Entsetzen niederbrannten, gerade so zu sehen war.

Hoffentlich bewegt sich nichts, hoffentlich bewegt sich nichts! Zu keinem anderen Gedanken fähig, schuftete Machli schwitzend, während das letzte Licht stetig tiefer sank. „Was meinst du?", murmelte er. „Uraltes Zeug. Ein Anzug vom irgendwem, zu nichts mehr nütze. Zerrissen, stinkig, löchrig. Hier noch eine Hose. Ausgebeult, mit Schimmelflecken. Ein Rock, schau dir das an. Eng, mit Karos. Zieht heutzutage kein Mensch mehr an. Puuh, was ist denn das für ein Gestank?"

Sein spitzer Fuß war an einen Beutel gestoßen. Machli und das Eigenwillige Licht prallten im selben Moment zurück. Machli heulte fast über das Ausmaß der Zumutung. Nachdem er kurz verschnauft hatte, beugte er sich wieder über dieses merkwürdige Etwas. Zögernd lugte der Schein über seine Schulter, warf sein Licht genau über dieses kompakte, weiche, stinkende Ding das der Junge gerade mit einem auf dem Boden vergessenen starken Holzspan bearbeitete.

Aus dem Verlies drang kein Laut.

Der ominöse Beutel entpuppte sich als Kunststoffmaterial, welches sich mit einem Ruck zerreißen ließ. Angewidert starrte Machli auf das, was nun zum Vorschein kam. Der Inhalt der zerrissenen Behältnisses lebte auf abscheuliche Weise. Prall gefüllte fette Maden krochen emsig ins Freie. Auf der Suche nach Essbarem.

„Nee, oder? Mann, ich glaube, ich muss reihern." Entsetzt wandte sich Machli für einen kurzen Moment ab, hätte sich sehr gerne an die feuchte Salpeterwand gelehnt. Etwas, das fühlte er in sich, war doch von ihm persönlich auf unbekannten Wegen in diesem scheußlichen Reiseutensil gelandet. Er hatte es ohne Schwierigkeiten identifiziert.

Bei dem Inhalt des Plastikbeutels handelte es sich unwidersprochen um eine benutzte, um es genau zu formulieren, sehr verschissene Kinderwindel aus alter Zeit.

Ein Strudel von Gefühlen riss in fast mit sich. Es war ihm auch - selbst vor dem eigenwilligen Lichtschein - etwas peinlich.

„Pass auf, geh aus dem Weg!" Machli hatte den Kragen seines Shirts sinken lassen, knallte mit Wucht, der Schein rettete geschwind seine Tentakel, mit beiden Händen den Koffer wieder zu. „Das kommt jetzt alles raus", informierte er seinen Gefährten. „Alles zum Fenster raus, mit einem Schlag". Ächzend schleppte er im Halbdunkel niedergebrannter und noch flackernder Fackeln das grässliche Ding zum Fenster. Beinahe hätte er den eigenwilligen Schein, der sich als Wächter und Späher bereits im oberen Winkel niedergelassen hatte, ins Nichts geschubst.

Machlis schlimmste Befürchtungen, die sich beim Hochstemmen feuchter Kofferwände gebildet hatten, bewahrheiteten sich. Dieses gottverfluchte, widerwärtige ätzende Teil passte einfach nicht durch die Form des Fensters. Weder längs noch hochkant. Wutentbrannt trat er dagegen.

Zornig ballte er die Fäuste, spürte, wie Bauch und Rücken sich anspannten. Nicht mit mir, dachte er. Nein, nicht mit ihm. Nicht so weit kommen, um von einem Fensterformat ausgebremst zu werden! Seinen größten Wunsch würde er sich nicht nehmen lassen! Von keinem! Und dann, der arme stumme Machli, der im Verlies dahindämmerte. Der Vergessene, der im Falle seines Versagens sterben würde! Oh nein, einer wie Machli Leander Pott lädt keinen Mord auf seine Seele.

Jetzt oder nie!

Jeden Ekel überwindend riss er den Koffer wieder auf, warf jedes einzelne Teil aus dem Fenster. Eines nach dem anderen. Nur besagten

Beutel ergriff er aus verständlichen Gründen mit spitzten Fingern. Brüllend wie ein Berserker rang er mit den Kofferhälften, deren Nähte sich stabiler zeigten als die Wände. Ratsch! Altes Leder brach, Faser trennte sich von Faser.

Das Licht der nunmehr letzten Fackel erstarb fast. Gleich.

Wie ein Rasender stopfte der Junge Einzelteile durch den festen Rahmen ins Nichts.

Ausgezehrt durch Zorn und Erschöpfung schlug er das Fenster zu, taumelte mit weichen Gliedmaßen die rutschigen Stiegen hoch. Einmal noch wandte er den Kopf.

Sah zu, wie das Eigenwillige Licht mit elegantem Zug einer Tentakel die Fensterverriegelung schloss.

Der Raum hinter ihm versank im Dunkel.

33.

Kraftlose Strahlen vorwinterlicher Mittagssonne wälzten sich durch die Spalten der lindgrünen Gardinen. Besorgtes flüsterndes Stimmengewirr und der Geruch kalten Porridges weckten seine Sinne. Machli Pott hatte völlig zerschlagen, müde wie eine komplette Armee den ganzen Vormittag verschlafen. Sein letzter Gedanke, daran erinnert er sich vage, galt dem stillen Geschöpf im Kerker, dem er keinen tröstenden Gruß mehr hinterlassen konnte. Etwas jedoch in ihm wusste: Der Andere verstand.

„Er hat sein Frühstück verpennt! Was ist mit ihm los? Er liegt ja da wie ein Toter. Regt sich nicht, schnarcht nicht, zappelt nicht!". Etwas stieß ihn in die Seite, eine kleine Hand rüttelte seine Schulter, jemand blies ihm ins Ohr. „Machli Pott wach auf, du brauchst deinen Schlaf in der Nacht!" Augenscheinlich waren mehrere Kerle nötig, um die Gardinen zurückzuziehen und die Fensterflügel weit aufzureißen.

Kalte klare Luft wehte ins Zimmer.

Machli reckte sich ächzend. Versuchte vergeblich, eines seiner verschwollenen Augen zu öffnen. Flugs kam einer der kleinen Kerle mit einem kalten Waschlappen angesaust, klatschte diesen fachmännisch quer über das Gesicht des Jungen. „Lass meine Nase frei!" nuschelte der. „Ach Kerlchen, wir kriegen dich schon wieder hin".

Sprach's, legte flink Machlis Nase frei und setzte sich im Schneidersitz auf die Bettkante. „Das dauert noch ein bisschen, das mit den nasskalten Lappen". Hinter der gerunzelten Stirn des Jungen piekte hinterhältig ein kleiner Kopfschmerz. Aus Erfahrung wusste er, dass man den auch mit unangenehmen kalten Tüchern vergraulen konnte. „Bleib einfach entspannt noch eine Weile liegen. Wir wärmen dein Frühstück wieder auf, keine Sorge Kumpel. In einer halben Stunde bist du wieder flott".

Machli grunzte zustimmend. „Auf Männer, an die Arbeit! Ich bleibe hier und behalte unsere Pennrübe im Auge". Ah ja, Machli hatte es auf der Bettkante mit Dem Großen zu tun. Immerhin schwieg er nun, während Geschirr klapperte, kurze Beine mit festem Schuhwerk emsig Türen schlugen und die Stufen zur Küche hinuntereilten. Er seufzte verhalten. So sehr die vielen Stimmen einen matten Schläfer nerven konnten, so wohltuend war doch andererseits ihre Fürsorge. Mit schmerzenden Gliedmaßen stellte er fest, wie zufrieden er dennoch war.

Nach dem Frühstück, seine Augenlider sahen wieder manierlich aus, der Kopfschmerz hatte sich verzogen, hievten sie seine schwere Gestalt aus dem Bett und schleiften ihn zur Dusche. „Hepp, hepp, hepp!" Überall an logistisch relevanten Stellen packten sie an, griffen zu, ließen ihre Muskeln spielen. In der Dusche angekommen, lehnten sie ihn an die Wand. In Machlis bleichem Gesicht hing schief ein ratloses Grinsen. Hing da wie seine Arme, die rechts und links vom Körper baumelten.

„So wird das nichts". Der Große schnaufte. „Wie kriegen wir diesen Menschen unter die Brause? Wechselbäder braucht er. Hörst du Junge:

Heiß und kalt abwechselnd. So musst du duschen, so geht das. Der Typ trägt einen Schlafanzug. Auch das noch. Sollen wir ihn ausziehen? Klar, das tun wir. Handtücher her, aber dalli!"

Schon wieder redeten sie durcheinander. Machli Pott schwirrte der Kopf. Bis zu dem Moment, an dem eine nüchterne Stimme feststellte:

„Das können wir nicht. Der Typ ist Dreizehn!".

Damit war alles gesagt. Einer drehte die Brause auf, legte Handtücher zurecht. Ein anderer flitzte zurück ins Zimmer, suchte die Kleidungsstücke zusammen, legte sie im Bündel auf den Klodeckel.

Der Große winkte mit dem Daumen. „Also hopp jetzt, unters Wasser mit dir. Wehe, ein Fitzelchen riecht noch nach vorgestern, wenn du raus kommst! Du kannst uns rufen, wir schließen jetzt die Tür!".

Den Geräuschen nach zu urteilen, verrichtete Machli tatsächlich alle ihm aufgetragenen Dinge und stellte fest, wie der Druck des nächtlichen Abenteuers nach und nach von ihm wich. Vor allem der Gestank der Babywindel und das irrlichternde Gewusel der Schimmelsporen wurden mit aller Nachdrücklichkeit eingeseift und abgespült. Heiß und zweimal. Amerspoth und Gwendolyn Spark waren zwischenzeitlich nach Hause gekommen. Der Küche im Untergeschoss entschwebten bald herrliche Düfte nach Mittagessen. Machli Pott, der geschworen hätte, keinen Bissen mehr hinunter zu kriegen, schlug voll zu. Den Nachmittag bis zum Abendessen verbrachten sie mit leisen Gesprächen, lauten, wüsten Gesängen und Brettspielen. „Kommst du klar?" Amerspoth raunte dem Jungen zwischendurch wissend ins Ohr. „Ja Sir", er nickte bestätigend, „ja Sir, ich komme sogar voran. Es ist ein Haufen Arbeit, aber ja, ich komme klar". Mehr brauchten sie sich in diesem Moment nicht zu sagen.

Nach dem Abendessen trainierte er noch eine Weile seinen Körper, bis der Schweiß in Strömen rann. Anschließend schlüpfte er noch einmal unter die Dusche und dann rasch ins Bett. Bevor er sich an diesem Abend aufmachte, die glitschigen Stufen hinabzusteigen, kontrollierte er seine Ausrüstung: Lange Stahlnägel, einen Vorschlaghammer, das Feuerzeug, Arbeitshandschuhe, zahlreiche Fackeln und ein langes sauberes Tuch zum Schutz vor ekligen Überfällen. Alles da. Zufrieden packte er seine Utensilien in den Beutel und machte sich an den Abstieg.

Das Eigenwillige Licht wartete schon. Sicher hatte es seine festen Hammerschläge, mit denen er die hell leuchtenden Fackeln an die feuchte Wand nagelte, schon vernommen. Oder das Quietschen der Türe. Sogar das Kellerfenster war geöffnet. Vertrauter Nebel von Foggy Annexe, mit frischer klarer Nachtluft zu einem besonderen Gemisch verwoben, waberte durch den Raum, der heute schon fast einen Anschein künftiger Wohnlichkeit ausstrahlte. Sein erster Gang führte ihn zum Kerker, der mitsamt seinem stummen Bewohner in derart erbarmungswürdigem Zustand war, dass eine treffende Beschreibung mit Worten unmöglich schien. Langsam hob das Geschöpf den Kopf, sah Machli Leander Pott direkt ins Gesicht. Der Junge erschrak zutiefst. Anders als in den beiden vergangenen Nächten schien dieser Blick durch sein Gesicht hindurchzugehen und das Innere seines Herzens umzuwälzen. Morgen mein Freund, morgen! Schmerzhaft presste sich der Gedanke hervor.

Das stille Geschöpf lächelte. Nickte fein.

Ich vertraue dir. Ich verlasse mich auf dich. Du bist die Kraft!

Elektrisiert durch diesen Gedankenschub stülpte Machli Leander Pott die Arbeitshandschuhe über und arbeitete schweigend mit seinem leuchtenden Kollegen. Die ganze Nacht. Alles, aber auch wirklich alles warfen sie durchs Fenster ins Nichts. Bis auf eine mittelgroße Truhe, angefüllt mit goldenen Schätzen. Geschmeide, Münzen, ein Schild, Waffen, ein Jagdmesser mit goldenen Intarsien im Griff, eine Phiole für Wasser oder Wein. Und andere Dinge, von denen der Junge glaubte, sie verloren zu haben. Sie wühlten, untersuchten, verwarfen, schleppten, rumpelten und hackten. Machli Pott, verhüllt wie ein Beduine, wurde in dieser Nacht Weltmeister im Wegwurf.

Das Eigenwillige Licht versäumte nicht, zwischendurch immer wieder seinen Job als Wächter und Späher zu erledigen. Nur einmal zuckte es erschrocken zusammen, zog bang seine Tentakeln ein, lauschte angstvoll. Machli stellte sofort jegliches Geräusch ein, spitzte ebenfalls die Augen, schlich lautlos ans Fenster, horchte und starrte blicklos in diese andere Welt, die keines ihrer Geheimnisse preisgab. Nur einmal vermeinte er, ein grauseliges Geräusch zu hören. Raschelnd, schleppend. Als ob ein sehr großes, schweres Wesen ein lahmes Bein nachzieht. Nach einer anstrengenden erfolglosen Weile gaben sie auf. Vielleicht waren sie einer Täuschung erlegen.

Nichtsdestotrotz warfen sie immer wieder einen prüfenden Blick in Richtung Fenster. Stunden schienen vergangen, Machli Pott fühlte sich immer noch frisch. Der bedenkenswerte Raum war leer, sogar das zerfallene Regal, in welches der Schein sich zurückgezogen hatte, war verschwunden. Leer bis auf die wunderliche Truhe und das Holzkästchen, trotzig umklammert von den Strahlen des Eigenwilligen Lichts, das nicht bereit war, seine Wohnstatt zu opfern. Machli Leander Pott lächelte weich.

Zufrieden rieb er seine Hände. „Hätten wir doch nur einen Besen! Ich Esel, daran hätte ich denken sollen!" Das Eigenwillige Licht bedachte den Jungen aus augenlosem Gesicht mit einem bezeichnenden Blick, stellte sein wertvolles Kästchen in eine der nun freien Ecken des quadratischen Raumes und fegte sorgsam mit leichtem Schwingen seiner Tentakeln den Boden.

Machli war schon wie ein Spuk an seine Truhe gesprungen, blitzartig war ihm das Jagdmesser eingefallen, mit dem er nun geduldig das Moos von den glitschigen Stufen kratzte. Morgen würden sie sicher getrocknet sein.

Kratzen und fegen.

Wie in der vergangenen Nacht schwanden seine Kräfte mit dem Niederbrennen der Fackeln. Allerdings gelang es ihm noch, das Moos von den Stufen des Kerkerraumes zu entfernen. Kurz bevor das Licht gänzlich erlosch, stellten sie die mittelgroße Truhe mitten in den Raum auf einen besonderen Platz. Gleich daneben das Holzkästchen.

Das Eigenwillige Licht verriegelte das Fenster und begleitete den Jungen, der sich kaum noch aufrecht halten konnte, zur Tür.

34.

Der folgende Tag verging wie im Fluge. „Bald ist es soweit, Junge!" Amerspoth drückte ihm fest die Hand und wünschte ihm Glück.

Machli erwartete diese bevorstehende Nacht mit klopfendem Herzen. Sie würde etwas Besonderes sein. Er wusste genau, wenn er sie siegreich überstehen würde, käme er seinem größten Wunsch ganz nahe. Dann, erst dann, hatte er den Zeitpunkt erreicht von dem er behaupten könnte, sorgfältig vorbereitet zu sein.

Wieder trainierte er Situps, Handstände und Stretchen. Neu eingeführt als Geschmeidigkeitsfaktor für seine malträtierte Muskulatur, von der er durchaus merkte, wie sie täglich stärker und stärker wurde. Mit Argwohn und Stolz verfolgte er allabendlich Umfang und Festigkeit von Waden, Oberschenkeln, Bauch und Armen. Die Oberarme hatten es ihm besonders angetan. Mit zusammengekniffenen Augen prüfte er streng, wann, wo und in welchem Ausmaß sich unter der bleichen Haut Konturen heranbildeten.

Auch dieser Abend war schweißtreibend. Klatschnass und keuchend schlurfte er unter die Dusche. Für seine letzte einsame Tat musst er fitt sein.

Müde wie zehn Bären sank er ins Bett. Schaffte es gerade noch, das Deckbett über sich zu ziehen, als ihm schon die Augen zufielen. Langsam glitt er hinab in die Tiefe. Bis er vor der Kellertüre stand, die sich wie üblich mit einem Quietschen öffnen ließ. Behende stieg er die trockenen Stufen hinab. Das Eigenwillige Licht saß gönnerhaft mitten auf Machlis Schatztruhe und erwartete ihn. Seine Tentakeln schlängelten sich heute durch das aufgeräumte Gewölbe, erwärmten ihn mit mattem Licht. In den Ecken rollten sie sich wie zum Scherz zu dicken Schnecken zusammen. Offensichtlich waren sie wie Teleskope zu benutzen. Die technischen Details jedoch interessierten den Jungen nicht. Er nickte seinem leuchtenden Kollegen knapp zu und bewegte sich elastisch in Richtung des Kerkerraumes, aus dem heute zwar wieder kein Laut, aber tiefrotes unterirdisches Strahlen drang. Rasch sprang er die von Moos befreiten Stufen hinauf. „Ich komme, mein Freund! Heute hole ich dich raus!" Machli Leander Pott lachte fast vor Vorfreude. Endlich hatte das Martyrium des geschundenen Freundes ein Ende. Aufpäppeln würde er ihn, pflegen, an die frische Luft bringen, ihn mindestens dreimal täglich an den Esstisch verfrachten, ihm vorlesen, mit ihm trainieren und dafür sorgen, dass er endlich mal was zu Lachen hätte!

Freudestrahlend bog er um die Ecke und fuhr entsetzt zurück.

Das war das Ende.

Sein Blick weigerte sich, auf einmal aufzunehmen, was nicht zu leugnen war.

Seine Füße stolperten beinahe über die schmutzigen verbeulten Eimer, über diese dreckigen Dinger, die schlicht und ergreifend leer waren. Verzweifelt hob er den Wassereimer an. Schüttelte und wendete ihn hin und her. Es war kein Zweifel möglich: Trocken wie uralte Elefantenhaut war er. Nicht die Spur eines verwertbaren Tröpfchens, weder innen noch außen. Schrecken und Angst fuhren dem Jungen wie eine heiße Kanonenkugel vom Gehirn aus durchs Herz bis in die Fußzehen. Fast hätten sie ihn gelähmt, seine Fußsohlen kribbelten. Entweder hob er gleich ab oder fiel um. Eines von beidem. Dennoch streiften seine weit aufgerissenen opalblauen Augen von selbst durch den tiefrot, aus besonderer Quelle erleuchteten Raum.

„Schön", flüsterte er und kam sich pervers vor. Sein Gehirn tickte nur langsam, führte ihn behutsam an das heran, was er sich ansehen musste. Hinter ihm fiel die Tür mit lautem Schlag ins Schloss. Weglaufen war unmöglich. Gehirn und Augen begannen bei den Gitterstäben. Fest und stabil wie eine Trutzburg bildeten sie einen Käfig, der sich mit Händen und Füßen im Gemäuer festklammerte. Im Boden und an der Decke. Für alle Zeit. Im Schein des roten Lichts wirkten die Stäbe fast edel. Unnahbar, abweisend, höhnisch.

Durch die eng gefassten Stäbe hindurch gewahrte er bleiche nackte Füße in Schlafanzugshosen, die aussahen wie seine. Zuerst ratterten Dias durch seine Gehirnwindungen, dann eine Lightshow, zwei Milliarden Pixel folgten, die sich erst allmählich zu einem schauerlichen Ganzen zusammenfügten. Perfekt und in Farbe.

Machli Pott war tot.

Die magere stumme Gestalt des armen Vergessenen hing bleich schimmernd und reglos in Handschellen. Das wundervoll-schreckliche Rot verstärkte das Grausen. Schwarzes dichtes Haar hing strähnig über blicklosen schmalen Gesichtszügen. Die magere Brust hob und senkte sich nicht.

„Das gibt's doch nicht!!! Machli!!!"

Aufschreiend rüttelte Machli Leander Pott an den fürchterlichen Gitterstäben. Er hatte versagt! Wie konnte das sein? Alles hatte er getan, wirklich alles. Bis zur Erschöpfung gearbeitet. Der Andere wusste das doch. Wie konnte er ihn nur so im Stich lassen? „MACHLI!"

Machli Leander Pott brach weinend zusammen. Zwei Milliarden Pixel seiner Welt rieselten mit ihm zu Boden. Ganz hinten in ihm regte sich etwas. Zunächst zaghaft, dann immer stärker. So ausgeprägt, dass es die Kraft fand, sich durch sein verzweifeltes Schluchzen zu kämpfen. Ein kleines, nacktes, mageres Nein entwickelte sich zu einem großen, behaarten, muskulösen Nein.

Mit dem Nein kam der Zorn. Fauchend und tränenblind kam Machli Leander Pott auf die Beine. Feste Hände unter konturierten Oberarmen ergriffen die Gitterstäbe, umfassten sie mit der Kraft eines Schraubstockes, gewillt, das gesamte Gewölbe, diesen schaurigen Keller inklusive des elenden Verlieses aus der Verankerung zu reißen.

Machlis Brustkorb prallte mit der Kraft eines Gorillas an die Gitterstäbe. Nichts regte sich.

Zornig sprang er zurück an die verschlossene Türe. „Aufmachen!" Seine Stimme überschlug sich. „Bitte". Für einen kurzen Moment weinte er wie ein kleiner Junge. Lehnte den Kopf müde an das kühle Metall, ruhte sich einen Augenblick aus. Später kam ihm dieser Moment wie eine Nanosekunde vor. Eine ungeheure Zorneswelle, ein Tsunami der Wut, schleuderte ihn zurück zu den Gitterstäben. Unaufhaltsam brach sich eine Flut von Worten aus seinem Hals.

„Machli steh auf! Wach auf! ICH bin die Kraft, hörst du? Ich habe alles getan, was mir möglich war und jetzt das? Nein, oh nein und nochmals nein! Ich will das nicht! Hörst du?" Seine Hände rüttelten am Verlies. Tränen des Schmerzes und der Wut rannen seine Wangen hinab. Manche, ganz wenige nur, sammelten sich im Elefantenhauteimer, bildeten dort einen feuchten Klecks. „Ich will leben, hörst du? DU sollst leben! Komm heraus, Mann, hilf mir! Wir waren doch Freunde! Ich habe dich nicht im Stich gelassen, nein! Ich kann doch nichts dafür, dich jetzt erst gefunden zu haben. Warum hast du doch nicht früher bemerkbar gemacht? Wo warst du die ganze Zeit?" Machli presste sich mit seinem ganzen Körper an den Kerker. Unaufhörlich rannen die Tränen. „Komm schon, komm zu dir, lass nicht zu, dass du stirbst! Es tut mir leid, dich so lange allein gelassen zu haben". Machlis Stimme verebbte in traurigem Flüstern. In seinem Herzen war die Welt untergegangen. Sogar das intensive Rot der Lichtstrahlung verblich.

Etwas Winziges regte sich in seinem Augenwinkel. Im Inneren zerschmettert sah er auf.

Der andere Machli lächelte ihn an. Trockene Lippen flüsterten Unverständliches.

Machli Leander Potts Seele stieg mit einem Schwung zur Sonne auf.

Grenzenlos erleichtert, frei wie ein Vogel strengte er sich sehr an, die erschöpft gewisperten Silben zu verstehen. „Was hast du gesagt?

Kannst du ein bisschen lauter?" Machli Leander Pott streckte sein Ohr durch die Stäbe, die plötzlich zu seiner Verwunderung so weit auseinander wichen, dass der Kopf durch passte und er auf diese Weise seinem Ebenbild näher kam. Mühsam wiederholte der andere seine Worte.

„Gib mir den Eimer".

„Gib mir den Eimer. Hast du das gesagt?"

Machli im Kerker nickte schwach.

Machli Leander Pott zog vorsichtig seinen Kopf aus den Stäben heraus, drehte sich zu diesem dreckigen verbeulten Ding um. Tatsächlich, eine helle, klare Flüssigkeit, vielleicht eine halbe Tasse voll, hatte sich am Boden gebildet. Bevor er auch nur dazu kam darüber nachzudenken, wie Machli in Handschellen aus diesem Gefäß trinken sollte, hatte er den Eimer bereits in der Hand, streckte beides durch die wieder auseinander weichenden Metallstreben. Sprachlos schaute er zu, wie sich sein Arm ähnlich einer Teleskoptentakel Stück für Stück verlängerte, bis er mit dem Eimer an die ausgedörrten Lippen des anderen Machli herankam. Während dieser erlöst und gierig schluckte, grinste Machli Leander über seine nun wirklich alberne Erscheinung.

Der Ärmel des Schlafanzuges war nämlich nicht mitgewachsen. Na ja, dachte er im Stillen, er wollte sich ja schließlich über nichts mehr wundern. Das hatte er nun davon.

Auf dem bereits bekannten Wege transportierte er den leeren Eimer davon.

„Danke". Die Stimme des Anderen hatte an Kraft zugenommen.

„Ich dachte nämlich, du seist tot". Machli Leander Pott fand es absolut nicht verwunderlich, mit sich selbst zu sprechen. „Das dachte ich auch". Der Andere gähnte. „Vermutlich bin ich wegen Auszehrung bis an die Grenze des Totenreiches eingeschlafen. Möglich. Aber nun hol mich endlich hier raus, mir schlafen sonst noch Arme und Beine ein". Der Andere kicherte über seinen eigenen Witz.

Machli Leander Pott strich schweigend um den Kerker herum.

Murmelte vor sich hin. Rüttelte hie und da am Gitter. Prüfte alle Stäbe, ob einer wackelte. Schaute in alle Winkel. Versuchte, durch Unterheben mit den Füßen einen der unteren Querstäbe anzuheben. Trat dagegen. Erfolglos. „Gibt es hier nicht irgend einen Trick, einen verborgenen Mechanismus, ein Schloss an einer Stelle, an die kein Mensch denkt?" Machli Leander trampelte mit festen Schritten auf dem Boden herum. „Oder einen Mechanismus im Boden, der durch Berühren einer bestimmten Stelle ausgelöst werden kann?"

Der Andere sah ihn mit langem Blick an. „Keine Ahnung", meinte er gedehnt, „das kommt auf die Denkweise seiner Erbauer an". Wer das gewesen sein solle? Er zuckte nur mit den Schultern. „Ah, weißt du was, ich habe eine Idee". Machli Leander stand schon wieder dicht am Käfig. „Wir lernen ja schnell, oder?" Diesmal kicherte er. „Wir machen uns zunutze, was dieses Ding uns von sich aus zeigt. Ich öffne jetzt deine Handschellen und du hilfst mir von innen". Wie gehabt streckte Machli Leander seinen Arm durch das Gitter, der sich folgsam zum Teleskoparm entwickelte und sich langsam zu den Handgelenken des Anderen vorschob. Ein klatschendes Geräusch und unwilliges Grunzen waren die Antwort. „Entschuldige, ich muss die Steuerung noch hinkriegen". Ohne es tatsächlich gesehen zu haben, war Machli klar, was eben passiert war. Endlich an den Handschellen angelangt suchten seine Finger den Verschluss, tasteten ihn ab. Probierten, wackelten, hantierten. „Scheint einfach zu sein" murmelte er mit zusammengebissenen Zähnen. Einen ausziehbaren Arm zu haben, barg schon sensationelle Vorzüge. Aber auch, wie er am Zittern dieses überlangen Teils merkte, auch besondere Nachteile. Endlich hatte einen Verschluss offen. „Es war nur ein winzig kleiner Riegel". Er lies seinen Arm für eine Minute einfach auf dem Boden liegen und ruhte. Feine Schweißperlen bildeten sich auf seiner Stirn.

Beim nächsten Arbeitsgang ging er geschickter vor.

Machli im Kerker rieb sich die geschwollenen Handgelenke.

„Mann ist das anstrengend. Und die Luft hier drin ist furchtbar.

Hoffentlich kriegen wir auch die Tür wieder auf, sonst ersticken wir noch. Setz dich lieber auf den Boden, damit du keine Kraft mehr verlierst". Machli Leander Pott spürte genau, wie die Nacht stetig tiefer wurde. Sie hatten nicht endlos Zeit. Wieder nahm er seinen Inspektionsgang auf. Überlegte dies, dachte über das nach. Leider ohne Ergebnis. Der Andere kauerte schweigend auf dem Boden, verfolgte ihn mit Blicken. Machli Leanders Wut war verflogen, hatte Erschöpfung, fast schon Resignation Platz gemacht. „Gib nicht auf!" forderte der im Kerker. „Ich kann bald nicht mehr", flüsterte der draußen. Sein Blick streifte über die Decke, ob da eine Antwort oder eine Idee zu finden war. „Ich bin so platt, glaube mir, ich könnte fast einpennen". Er hatte das hoffnungslose Gefühl, bald nicht mehr denken zu können, alles ausprobiert zu haben, im Stehen einzuschlafen.

Plötzlich stieß ihn ein bekanntes Signal an. Weckte ihn wieder. Starke sanfte Hände legten sich auf seine Schultern, nackte Füße mit gepflegten Nägeln schoben sich lautlos neben seine. „Ramiel!" Von neuer Hoffnung erfüllt, straffte er sich. Freude breitete sich aus. Von diesem Augenblick an wusste er, es würde alles, aber auch wirklich alles gut gehen. Ramiel umhüllte ihn liebevoll mit seinem Licht. „Du da drin stehe auf". Beide Jungs standen sich nun Auge in Auge gegenüber. Opalblaue Eulenaugen starrten sich durch Brillengläser an, warteten aufeinander.

„Und nun zu deiner Formel. Erinnerst du dich an sie?"

Machli Leander nickte.

„Sprich sie aus".

„Ich bin die Kraft".

„Lauter"

„Ich bin die Kraft!"

„Noch lauter".

„ICH BIN DIE KRAFT!!!" Machli Leander brüllte.

„So ist es gut. Erinnere dich an das verwunderliche Leben der Gitterstäbe".

Machli Leander Pott überlegte, nickte dann. Er sah aus, als ob ihm das Undenkbare pötzlich zu einem Begriff geworden wäre.

„Und nun tue das, was dein Herz dir sagt".

Machli Leander lachte übermütig, presste seinen ganzen Körper wieder an die Kerkerstäbe, die tatsächlich so weit auseinander wichen, dass er ohne Probleme hindurch schlüpfen konnte! Lachend und weinend umarmten sich die Jungs, schlugen einander gegenseitig auf die Schultern, sahen sich genau an und versprachen sich heimlich etwas. Für dieses geheime Versprechen benutzten sie ihren Gedankenstrom, wirkliche Worte waren nicht nötig. Der Kuttenmann wartete mit in den langen Ärmeln versenkten Händen, lächelte gesichtslos. Wartete. Wartete auf den Moment.

„Au Mann, was ist das?" Überrascht rieben sich beide Machlis gleichzeitig den Bauch. Sahen sich perplex an. Es war merkwürdig, tat aber nicht weh. Etwas mit ihren Nabeln war nicht in Ordnung. Starke Sogkraft baute sich auf. Sie spürten es genau. „Dass ich dich bloß nicht verliere!" Machli Leanders Stimme zitterte.

„Keine Sorge Jungs, stellt euch nah gegenüber auf, legt eure Hände flach aufeinander, einer die Hand flach auf die des anderen, schaut euch an. Fußspitzen an Fußspitzen und dann geht es los". Die etwas hohlklingende Stimme des Kuttenmannes tönte ruhig und sorglos. Machli Leander und Machli fühlten sich behütet wie noch nie. Schauten sich in die Augen, hatten das Gefühl, unheimliche Schmerbäuche zu kriegen und wunderten sich, weshalb sie jeweils den anderen mit jeder Sekunde verschwommener sahen.

Und dann geschah es.

Lautlos und völlig schmerzfrei verschwand Machli aus dem Kerker.

Verschwand im Körper des Machli Leander Pott, der sich unnachahmlich wohl und dankbar fühlte. Flink wie ein Aal wollte er sich aus den Gitterstäben winden und Ramiel um den Hals fallen.

Alles hatte sich verändert. Der Kerkerraum war hell erleuchtet, der

Eisenkäfig gänzlich verschwunden. Ramiel mit ihm, vielleicht hatte er das alte Zeugs mitgenommen. Auch die Tür war offen und Machli stürmte hellwach und todmüde zugleich zu seiner Schatztruhe, um das Eigenwillige Licht zu umarmen. Dieses jedoch hatte sich längst, schließlich war es mehr als spät, in sein wertvolles Kästchen zurückgezogen und winkte nur träge mit dem letzten Zipfel eines Tentakels, den es der Höflichkeit halber heraushängen ließ.

Machli Leander Pott jedenfalls entwickelte ab dem nächsten Morgen eine neue Gewohnheit, die er vielleicht für den Rest seines Lebens beibehalten würde. Vielleicht. Noch vor dem Zähneputzen blickte er suchend und freudig in den Spiegel.

„Hallo Machli". Sprach's und grinste sich an.

35.

„Warte mal", Horatio schlüpft davon, eilt in den Toilettenraum. Machli hört, wie er sich laut prustend eiskaltes Wasser ins Gesicht schöpft. Gleich darauf knallt er die Türe zu, die gurgelnde Spülung saust in die Tiefe. „Luft, Mann wir brauchen Luft, hier ist es doch ziemlich warm". Mit vor Aufregung hochrotem Kopf reißt er die runden Fensteröffnungen auf, streckt Arme und Beine. Kalte Nachtluft strömt in das Zimmer. Machli reckt ächzend seine Gliedmaßen.'Ich kann bald selbst kaum noch die Augen offen halten", verkündete er. „Aber trotzdem", Horatio schließt sich seinen Ausführungen sofort an, „will ich den Rest deiner Geschichte noch hören. Bitte. Ich kann nämlich sonst, bei spannenden Filmen geht es mir auch so, vor der Auflösung die ganze Nacht nicht schlafen". Leicht verlegen schaut er Machli an. „Außerdem ist es doch sicherlich derart spät, dass wir uns den letzten Teil der Nacht um die Ohren schlagen können, oder?" Machli dribbelt wie ein Fußballspieler durch das Zimmer, wedelt und schlenkert mit den Armen. „Na okay, ich gehe dann mal eben für kleine Großmeister". Er feixt.

Horatio indes findet, es sei genug gelüftet. Geschickt verschließt er die Fenster, öffnet den allerletzten Vorrat Ginger Ale und kauert sich abwartend in den Sessel. Geräusche aus der Nasszelle lassen vermuten, Machli ist zum selben Ergebnis gekommen wie sein Freund. „Und, wie geht es weiter? Was habt ihr gemacht?"

„Kleine Kerle haben wir gemacht. Das ist alles".

Machli lässt sich elegant auf seinen Hintern rutschen. „Wie?" Horatio beugt neugierig den Oberkörper vor. „Ich meine, ich wusste es ja. Ich habe es mir gedacht. Aber wie habt ihr sie gemacht?" Vor Spannung kippt er fast vornüber.

Machli lächelt ihn geheimnisvoll wisssend an, wiegt bedächtig den Kopf hin und her, wägt seine Worte, um den neuen Freund nicht zu verletzen.

„Weißt du, kleine Kerle herzustellen, so richtig lebendige kleine Ebenbilder von dir selbst, das ist nicht nur sehr wahnsinnig schwierig, weil du sie aus dir selbst mit deiner Geisteskraft schaffen musst. Und", er sucht vorsichtig nach treffenden Formulierungen, „das ist wirklich ein Geheimnis, das jeder aus sich heraus finden muss. Klar gibt es Regeln und Grundlagen. Aber glaube mir, die Nacht würde nicht ausreichen, um dir alles zu erzählen. Ich könnte", hier kicherte Machli Pott, „tatsächlich ein Buch darüber schreiben. Du musst auf jeden Fall den dringenden Wunsch haben, ein anderes Leben zu leben, deinen Scheiß in Ordnung zu bringen. Und wirklich, es stimmt, man braucht eine Menge Kraft und Mut, sich an all das heranzuwagen". Seine Stimme verebbt etwas. „Wenn ich vorher gewusst hätte, was ich alles erleben würde, weiß ich im Nachhinein nicht, ob ich mich getraut hätte. Irgendwie musst du lernen, deine Furcht zu beherrschen, das zu tun was du willst, damit du bekommst, was du ersehnst".

Machli streicht sich durch sein dichtes schwarzes Haar. Gähnt lautstark. „Du brauchst auf jeden Fall jemanden, der selbst schon kleine Kerle gemacht hat. Der die verborgenen Kräfte, deren Möglichkeiten und Wege kennt. Der nachvollziehen kann, wie es dir gerade geht, in welchen Schwierigkeiten zu steckst. Einer der das nicht kennt, kann mit deinen Worten nichts anfangen. Denkt eher, du spinnst oder so. Du brauchst einen Wissenden. Das ist alles. Und dich selbst".

Die Jungs prosten sich zu. Horatio hat mehr als eine Frage auf dem Herzen. „Aber..." setzt er an. Machli lehnt sich mit geradem Oberkörper zurück. „Dass die Kleinen funktionieren und schon sehr fitt sind, hast du ja gesehen. Damit gehörst du übrigens zu den Glücklichen, siehe Plum", Machli schlägt sich lachend auf die Schenkel, auch Horatio grinst breit, „die überhaupt in der Lage sind, kleine Helfer zu sehen. Deswegen kann man sie unbesorgt in der Weltgeschichte umher laufen lassen. Die meisten kriegen sie nicht mit. Vielleicht bringe ich es dir eines Tages bei, wenn du bereit bist und eine spezielle Prüfung abgelegt hast". Machlis Stimme wird tiefernst.

„Welche Prüfung meinst du?"

„Nun, du musst den Nachweis erbringen, dass du geeignet bist, wirklich verantwortungsvoll mit deinen Geschöpfen umzugehen und keinen Unsinn anzustellen. Nicht zum Beispiel Armeen von ihnen herzustellen, damit sie weltweit die Menschen ausrauben oder ihnen permanent aberwitziges Zeug erzählen oder so. Es gäbe da zahlreiche Möglichkeiten".

„Was hast du mit ihnen gemacht und wo warst du?" Horatio akzeptiert im Stillen, dass er in dieser Nacht die Mechanismen der Kerlwerdung nicht erfahren wird.

„Amerspoth hat mich hierher gebracht". Seine flache Hand klopft auf die niedere Tischplatte. „Hier konnte ich in Ruhe sein. Mittags nach der Schule kam er und blieb bis spät in der Nacht. Vormittags habe ich sowieso geschlafen, weil das alles so anstrengend war."

„Was hast du alles mit ihnen veranstaltet, wenn ich dich das noch fragen darf?" Horatio quellen vor Müdigkeit fast die Augen aus dem Kopf.

„Nun", Machli grinst breit, „zu allererst habe ich sie für eine kleine Weile zu anderen kleinen Kerlen in die Ausbildung geschickt. Du musst die vorstellen, wenn sie ins Leben gerufen werden, können sie genau so viel wie du. Nicht mehr und nicht weniger. Sobald sie die Augen aufschlagen, haben sie überall die Finger dran, sind neugierig, tapsen überall herum, ziehen alle deine Schubladen auf und so. Wie kleine Kinder. Sie lernen schnell. Nicht alles von dir, vieles von sich aus und eine ganze Menge von anderen. Ich habe sie zum Beispiel nach Hause gebracht, zu Mummi. Äh, ich wusste nicht, ob sie sie sehen kann". Machli verzieht entschuldigend sein Gesicht. „Dort haben sie aufgeräumt, wieselflink, du hast ja gehört, was bei uns abgeht, immer wieder alle Flaschen ausgekippt und dazu Fratzen geschnitten. Ich verspreche mir davon keine Wunder. Der blöde Kerl allerdings, mit dem meine Mutter zusammenwohnt, ist ausgezogen, weil sie so seltsam geworden ist". Machli kichert. „Drei von ihnen habe ich als Dauergäste zurückgelassen. Meine Mutter steht jetzt öfter mal auf und kauft sogar ein. Mal sehen, wie das weitergeht."

Machli reibt sich grimmig die Hände. „Bei Mr. Sacker waren wir auch. Pete hat vor allen Leuten darüber gesprochen, welches Ergebnis wir erzielt haben. Ich hätte diesen Typ verprügeln wollen, ja, das hätte ich gerne. Windelweich gehauen hätte ich den Kerl!" Er ballt die Hände zu Fäusten und droht. „Dann bin ich aber drauf gekommen, die Geschichte schlauer einzufädeln. Habe meine Kerle geschnappt, einen Termin mit seiner Sekretärin vereinbart und pünktlich geklingelt. Seine Dame war schon weg, was natürlich für uns günstig war. Wir haben uns im Kreis um ihn aufgestellt, ich natürlich in der Mitte, und haben unser Anliegen vorgetragen. Der Reihe nach. Immer einer von uns das Gleiche. Mr. Sacker saß da, krebsrot und prustend. Ich vermute, er hatte Schwierigkeiten, die rechten Worte zu finden. Als der letzte von uns durch war, haben wir uns der Reihe nach höflich verabschiedet. Mit Verbeugung und Handschlag. Ich bin als Letzter raus und habe die Tür geschlossen. Punkt. So war das".

Horatio sagt nichts mehr. Tiefe Atemzüge verraten, dass er den

Punkt am Satzende nicht mehr vernommen hat. Machli stellt hurtig den Wecker, mehr als zwei Stunden bleiben ihnen nicht mehr.

Am nächsten Morgen verlassen sie zerknautscht und müde die sanft an der Reling schaukelnde Foggy Mary, die längst Machli Leander Potts zweite Heimstatt geworden ist. Gehen heute einmal einen anderen Weg zur Schule, hören den Lieferwagen des Käsewichtes aus einer anderen Richtung brummen. Servilius' Austin bleibt heute in der Garage. Die Schule muss ihre Erwartungen an Machli Leander Pott notgedrungen ändern. Ab sofort nämlich, sehen ihn manche Personen dort mit etwas anderen Augen.

Epilog

Die Frage, wo die kleinen Kerle tagsüber sind und was sie treiben, während ihr Meister andere Dinge zu tun hat, verschieben sie auf ein anderes Mal. Machli brennt darauf, sich seinen nächsten großen Wunsch zu erfüllen, den er tief im Inneren bewegt und von allen Seiten beleuchtet. Mittlerweile zählt er schon zu denen, die wissen, wie es sich mit dem Erfüllen großer Wünsche verhält. Sprachlosigkeit, Erstaunen und Glück verwandeln sich in alltägliche Gewohnheit. Der nächste große Wunsch gräbt sich selbst an die Oberfläche, bringt ein Quäntchen Zutrauen und eine Menge Hoffnung mit. Was Machli sich da allerdings vorgenommen hat, würde sämtliche Rekorde schlagen. Denn das, was er im Stillen plant, wurde bislang weltweit von keinem Menschen vermeldet.

In stillen Momenten beschäftigt ihn der Gedanke an das seltsame Fenster ins Nichts, diese aberwitzige Welt, vor der ihm grauste. Vorerst würde er dieses Fenster geschlossen halten. Natürlich steigt er ab und zu in seinen Keller hinab, der nicht mehr den zukünftigen Charakter eines ordentlichen Zimmers ahnen lässt, sondern tatsächlich verputzt und gestrichen ist.

Zusätzliches Mobiliar ist hinzugekommen.

Der Raum, in dem Machlis Schatztruhe und das wertvolle Kästchen des Eigenwilligen Lichts stehen, befinden sich zwei Hängematten. Eine große und eine ziemlich kleine.

Ataxie

Für die, die es wissen wollen:

Zunächst einmal: Ataxie ist eine Krankheit. Eine, mit der man, wie es Machli geschehen ist, bereits geboren werden kann. Das Wort an sich kommt aus dem Griechischen und bedeutet 'Unordnung' oder auch 'Verwirrung'. Unordnung beim Zusammenwirken der Muskelgruppen, die nicht so recht wissen, wie es richtig gehen soll.

Einen Menschen von 50.000 Lebendgeborenen kann dieses Schicksal treffen.

Es kommt vor, dass diese Schädigung im Mutterleib durch Alkohol- und Drogenkonsum der Eltern entsteht.

Weitere Bücher von Heiderose Kesselring:

'Der Nachtkrapp'
'Pommes & Fritz' - 2035
'Mascha Finn und die Nebel von Utop.'